ライナー・シュタッハ 著
本田雅也 訳

この人、カフカ？

ひとりの作家の99の素顔

Reiner STACH: *Ist das Kafka? 99 Fundstücke*

白水社

Originally published as "Ist das Kafka? 99 Fundstücke"
by Reiner Stach

Japanese edition published by arrangement through the Sakai Agency

はじめに

不安な感じ、という人がいる。読んでないけど話には聞いているという人が、なんだか怖そうというだけで、ビビってしまう。悲しくなる、という人もいる。でもどうしてなのか、うまく言えない。抑鬱の気配をかぎつけて、さして厚くもない読みかけの本をそっと閉じる人だっている。敬して遠ざける、その理由はあまたある。そもそも頭がおかしかったんじゃないか、というウワサは今も絶えないし、完結した作品たちも、そこにさらに油をそそぐ。もちろん文学の課題とは、みずから投げかけた問題にすぐさまぬるい答えを与えたり、なんにだって良い面があるものだと訳知り顔に示したりする、なんてものではまったくない。そんなの先刻承知だし、人を単細胞扱いする作家なんて願い下げ、みんなそう思ってはいる。けれど文学が、誰しも逃れられないリアルな挫折を想像上の挫折のなかに幾重にも、飽くことなく映し出すものだとしたら、さらには挫折についての語りが、切れ目なく続き、どこにも行き着くことのない語りが、その上に絡みついているとしたら――こう問うてみよう。ここで作者は、きわめて私的な強迫観念を野放しにしているわけではないんじゃないか？　望むとおりの注意深さで耳をかたむけてほしい目を向けてほしい、と作者が求める、その理由はなんなのか？

イライラさせられる、もやもやする、という人がいる。文章が謎めいているし、読者を道に迷わせたり、出口のない迷路のような思考のループに引きずりこんで、楽しんでいるように見えるから。ムシに変身するのはグレーゴル・ザムザとかいうやつで、はっきりした理由もなく逮捕されるのは、ヨーゼフ・K。作者が生み出した、もっとも有名なふたりだ。このふたりの登場人物の身に生じるあれこれは、スリル満載で突拍子もなく、たっぷりと考えさせられ、けれどあらゆる期待を裏切ってもくれる。もちろん、文学とのつながりを保っている人（とても切れやすいものだけれど）なら数ページも読めば、どんな理性的な説明も、どんな「分析」も、この散文作品を破壊してしまうだろうとわかる。たとえ主人公やそれに付きあう読者が、緊張を解いて楽にしてほしいとどれほど望んでいるにしても、だ。たしかな、手応えのある慰めなど、ここにはない。革新的な文学のルールブックに、そんなものは書かれてない。せいぜいあるとしても、それは自由落下しながらこれまではすべてうまく行っていたんだからだいじょうぶだと自分に言い聞かせている人が抱く、ほんのつかの間の慰めにすぎない。

それでも、その作品に熱中する読者、その小説を読んで文学のもたらす無上の喜びに浸る読者だって、存在するのである。数十年を経ても、その数はぜんぜん減っていないのだ。そういう読者は、ミステリアスなプロットや悲劇的結末などにひるまない。それらは人間の生の、とりわけ現代の管理された大衆社会における生の、不透明性、有限性の写し絵だと見切っている。描かれるイメージが有無を言わせず迫ってくるのは、うつつか幻か言い争わせようというひそかなたくらみのせいではなく、その美学的造形のゆえである。結晶化したことば、聞いたこともないすてきなメタファーやパラドックスの横溢、挑発的なほどのシンプルさ、夢の論理をあやつる名人芸、運命の暗黒期を照らすように降り注ぐ、喜劇の火花。あれもこれも、みごとにこなしている。投げやりなところは一切なし、飾り物のことばなど一切なし、中身のない技巧など一切なし、そんな作家。けっして眠らぬ、作家。

その早世から一〇年を過ぎるころには、彗星のごとくあらわれた未来の古典作家、ともてはやされたフランツ・カフカのような作家の場合、伝記的要素へ関心が強く向けられるのは避けがたいことだった。作品を読めば、もっと人間味のある解説が欲しいという思いが、そのつどわき上がってくる。そしてその思いはカフカのプライベートな領域へと、さらには彼を取り巻く文化的・政治的・社会的な環境へと、溢れだす。問いはこんな形をとる。このようなものを創り出すのは、どんなたぐいの人間なのか。なにをどうしたら彼のような人間が生まれるのか。どれも正当な疑問だけれど、その下地にはある語られぬ疑いが塗りこめられている——そんな人間、「ふつう」であるわけがないよね、と。カフカにまつわるエピソード風回想のうち、最初に世に広まったものが、この疑念をたぶん強化してしまった。いわく、彼は書くことに取り憑かれた人間だった。にもかかわらず、遺言のなかですべての原稿を破棄するよう定めた――そんな自己抹殺の身ぶりを、我々は同意のうちに、ためらうことなく無視することになったのだが。いわく、カフカは外面上、妙に月並みで窮屈な人生を送った。世間から目を背け、家族の相互依存関係に巻き込まれ、エロスの領域ではうまく関係を作れない、友人の少ない役人としての人生を。いわく、すべてをたった一枚のカードに賭け、きわめて狭い領域での芸術的業績のために残りの人生を文字通り捧げ、しかもその報酬をこれっぽっちも享受することのなかった、苦行者だった。だれだって、そんな人間の人生と自分のそれを取り替えたいとは思わない。作家ならとりわけそう思うはずだ。

そんな大ざっぱなイメージも、世紀の四分の三が過ぎるうちには、その解像度を高めてゆく。カフカの作品は、紆余曲折に富んだそのユダヤ＝カトリック的、ドイツ＝チェコ的生活世界と、どんな形でかかわっていたのか。解読が説得力を増すにつれ、カフカの精神的・人格的な矛盾や特異性への理解も、さらに進むこととなった。彼の比類のない生産性の秘密にかんしてはいまだ手つかずのままだし、カフカを「理解する」ことも、原理的に解決のありえない課題ではある。だが今日では、数十年にわたる世界的、領域横断的研究の成果として、この人物の、そしてその生活世界の、きわめて緻密なイメージを、我々は手にしている。

だがそんな状況にあっても、文化的無意識のなかでは、作家にまつわるステレオタイプなイメージはいささかもゆらがない。そこではカフカは、ある種のエイリアンだ。浮き世離れして神経症的で、内向的で病的で、不気味なものを生み出す不気味な人間。それはレッテル貼りにすぎないのだが、でもいちど貼ったらとれない強力なやつなのだ。そんな神話に命を吹き込み続けているのは文学から遠く離れたマスメディアではあるけれど、練達の読者だって、文化的ステレオタイプの吸引力から身を引きはがすのは、きわめて難しい。その影響力は、とりわけ具体的イメージの上を浸食し広がっていく。そしてこのイメージは、我々がそれを魅力的だと思っているかぎり、その生命を保つのである。夜のプラハの小道、ガス燈の光が反射する、雨に濡れた石畳……ろうそくの明かりに浮かぶ、ほこりにまみれた書類の山……巨大な虫の悪夢……それが「カフカ」であって、文学研究が何を語ろうが、まったくもって関係ない。

イメージを論理で打ち破るのは、なかなかにむずかしい。けれども対抗するイメージを挙げることで、我が物顔の専売特許に少々揺さぶりをかけることなら、できそうだ。カフカの生と作品にまつわる『この人、カフカ?』は、いつもと違う文脈のなかで、いつもと違う光のなかに、カフカを浮かび上がらせる。捉えるのが難しい上下の倍音を、聞き取れるようにする。ひとつひとつはたいしたものではない。目立たぬものを拾い上げ、なじみのものの新しい見方を書き留め、だれかの回想のなかにあるカフカの鏡像を引用しながら、痕跡を丹念に収集しただけだ。けれどそれらが集まれば——これは選定の主な基準でもあったのだが――、総体としての『この人、カフカ?』は、貼られたレッテルから我々をいつの間にか引き離してくれる。そして、カフカへの別のアプローチに、ずっと目の前にあったのに「カフカ風《カフカエスク》」イメージや観念の束によって封印され忘れられていた通路に、臨んでみるのもいいのではと思わせてくれるのだ。

本書で特別な、そして典型的な役割を演じているのは、コミカルなもの全般に対するカフカの感受性である。真意がうまく汲み取れないカフカの作品に接すると、人はそこに深遠さを見てしまうけれど、けっしてそれだけじゃないのだ。同じくらいに無邪気で、ドタバタで、言葉遊びやシャレの喜びに満ちているし、モチーフや視点の転換、舞台風の着想を駆使してもいる。カフカの芸術家としての営みは、個々の場面ではきわめてまじめなものではあれ、つねに遊戯的な瞬間を含んでいた。そんな瞬間を喜びとともに味わう力が、彼にはあったのである。カフカはこのような戯れを、文学の領域を越えて、手紙や日記、はては日常のふるまいやエピソードのなかで、続けていった。たいていは、完全に意識して。ときには、意図せずに。けれどいつの場合でも、がんこに徹底的に、という彼の流儀は貫いて。

この意味で、カフカの全生涯が文学だったというのは、ほんとうだ。だから、カフカへ別の視線を向けるために、彼の経験世界へ、ことばのなかの彼の生へと使い古しでない別の道をたどって近づくためには、手始めにどこから取りかかったっていいのである。

たとえば、彼がひっかかったエイプリルフールのジョーク。大人になってもカバンに忍ばせていたインディアン本。エルゼ・ラスカー＝シューラーへむけた悪意。こまを追いかけて走る哲学者の話。けれど、これらすべてがカフカだったなんて言っても、あまりおもしろくはないだろう。重要なのはむしろ——これはまったく別の意味でけっこう不気味なことなのだけど——取りあげた目立たぬかけらのどこにでも、ああここにもカフカがいる、とわかるということなのだ。おや、あれはカフカかな？ うん、カフカだ。

ライナー・シュタッハ

ベルリン、二〇一一年三月

目次

読むこと、書くこと Lesen und Schreiben

スラップスティック Slapstick

幻想 Illusionen

他の場所で Andernorts

鏡像 Spiegelungen

最後 Ende

デザイン　三木俊一（文京図案室）

なくて七癖
Eigenheiten

I 巡り合わせの悪い慈善家
Der unglückliche Wohltäter

まだうんと小さな子供だったころに一〇クロイツァー硬貨をもらい、それを大広場と小広場のあいだに座っていた老いた女乞食に恵んでやりたくなった。けれどこれってすごい大金、乞食がもらうような金額じゃない、という気がしてきて、乞食を前にしたとたん、そんなとてつもないことをするのが恥ずかしくなった。でもどうしたって恵まねばならぬ。硬貨を小銭に替え、乞食に一クロイツァーやると、小広場に面した市庁舎やアーケードをくねくねと一回り駆け抜け、左側から新たな慈善家として現われると、また一クロイツァーやり、そしてまた駆けだして、ということを嬉々として一〇回は繰り返した（もっと少なかったかも。だって乞食は耐えかねて姿を消してしまったから）。とにかく最後にはすごく疲れてしまった——身も心も——ので、家に飛んで帰るとめそめそと泣いた、母が埋め合わせのクロイツァー硬貨をくれるまで。

わかってくれたかな、乞食とは巡り合わせが悪いんだ。でもぼくはここに宣言するよ、ぼくの手持ちの財産、将来の稼ぎのすべてをいちばん小額の紙幣にして、オペラ座の脇に座っている女乞食にゆっくり払ってやる、と。もし君がその時そばにいて、君がいることをいつも感じさせてくれたら、ね。

THE GRESHAM
SIGM. J. PERUTZ
SKLAD PORCELANU

EM. ALTSCHUL.

カフカとその恋人ミレナ・イェセンスカとのあいだにはすれ違いが多々生じたけれど、そのひとつに金銭感覚のズレがある。「以前カフカが女乞食に二クローネ渡したんですけど」とイェセンスカはマックス・ブロート宛ての手紙で書いている。「彼ったら一クローネ返せって。金などない、と乞食。さてどうしたものかとその場で頭をひねることたっぷり二分、二クローネともくれてやろう、と意を決して歩き出しはしたものの、数歩も行かないうちにひどく不機嫌になってしまって。そんなことがあってすぐ、その同じ人間が、二万クローネ、君にあげるなんてさらっと言うんですよ、目をきらきらさせながら」。このできごとをイェセンスカはカフカにも蒸し返したのだが、対するカフカの言い訳がなかなか独創的で、特に持ち出したのが冒頭の、子供のころの思い出なのだった。

カフカ自身も自分の「カネに細かいところ」は困ったものだと書いているし、実際おカネに関しては太っ腹なところとけちなところが同居していた。喜んで贈り物もするしカネを恵んでやったりもするけれど、それは一にも二にも自発的行為でなければならない。喜捨を迫られたり、お釣りを間違えられたり、無駄遣いをしたりなんて、耐えがたい。たとえそれが「一〇クロイツァー硬貨」一枚のことだったとしても。

プラハ、旧市街広場、1800年頃►

2 カフカ、高校卒業試験でカンニングする

Kafka mogelt beim Abitur

父に宛てた便箋百枚を超える有名な手紙のなかで、高校卒業試験（アビトゥーア）を「いくつかの科目はもっぱら不正行為をして」合格した、とカフカは告白している。不正はどのように行なわれたのか、カフカの長年の同級生で医師のフーゴー・ヘヒト（一八八三－一九七〇）が、未公刊の回想記のなかで記している。なかでも危ない科目はギリシア語の口頭試問だった、とヘヒトは書く。ギリシア語の教師グスタフ・アドルフ・リンドナーは甘いし口やかましくもないとの評判だったが、ドイツ語への翻訳課題は生徒ひとりひとりに別の文章が渡されたから、的を絞っての試験勉強など不可能だった。

必要なものを知るための手段は、あきらかにひとつしかなかった。ある小さなノートを手に入れること。それぞれの生徒が翻訳すべき文章や、授業では一度も読んだことのない作家に関して、ギリシア語の教師（リンドナー）が詳細な情報をノートに書き留めていたのだ。いちばん手っ取り早いのは、我らが独身教師の家にいる若くて美人のハウスキーパーを買収し、ノートを先生のカバンから取ってきてもらって、少しばかり借りて大事なところを写させてもらうことだ。ぼくらはカネをかき集めるとそ

れをクラスの年長のひとりに託した。そいつは評判の色男で、例のハウスキーパーと知り合いになる任務を引き受けると、彼女を夕食やダンスや芝居になんども連れだした。三週間ほどたったある土曜の夜、みんな緊張しながら近くの喫茶店でノートの到着を待った。そして実際にそれを手に入れたのだった。待望のノートをすっかり写し取り、一時間後にはノートは再び先生のカバンの中に戻っていた。その写し係のうちの一人が、我らがカフカなのだった。もちろん全員が首尾よく試験に合格。ぼくらに抜かりはなくて、日頃出来の悪いやつらは疑われぬよう間違いや誤答をちりばめておいた。成績判定委員長も、もちろん我らが教授先生も、とても喜んだ。先生は、並のクラスにすばらしい結果をもたらしたということで特別に表彰され、得意顔だった。

グスタフ・アドルフ・リンドナー

3 修了証
（アビトゥーア合格証）
Das Zeugnis der Reife

一九〇一年、カフカは旧市街の国立ギムナジウムで高校卒業／大学入学資格アビトゥーア（オーストリアではマトゥーラ）の試験を受けた。留年せず、ストレートでの進級だった。まずは五月のはじめに主要四科目、ドイツ語、ラテン語、ギリシア語、数学の筆記試験を受ける。次は七月、カフカ一八歳の誕生日の直後に、一連の口頭試問が続いた。その際にはあらためて、いにしえの言語を翻訳することが求められる――そのハードルは高く、カフカも恐れをなして、不正な手段を用いることもいとわなかった（2を参照）。

カフカのアビトゥーア試験の成績はごく平均的で、さして目立つものではなかった。最高の「秀」を取った科目はひとつもなく、といって「可」や「不可」と判定された科目もなし。なかでも意外なのは、ドイツ語の成績が「良」に留まっていることだ。初期の手紙を見れば、その言語的表現力は同級生たちをあきらかに凌いでいたというのに。もっとも、アビトゥーアの評価には自由会話の試験結果も加味される。それはカフカの得意とするところではなかった。

成績証以外には、カフカのアビトゥーア試験に関する原資料は残されていない。なか

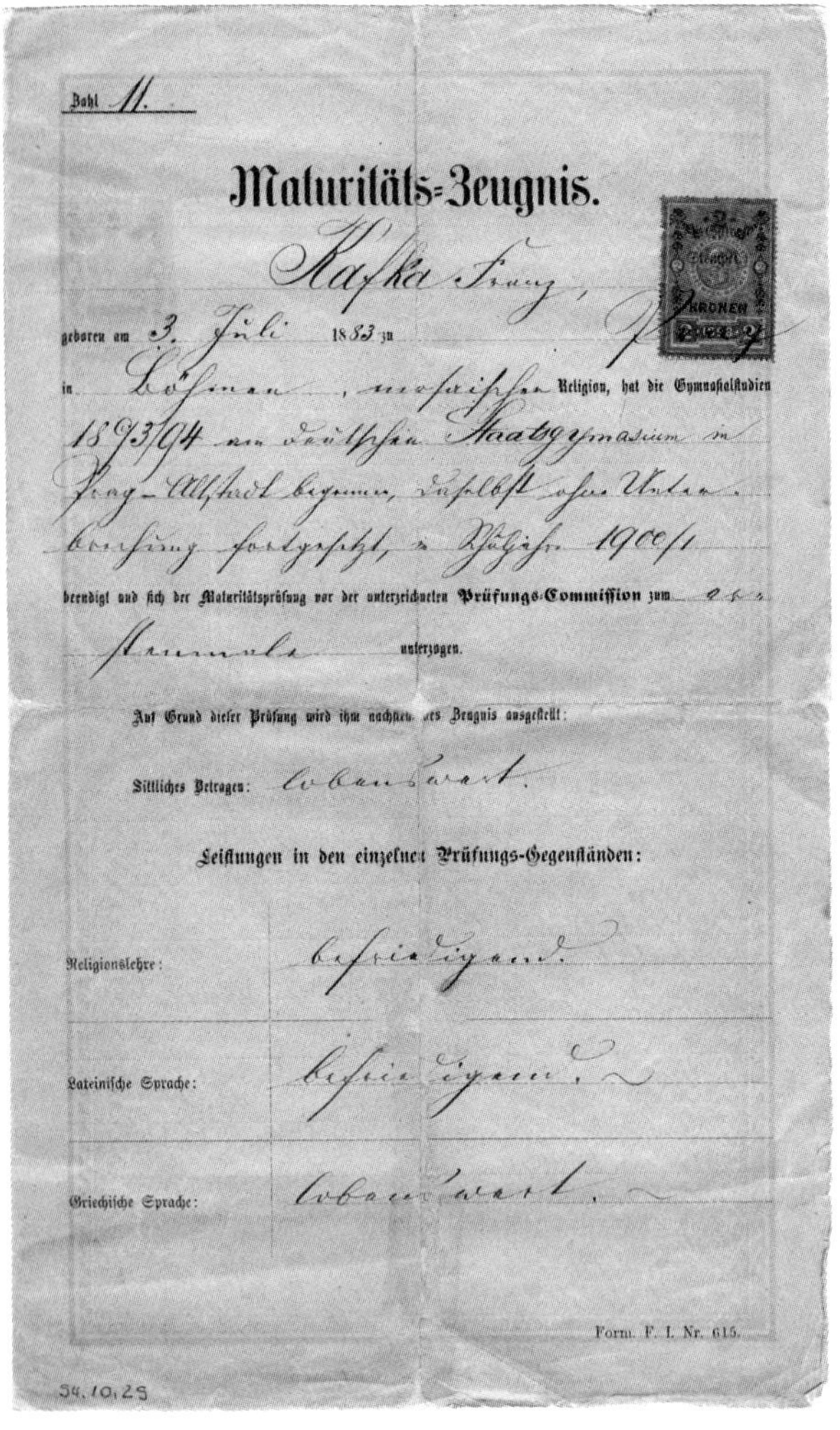
Zahl 11.

Maturitäts-Zeugnis.

Kafka Franz,

geboren am 3. Juli 1883 zu

in ... Religion, hat die Gymnasialstudien

1893/94 ...

... 1900/1

beendigt und sich der Maturitätsprüfung vor der unterzeichneten Prüfungs-Commission zum ...

... unterzogen.

Auf Grund dieser Prüfung wird ihm nachstehendes Zeugnis ausgestellt:

Sittliches Betragen:

Leistungen in den einzelnen Prüfungs-Gegenständen:

Religionslehre:

Lateinische Sprache:

Griechische Sprache:

Form. F. I. Nr. 615.

でも卒業論文「オーストリアにとってその国際的状況ならびに地政学的状況からいかなる利点が生じるか？」は、いまだ発見されていない。

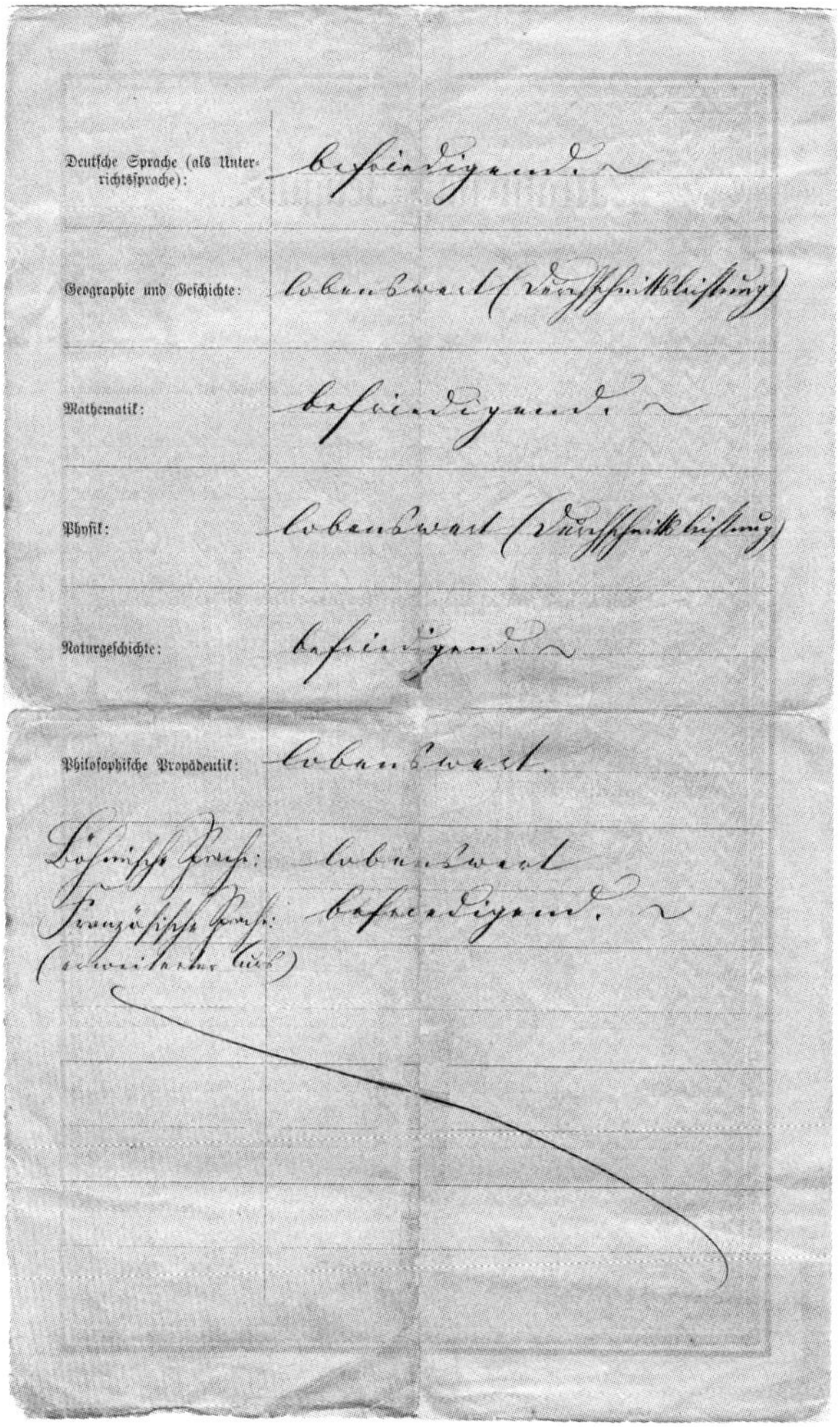
Deutsche Sprache (als Unterrichtssprache):	befriedigend.
Geographie und Geschichte:	lobenswert (Durchschnittsleistung)
Mathematik:	befriedigend.
Physik:	lobenswert (Durchschnittsleistung)
Naturgeschichte:	befriedigend.
Philosophische Propädeutik:	lobenswert.
Lateinische Sprache:	lobenswert
Französische Sprache:	befriedigend.

23　3 修了証（アビトゥーア合格証）

4 ホテル・カフカ
Hotel Kafka

プラハ旧市街、ドイツ人居住区の繁華街であるグラーベン通りにあった高級ホテル〈青い星《ツム・ブラウエン・シュテルン》〉は、カフカにとって思い出深い場所だった。カフカがフェリーツェ・バウアーと最初に出会ったその日に、彼女の宿泊していたホテルなのだ。一九一二年八月一三日、この運命の日の夜遅く、カフカは友人マックス・ブロートの父親とともに、フェリーツェをこのホテルへと送ってきた。

ホテルに入るとき、ぼくはなんだかまごついて、回転扉のあなたと同じ空間に入ってしまい、もう少しであなたの足を蹴飛ばすところでした。——あなたが乗るエレベーターの扉はちょうど開いていたけれど、扉の横に立つボーイの前でぼくら三人はちょっと足を止めた。あなたはボーイに二言三言話しかけていましたね、書く手を少し休めれば、あなたの堂々とした声が今でも聞こえてきます。駅は近くだから車を使う必要はないと言っても、あなたはなかなか納得しなかった。

その後の数か月、よくそうしていたようにカフカが朝かなり早い時間にグラーベン通りを歩いていると、「〈青い星〉ホテルの、灯りはすでにともっているがカーテンの閉められた朝食用の部屋が見えました。もの欲しそうに中をのぞき込む人はいるけれど、中から通りを眺める人はいないのです」。フェリーツェ・バウアーにとってはあまり意味のなさそうな、このちょっとしたエピソードを、カフカは象徴的連関の編み目に織り込んだ。その編み目を、のちの婚約者と自分とのあいだにそっと置くことで、カフカは避けがたい対立や疎遠さを超えてふたりの間に橋をかけようと望んだ。

ところで、不思議なことに彼は、運命の指し示す奇妙な暗示にまったく気づいていなかった。ホテル〈青い星〉は一七七一年以降、カフカという名の一族が所有していた。しかも一八三〇年代までその持ち主は、なんとフランツ・カフカという名前だったのだ。迷信深くはないけれど、そのような符合にひどく敏感なカフカだが、そのことはまったく知らなかったようだ。——もし知っていたとしたら、これほどの大事件を、フェリーツェに宛てた求愛の手紙に書かなかったはずはない。

ホテル〈青い星〉

5 偉大なるイラストレーター

Der große Zeichner

ぼくの絵はどう？　昔は絵がうまかったんだけど、ろくでもない先生に杓子定規なデッサンを習ったおかげで、ぼくの才能は台無しになってしまった。ひどいよね！　そうだ、前に描いたスケッチをいくつか送るよ、見て笑ってやってください。数年前のものだけど、なによりうまく描けたとその時は満足したやつなんだ。

カフカは熱心にスケッチを描いていたが、残っているものは少ない。マックス・ブロートの蒐集熱がそちらに向かわなかったからだ。カフカが講義中にノートの余白に描いた落書きさえ、ブロートは取っておいたほどなのに。読者にとってカフカの絵といえば、まずはあの表現主義的にも見える「線人間《シュトリヒメンヒェン》」たちだろう。本の挿絵や装幀に、これまでなんども使われてきた。

一方で、自画像（おそらく写真を見て描いた）と母を描いたスケッチが一枚残されていることは、あまり知られていない。描かれた時期は不明だが、一九一一年の日記の記載と関わりがありそうだ。夜、母親が夫とトランプに興じているところをスケッチしたものであるのは、ほぼ確かだろう。

思い出した。夢に出てきたあの眼鏡、出どころは母の眼鏡だ。母は夜、ぼくの横に座ってトランプをしながら、ぼくのことを、ぞっとしない目つきで眼鏡越しに見やるのだ。しかも母の鼻眼鏡は、以前それに気づいた記憶はないのだけれど、右のレンズが左よりも目に近かった。

6 カフカ、システムに則り体操する

Kafka turnt nach System

遅くとも一九一〇年には、カフカは日々の体操と呼吸の訓練をはじめる。則ったのは、デンマークの体操家で体育教師だったヨルゲン・ペーター・ミュラー（一八六六―一九三八）のメソッドだ。一九〇四年に出版された『私のシステム　健康のために毎日一五分のエクササイズ』で、ミュラーは圧倒的な成功をおさめる。二四の言語に翻訳され、ドイツ語版だけでもカフカの存命中に四〇万部に達した。ミュラーは続けて『女性のための私のシステム』『子供のための私のシステム』『私の呼吸システム』を出し、いずれもおおいに売れた。

ミュラーのシステムは、筋力よりも総合的なフィットネスや敏捷さの向上に重きを置いていた。皮膚を含めたすべての身体器官が鍛えられ、血行が促進されるべきだとされた。エクササイズは自宅ででき、特に開けた窓の前で行なうことが推奨され、補助器具は不要だった。

カフカは長年にわたり、きちんと毎晩「ミュラる」ことを続けた。プログラムには忠実に従った。親戚や友人にも布教を試みた。一番下の妹オットラには成功したようだが、

Übung Nr. 12

Fig. 74

Fig. 77

Fig. 75

Fig. 78

Fig. 76

Fig. 79

婚約者のフェリーツェ・バウアーにはうまくいかなかった。彼女にとって、手順に従うだけの孤独な体操は、およそ退屈すぎるものだったのだ。一九一七年九月にカフカは肺結核の診断を受けるが、彼はその年の終わりまで、おそらくはさらにその先まで、ミュラー式エクササイズを続けた。

写真はミュラーの古典的著作『私のシステム』より。写っているのは、エクササイズを実演する著者である。いくつかの書評でミュラーは皮肉られている。いわく、自分の本で自分の肉体を誇示している、いわく、序文で自分を「最高美を具えた人間」と褒め称えさせ、いわんや運動に関して書いた文章に「アポクシュオメノス」（アスリートを象った古代ギリシアの大理石像）と署名さえしている、と。

7 ムッツィへの小包

Pakete für Muzzi

カフカが婚約者のフェリーツェ・バウアーとともに写っている写真が、一枚だけ残されている。そこでフェリーツェが身につけているロケットペンダントには、ふたつのポートレートが入っていた。ひとつはカフカで、もうひとつは彼女の姪、ゲルダ・ヴィルマ・ブラウン、愛称「ムッツィ」。

ブラウン家——フェリーツェの姉エリーザベト(エルゼ)、その夫ベルナート・ブラウン、そして娘のムッツィ——は、一九一一年からハンガリーで暮らしていた。最初はブダペスト、戦争末期にはアラド(現在はルーマニア)に住んだ。フェリーツェ・バウアーは二度、姉のもとを訪れている。一度は一九一二年の夏——そのとき彼女はプラハに立ち寄り、そこでカフカと知り合う——、そして二度目は一九一七年で、そのときはカフカがブダペストまでついてきた。

戦争中、外国へ小包を送ることは、税関のややこしい規定や度重なる禁止措置によって難しくなっていた。ベルリンに住んでいたフェリーツェ・バウアーは婚約者に頼み、プラハからブラウン家へ荷物を送ってもらった。その中には一九一五年一二月三一日、ムッツィ四歳の誕生日のプレゼントもあった。カフカは子供の本と、おそらく菓子（戦争のために高価なものになっていた）をブダペストに送り、ブラウン家は感謝の印にと、画家姿の幼いムッツィが写っている写真をカフカに贈った。フェリーツェへの手紙にカフカは記している。

昨日君のお姉さんから丁寧な手紙をいただいた。ぼくは恥ずかしくなったよ、だってムッツィへのプレゼントはぼくの手柄じゃこれっぽっちもないし、月並みなものをちょっと選んだだけだしね（二〇マルク、小包ふたつ分にはもちろんじゅうぶん足りました）。ムッツィのかわいい写真も同封されていた。なんだかとてもすてきな写真。ムッツィがパレットを持って絵（赤ん坊を背中に乗せたコウノトリ）の前に立っているんだ。ムッツィは賢そうでかわいくて、見るからに健康な子だね。ぼくはもっとたくさん、もっと良いものを送ってあげればよかったなと、写真を見て思ったよ。

次の年、エルゼ・ブラウンはカフカに無心の手紙を送ったようだ。妹フェリーツェに、そういうことはしないようにと釘を刺されていたのだが。翌年のムッツィの誕生日、一九一六年の大晦日に、カフカは再度小包を作る。婚約者に宛てた三通の手紙から、そのことがわかる。

明日ムッツィに小包を送ります。いや、君の指示を待ってからのほうがいいかな。今のところリストはこんなふう。本二冊、おもちゃひとつ、キャンディー、カールスバート〔カルロヴィ・ヴァリ〕名物スパ・ワッフル、チョコレート。これくらいがぼくの想像力の限界です。かわいいワンピースかなにかも入れた方がいいだろうか。でもそれは細かく指定してもらわないと無理だな。あとはオットラにでも頼もうと思う。

（…）

ムッツィへのプレゼント、今度のはけっこうかわいいよ。オットラが仕上げてくれた。（…）

昨日ムッツィに小包を送りました。とてもすてきなものだよ。いいおもちゃが見つからなかったので積み木箱を入れたのが、今ひとつだったけれど。でもそれも、ほかのすてきなもので帳消しです。

「ムッツィ」・ブラウン、1998年

「ムッツィ」・ブラウン、1915年

8 カフカは嘘がつけない
Kafka kann nicht lügen

意識的に嘘をつくことが、カフカは生涯にわたって大の苦手だった。彼の日記と、同時期の手紙類とを比べてみると、ある事実にあえて触れなかったり、遠回しな言い方で——宛名人に応じて表現を変えながら——それとなく伝えたりしていることがよくある。しかし、あからさまな嘘や苦しまぎれの嘘をついたという証拠は、ほとんど見つからない。

例外をひとつ。カフカが一九一二年九月二三日の朝についた嘘だ。前の晩、彼は一睡もせずに『判決』を書く。そして疲労に加えて、——ついに創作上の壁を越えたと感じて——達成感に酔うなかで、いつものように七時四五分にオフィスに赴くことができなくなった。彼は上司のオイゲン・プフォールに連絡する。いわく、発熱と「軽い失神発作」によって午前中は仕事に行けない、だが午後には「必ず」行きます、と（名刺の裏に書かれたカフカの走り書きを参照）。しかしカフカは家から出なかった。翌日は同僚の様子伺いに耐えつつ、小芝居を演じるはめにもなった。

自分のためについた嘘でなければ、カフカは良心の呵責にも耐えられた。たとえば一

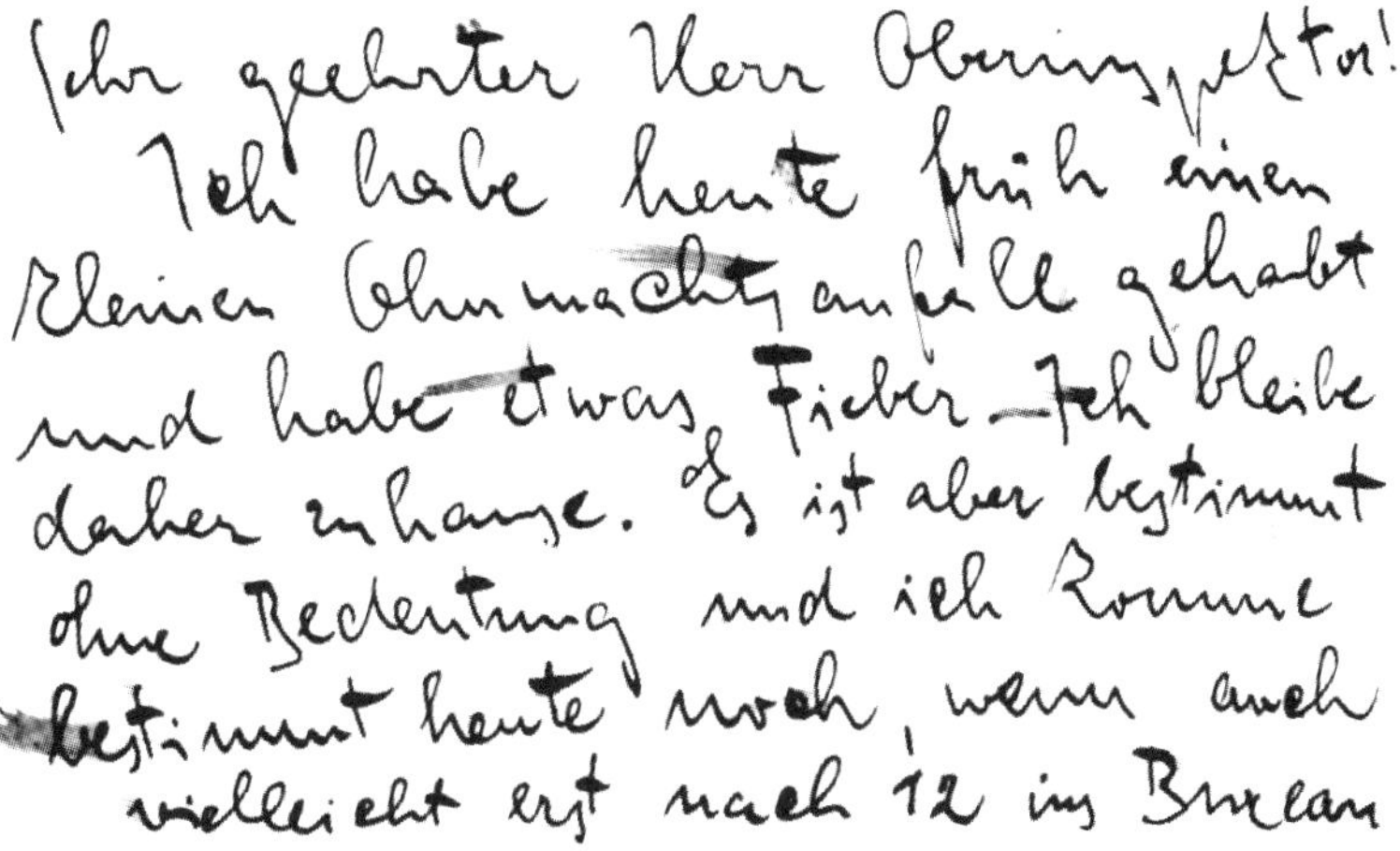
Sehr geehrter Herr Oberinspektor!
Ich habe heute früh einen
kleinen Ohnmachtsanfall gehabt
und habe etwas Fieber. Ich bleibe
daher zuhause. Es ist aber bestimmt
ohne Bedeutung und ich komme
bestimmt heute noch, wenn auch
vielleicht erst nach 12 ins Bureau

九一七年の秋、肺結核を発病したことを両親に言わなかったときのこと。勤める役所が三か月の療養休暇を許可してくれたが、嘘をつき通すために、この休暇は自分の「神経衰弱」のために許しを得て取得した、と伝えたのだった。結局数か月後に真実を知らされることになるのだが、両親はカフカの嘘を実際に信じこんだ。それはかなり奇妙なことだ。というのも戦争中、従軍していない役人は正規の休暇でさえ却下されていたのであって、神経衰弱などという理由で休むことが許されるわけもなかったから。

相手の利益に反する嘘をつく、ましてやそれを口頭で伝えることなど、カフカにはできない相談だった。一九二〇年八月、ミレナ・イェセンスカのたってのお願いでウィーンへ小旅行するため、心優しい同僚たちから休暇の許しを得ようとして、カフカは躊躇する。というのも、それにはごくプライベートな事柄に属する理由を述べる必要があったからだ。

そういうことには無頓着だったイェセンスカは、カフカにこう提案する。オスカー伯父さんとかクララ伯母さんとか適当にでっち上げて、重い病気になったと言いましょう、なんなら嘘の電報を見せればいい、と。「ぼくだって、役所で嘘がつけるよ、不安なときと……ぎりぎりの必要に迫られたときには」、つまり、君のためなら、と大見得切ったにもかかわらず、カフカは実行できなかった。このことは、ふたりの関係に変化をもたらす。イェセンスカはカフカのこの不首尾が許せなかったのだ。たとえカフカが、この事件をなんとか冗談めかしてしまおうとしたのであっても。

君は、ぼくがよりにもよって部長のところへ行って、吹き出しもせずに、クララ伯母さんが……などと言えるなんて、ほんとに思っていたの？（…）だってそれは無理というものだよ。クララ伯母さんを引っ張り出す必要がなくなって、良かった。それに伯母さんが死にそうだとしたって、オスカー伯父さんって連れ合いがいるわけだしね。誰だか知らないけど。まあとにかく、伯母さんには伯父さんがいる。願わくば彼も病に倒れませんように。たったひとりの遺産相続人なんだから。

9 カフカ、ビールを飲む

Kafka trinkt Bier

「ビリヤードをうんとやり、たっぷり散歩をし、しこたまビールを飲んだ」
（マックス・ブロートへの手紙、一九〇七年八月半ば）

「ミラノのビールはビールの香りはするが、味はワインのようだ」
（旅日記、一九一一年九月一日）

「カフカが飲まずにほおってあるリヒテンハイン・ビール、木のジョッキが汗をかいている」
（マックス・ブロート、旅日記、一九一二年六月二八日）

「木のジョッキに入ったリヒテンハイン・ビール。蓋をあけるとすえた匂いがする」
（旅日記、一九一二年六月二八日）

「そこらじゅうで肉がほかほか湯気を立て、ビールのグラスがぐいぐいと飲み干され、肉汁たっぷりのユダヤ風ソーセージ（少なくともここプラハではよく食べられている、ミズハタネズミみたいにまるまるとしたやつ）には親戚たちがよってたかってナイフを入れる、どれもこれも上等じゃないか。（…）そんなものには、いやそれよりずっとひどいことにだって、ぼくは嫌悪感などちっとも抱かない。それどころかたいへん良い気分になるってもんだよ」（フェリーツェ・バウアー宛への手紙、一九一三年一月二〇日、

二一日）

「それともお父さんは、ぼくがもりもりと食べ、加えてビールだって飲んだりできる人間だったら、ぼくに励ましの声をかけてくれたりするのでしょうか」

（『父への手紙』、一九一九年一一月）

「しばらくほぼ収まっていた不眠症だけど、少し前からまたひどいのが襲ってきているんだ。お察しのとおり、なんとかしようと悪あがきして、ビールを飲んだら逆効果。バレリアン茶も飲んだ。今日はブロム剤を用意してある」

（オットラ・カフカへの手紙、一九二〇年五月半ば）

「今日はビアガーデン（ビールの小さなグラスを手でこね回していた）」

（オットラ・カフカへの手紙、一九二〇年五月末）

「そうしてぼくらはストジェレツキー島へ行き、そこでビールを飲んだ。ぼくはひとり、となりのテーブルで」（ミレナ・イェセンスカへの手紙、一九二〇年八月八日、九日）

「そのことを耳にしたとき［カフカの妹エリとその家族がハイキングしたこと］、彼は目を陽の光のようにきらきらさせてこう言ったんです、「それならビールも飲んだろうね」と。熱をこめて、それはそれは嬉しそうに言うものだから、実際に飲んだ人以上にぼくらのほうが、そのビールの味わいを堪能したほどでした。以前お伝えしましたように、彼は今、食事のたびにビールを飲んでいます、すごくおいしそうに飲むので、彼を眺めているのは楽しいです」

（ローベルト・クロップシュトックがカフカの家族に宛てた手紙、一九二四年五月一七日）

「それと食事ですが、なんとか喉を通りやすくしようと工夫しています、たとえば、お父さんはきっと気に入ってくださると思いますが、ビールやワインを添えることで。ダブルモルトのシュヴェヒャート・ビールとか、「アドリア海の真珠」というワインとか。後者は今トカイワインに代えました。もちろん、飲む量とか飲み方などはお気に召さないことでしょう、ぼくだってもっとなんとかならないかと思いますが、でも今となっては変えようがないのです。ところでお父さんはこのあたりに従軍なさっていたことはありませんか？ ここの新酒などおなじみでは？ そいつをいつかお父さんとぐいぐい飲んでみたいです。酒量はさほどでないとはいえ、喉が渇くことにかけては誰にも負けないつもりですし。ぼくの飲み心をここに打ち明ける次第です」

（ユーリエとヘルマン・カフカへの手紙、一九二四年五月一九日前後）

「彼［カフカ］は、これなら尊敬し敬愛するお父さまとビールが飲めるぞと、すごく自慢げです。私はちょっと距離を置いて眺めていようと思います。ビールやワイン（それに水）、そのほかすてきなものを巡って繰り返されるおしゃべりを浴びて、私はたびたび酔ったように頭がくらくらしました。フランツは立派な酒飲みになってしまいました。食事にはビールかワインを欠かしません。ただし量はそれほどでもありません。トカイワインか別の食通向けワインを毎週一本空けます。私たちはワインをいつも三種類、手元に用意しておくんです。食通たるもの、バリエーションは大切ですから」

「父上母上、ひとつだけ訂正しておきます。喉が渇けばもっぱらビールというわけではありません。水や果物だって欲しくなります（うちではいつも、大きなコップにたっぷりの水がビールのあと食卓に出てきます！）。でも今のところ、事はゆっくりと進んでいます」
（ドーラ・ディアマントによるユーリエ・カフカ、ヘルマン・カフカ宛ての手紙、一九二四年五月二六日。「父上母上」以下はカフカの手による補足）

「お手紙にあった「なみなみと注がれたビール」をご一緒する件ですが、どうやらお父さんは今年の新酒があまりお好みでないようですね。ビールを飲むということなら、ぼくも賛成です。ところで今、熱に浮かされつつよく思い返しています。ぼくら、前にけっこうふたりでビールを飲んでましたよね、もうなん年も前、お父さんがぼくを市民水泳教室に連れて行ってくれていたときに」（父母への手紙、一九二四年六月二日）

カフカが人生最後の数週を「愛飲家」として過ごしたのには、わけがある。カフカの父母はそれをおぼろげに知るのみだった。喉頭結核を患っていたカフカは、痛みのせいで水分を少しずつしか飲み下せず、ゆえに喉の渇きにたえまなく苦しめられていたのだ。カフカがビールについて最後に手紙に書きつけたのは、その死の前日のことだった（手紙の全文は97を参照）。

マックス・ブロートはそのカフカ伝の中で、ヴルタヴァ川沿いの公営プールで開かれていた「市民水泳教室」の思い出をくわしく語っている。死の数週間前、ドーラ・ディアマントにカフカはこう語ったという。「まだ幼くて泳げなかったころ、父に連れられて、初心者用のコースによく通っていたんだ。父も泳げないんだけどね。泳いだあとぼくたちは、ソーセージと半リッターのビールを手に、裸のままビュッフェに腰を落ち着けた。父はたいていソーセージを家から持参。だって水泳教室で売っているのはすごく高かったから。――ねえ、思い浮かべてみてよ、大きな男が、おどおどしてチビでやせっぽちの男の子の手を引いてる姿を。ふたりが薄暗い小部屋で服を脱いでいるところを。恥ずかしくてもじもじしているぼくを父が引っ張って出てくるところを。水泳と称するものを父がぼくに教え込もうとしているところを。で、そのあとはビールさ！」

10

カフカお気に入りの歌

Kafkas Lieblingslied

さらば、路地よ
さらば、路地よ
ではね、穏やかに広がる屋根よ
父が、母が、ぼくを悲しげに見つめ
恋人がぼくを見送る

ここ、はるか遠い地で
ふるさとへ思いつのる
楽しげに歌うは職人たち
だがそれもうつろに響く

目の前には別の町
目の前には別の娘たち

ああ、娘あまたおれど
ただひとり、あの子はいずこ

別の町、別の娘
ただ中でぼくは声もなく
別の娘、別の町
ただ思いはふるさとへ

作詞はアルベルト・グラーフ・フォン・シュリッペンバッハ（一八三三年）、作曲はフリードリヒ・ジルヒャー（一八五三）。各節の最終行はリピートされる。ハルツ山地ユングボルンにあるルドルフ・ユスト・サナトリウムに滞在していたカフカは、一九一二年七月二二日にマックス・ブロート宛ての手紙にこう記している。

ねえマックス、君は「さらば……」の歌を知っているかな。ぼくらは今朝、歌ったんだ。歌詞を書き留めた。写しはとりわけ大切にとってある。混じりけがなくて、なんとも素朴。どの節にも痛切な呼びかけと沈む思いがあるのだ。

カフカのメモは、ノートの切れ端に残されている。歌詞の下には「これは本当にシュリッペンバッハ自身が作ったものだろうか？」と書かれている。その数か月後、一九一

二年一一月一七日、一八日に、フェリーツェ・バウアーに宛ててカフカは書く。

今年の旅日記帳から何枚か破り取って、恥ずかしげもなく便箋代わりに送ってしまうね。でもそのかわりと言ってはなんだけれど、帳面からするりと落ちてきた紙切れもいっしょに送るので、勘弁してください。今年滞在したサナトリウムで、朝のコーラスでよく聞いた歌の詞を書きつけたやつ。ぼくはその歌詞に惚れ込んで、書き留めておいたんだ。とても有名だから君も知っていると思うけど、あらためて読んでみて欲しい。この紙切れは、必ずぼくに送り返してね。それ無しではやっていけないので。この詩は感動に溢れてはいるけれど、構成は作法通りで、どの節にも呼びかけと沈む思いがある。誓ってもいいけれど、この詩の悲しみは本物だ。せめてメロディーくらい覚えておければよかったな、でもぼくは音楽を覚えるのがすごく苦手なんだ。

11 カフカ、バルコニーから痰を吐く

Kafka spuckt vom Balkon

カフカの翻訳者マーク・ハーマンは、二〇〇〇年にベルリンのアメリカン・アカデミーに特別研究員として滞在中、カフカの伝説的な「人形の手紙」(70参照)を再発見しようと思い立つ。その試みは不首尾に終わったものの、カフカのことを覚えている、というある年老いた女性からの電話を受けた。女性の名はクリスティーネ・ガイアー、作家カール・ブッセ(一九一八年死去)の娘である。ブッセの妻パウラは一九二四年二月から三月にかけて、カフカとドーラ・ディアマントに自宅の部屋を貸していた。

クリスティーネ・ガイアーによると、母からカフカのことを「ケースボーラー博士」と称する化学者だと紹介され、その正体を知ったのはカフカが退居したあとのことだったという。ちょっとした方便の嘘をつくことさえためらうカフカが(8参照)本名を数週間にわたって隠し通すはめになったのは奇妙にも思えるが、その前に借りていた部屋の家主にいやな目にあわされた直後とあっては、考えられないことではない。そして、隣近所や学校でのおしゃべりを極力避けたいがゆえに、ユダヤ人ではないとはっきりわかる借り手を優遇していた大家のパウラ自身にとっても、そのほうがよかったのかもし

れない——彼女自身、改宗した元ユダヤ教徒だったのだが。

クリスティーネ・ガイアーは、さらにこんな出来事についても語った。

うちの庭にはちょっとした園亭があり、そこは年月を重ねて生い茂る木々に覆われていました。カフカの部屋のバルコニーからは、それがじかに見えたのです。私はそこでいつも友だちと遊んでいました。父が「二匹の子アヒルのための仲良しベンチ」と書いたベンチがあって……。ある日のこと、そのころ彼はすでに具合がひどく悪くなっていたのですが、ある音が聞こえてきました。彼のところからは私たちのことが見えなかったのでしょうね、カフカが下に向かって痰を吐いたのです。それが数日続いて、私は母にそのことを告げました。母は驚いて——もちろんカフカは下に子供がいるなんてまったく知らなかったのですが——私たちに園亭に近づくことを禁じました。でもカフカにはなんの責任もありません。とてもいい人でしたよ、やさしいおじさま、という感じかしら。

結核を病み、ひどく痩せ、常に咳き込んでいたカフカがこの件で問い詰められたのかどうか、資料は残っていない。知らずにしたこととはいえ、子供たちを自分が吐いた痰で感染させてしまうなどということがもしあれば、カフカにとってそれは犯罪的行為と思えただろう。

ブッセ夫人の家で七週間弱を過ごしたあと、カフカは健康上の理由でベルリンを離れねばならなくなった。家主であったブッセ夫人は、のちにテレジーンの強制収容所を生きのびた。

写真はベルリン・ツェーレンドルフ、ハイデ通り二五―二六（当時）にあったブッセ邸。外階段にいるのがパウラ・ブッセとふたりいる娘のひとり。カフカは二階の二部屋を借りていた。

今はブッセ通り七―九となっている場所に、もうこの建物はない。クリスティーネ・ガイアーは二〇〇九年一月三一日に一〇〇歳で亡くなった。

12
唯一の敵
Der einzige Feind

カフカの社会生活でとりわけ目立つ特徴は、彼がどんな立場の人からも好感を持たれていたということだ。男性からも女性からも、ドイツ人からもチェコ人からも、ユダヤ教徒からもキリスト教徒からも。長年カフカを見てきた同僚や上司に好かれていただけでなく、ホテルや療養所で加わった見知らぬ人々との会食でも、友人のそのまた知り合いのなかにいても、同様だった。日々の付き合いにおいてカフカは愛想がよく、親切で、チャーミング。親身になって話を聞くが、押しつけがましさは一切ない。なによりその独特な自己韜晦の物言いが、知性の面でも性愛の面でも、他人にライバル視されることから彼を遠ざけていた。ゴシップ的争いには距離を置き、周囲の同時代人が残した日記や手紙にも、カフカに関して悪意ある言葉は見当たらない。

ひとつだけ、目にとまる例外がある。「カフカには、離れていればいるほど、不快な思いがつのる。あの猫かぶりの下の悪意」。医師で作家のエルンスト・ヴァイスは、恋人だった女優のラーヘル・ザンツァーラに宛てた手紙のなかでそう記している。ヴァイスはカフカの友人だが、マックス・ブロート周辺の人間ではなく、ある意味ブロートと

エルンスト・ヴァイス

競合関係にある人物であって、そういう存在は珍しいのだ。ヴァイスの考えによれば、プラハでの幾層もの結びつきから解かれてベルリンで文学的基盤を確立することは、カフカにとってその人生の諸問題を解決する唯一考え得る方法だった。

絶縁にいたるいきさつはあきらかでないが、カフカがヴァイスの小説『闘争』の書評を書くと以前から約束していたにもかかわらず、最終的に断ったことに、ヴァイスは腹を立てたらしい。その小説が出たのは一九一六年四月のことで、当時カフカは長いこと小説が書けず、ほんのちょっとした執筆仕事にも才能のなさを感じていたころだったが、ヴァイスはそれを言い訳だと思ったのだ。「ぼくの体調が上向くまで、おたがいもう関わり合わないのがいいと思う」とカフカはフェリーツエ・バウアーに書いている。「それが賢明な解決法だ」

第一次世界大戦後になってふたりの作家に一応の和解がなされたけれど、ヴァイスのカフカに対するひそかな敵愾心は払拭されることがなかったし、カフカの死後になって再燃することにもなる。ヴァイスはカフカ・ファンだったゾーマ・モルゲンシュテルンに向かってこう断言している。カフカの自分に対する振る舞いは「ゲス野郎」のそれだった、と。三〇年代になっても、「尺度と価値〔*Mass und Wert*〕」誌〔トーマス・マンが創刊した亡命者のための文化雑誌〕上で、みながカフカの作品を高く評価するなか、ヴァイスはかつての友人のことを社会的自閉症だと決めつけている。

13 カフカの目は何色だった？

Welche Farbe hatten Kafkas Augen?

カフカの目に関しては、とても印象的だと感じる人がカフカの周囲にいた。さらに面白いことに、カフカのすぐそばにいた人であっても、彼の目の色をまったく違ったふうにとらえているのだ。ハンス＝ゲルト・コッホ編の回想集『回想のなかのカフカ』（ベルリン、一九九五／二〇〇五〔吉田仙太郎訳、平凡社、一九九九〕）、あるいはその他の証言を見渡しても、意見はみごとにばらばらである。

黒（四票）

「彼の黒い目はきりりと、しかし暖かい」（フェーリクス・ヴェルチュ）

「私をその黒い目で見つめた、いつも物憂げで、若者らしくないそのまなざしで」（アンナ・リヒテンシュタイン）

「彼の黒い瞳」（ミハル・マレシュ）

「黒い目」（アロイス・ギュートリング）

灰色（四票）

「私はカフカの鋼灰色の目と深みある瞳につねに強い印象を受けていた」

「カフカは大きくて灰色の目をしていた」（グスタフ・ヤノーホ）
（ミリヤム・ジンガー）
「その目は灰色に光りながら一直線に私を見つめる」（マックス・ブロート）
「灰色の目」（ヴァーツラフ・カレル・クロフタ）
青（三票）
「その鋼青色の目で」（ドーラ・ゲーリット）
「彼の深みのある目は青い色をしていた」（フレッド・ヘランス）
「暗青色の目」（ティーレ・レスラー）
茶色（三票）
「彼は茶色い、内気な目をしていた。話すときにはきらめきが宿った」
（ドーラ・ディアマント）
「そのきれいな茶色の目で」（クリスティーネ・ガイアー、旧姓ブッセ）
「彼は美しく、大きく、茶色い目をしていた」（アリス・ヘルツ＝ゾマー）

このような矛盾への外交上の解決策を、カフカの旅券が示してくれている。そこには目の色の項目にこう記されている。

「黒青灰色」

感情
Emotionen

14

カフカがつい泣いてしまうこと

Worüber Kafka weinen muss

泣くということにぼくは戦慄する。泣くなんて、できない。誰かが泣いていると、この不可解で奇妙な自然現象よ、などと思う。長年泣くことのなかったぼくだが、二、三か月前、一度泣いた。肘掛け椅子のなかで、続けざまに二度、身を震わせて。こらえきれずにしゃくりあげ、寝室の両親を起こしてしまわぬかとひやひやした。夜中だった。そしてぼくを泣かせたのは、自分の書いた小説の、ある箇所なのだ。

自分自身の苦しみよりも他人の運命に心を動かされがちなこと。カフカのヘンなところのひとつである。しかもそれは、現実の人間でもフィクションでもおかまいなく、なのだ。リアルな人生になど関与したくないというカフカの思いを、それはさらに強めることになる。「人間関係を捉えて楽しむ能力は、ぼくにはある。それを実体験する力は、ない」と、一九一三年に婚約者フェリーツェ・バウアー宛ての手紙でカフカは書いている。ある映画を観て泣いてしまったあとのことだ。この時期彼は重大な危機のさなかにあったこと、そしてほんの二週間後、別の映画館で同様の事態が生じたこと、を考え合わせてみれば、悲しいシーンは彼自身の悲しみへ感情的ルートを通すための単なるきっかけにすぎなかったのだろう。

ふたつの例で、カフカを泣かしめる読みの体験をさらに掘り下げてみよう。「マリー・アブラハム、二三歳の訴訟記録を読んでむせび泣く」と彼は日記に記している。「彼女は九か月になるかならぬかの娘バルバラを、困窮と空腹のゆえに、靴下止めとして使っていた男物のネクタイで絞め殺した。型どおりのお話」

ここで注目すべきは「型どおりの」という語である。この概念はどちらかといえばプロットの質を云々するときに使うものだろう。しかしカフカにとって、社会において幾千回も繰り返し演じられてきた「型」は、安っぽい小説さながらの惨めさをこの「お話」に加えたのだった。法廷の陪審員たちも同じように感じたことは、「プラハ日刊新聞」の詳細な記事（カフカ三〇歳の誕生日前日のもの）を読むとわかる。陪審員たちは彼女に無罪を言い渡したのみならず、彼女のために寄付を集めさえしたのだ。

数年経った一九一六年の秋、カフカはフェリーツェ・バウアーへの手紙でこう書いている。「ある箇所に至って、ぼくは読み進めることができなくなった。ソファに身を沈め、声を出して泣いた。この何年か、泣いたことなどなかったのだけど」。彼が読んでいたのはアルノルト・ツヴァイクの戯曲『ハンガリーでの祭礼殺人』。カフカは他の場所でこの作品についてかなり批判的に言及しているのだが、この戯曲の最後のほうに、とりわけ心を打つ場面がある。娘を殺された母親が時を経て盲目となり希望を失っている。母親はそれと知らずに娘を殺した犯人と出会う。そして、恩人だと思い込むのである。

おそらく生涯でたった一度だけ、カフカは他人の目の前で我を失った。フェリーツェ・バウアーとの決定的な別れの直後のことだ。一九一七年のその日、カフカは不意にマックス・ブロートのオフィスに現われる。この場面をブロートはのちにカフカ回想録のなかで記している。「ちょっと休ませてもらおうと思ってね、と彼は言った。いましがたF.を駅まで送ってきたところだ、と。顔面蒼白、表情は厳しく、こわばっている。そして突然、泣き出したのだ。彼が泣いているのを見たのは、このとき一度限りのことだ。この光景を私はけっして忘れないだろう。これほどの体験など、そうそうあるものではない」。カフカはその翌日、妹のオットラに宛てて書いている。「午前中は泣き通しだった。大人になってから泣いた分ぜんぶ合わせたより、ずっと泣いた」

15

カフカはエルゼ・ラスカー＝シューラーが嫌いだった

Kafka mag Else Lasker-Schüler nicht

カフカは嫌悪感を表に出すことがほとんどなかった。彼の個性のひとつである。日記のなかでさえ、やんわり皮肉がせいぜいで、他人について挑発的、攻撃的な物言いをすることなど、けっしてなかった。長年にわたって敵対関係を「育む」――マックス・ブロートはそれでひどく消耗したのだったが――などといったことにカフカは縁がなかったし、たとえば作家エルンスト・ヴァイスとのあいだのように交友が不和に終わった数少ない場合でも、彼の口から出るのは相手を慮る言葉なのだった。

だからこそ、そんな通例に反する唯一の例外が、いっそう目立つ。ベルリン在住の作家エルゼ・ラスカー＝シューラー、彼女についてカフカは常になく辛辣な言葉を発しているのだ。いつものカフカはどこへやら、彼女の個人的な不幸にも、心動かされることはなかった。フェリーツェ・バウアーに宛てて書いている。

彼女の詩には耐えられません。空っぽで退屈以外のなにものでもないし、どこもかしこもわざとらしくて腹が立つ。同じ理由で、散文にも辟易します。なかでうごめいているのは、大都会で精一杯背伸びして暮らす人間の、やたらぴくぴく痙攣する脳みそなのです。でも、思い違いをしているのは、もしかしたらぼくのほうかもしれない。彼女を好む人は大勢いるし、たとえばヴェルフェルなどは熱狂的な口調で彼女のことを語ります。たしかに彼女は不幸な目に遭っていて、ぼくの知るかぎり、二人目の夫が彼女のもとを去りました。プラハでも彼女のための募金があり、ぼくも五クローネ出すはめになりました。同情心なんてこれっぽっちもないんだけれど。なぜかわからないのですが、彼女と聞いて浮かんでくる姿は、夜な夜なカフェをはしごする大酒飲み、なのです。

一九一三年、カフカとラスカー＝シューラーの行動は続けて二度、交差している。最初はイースターのころ、ベルリンの文学カフェ、ヨスティにおいて。この会合の出席者は、皆で出版人クルト・ヴォルフに送った絵葉書に記録されている。参加した作家たちがサインしたなかに、カフカとラスカー＝シューラーの名もあるのだ。その二週間後、ラスカー＝シューラーははじめての朗読会のためにプラハへやってくる。駅ではファンの一群が彼女を出迎え、夜の旧市街廻りへと連れ出した。そこで道化芝居さながらの事件が起こる。プラハの日刊紙「ボヘミア」はこう描写する。

テーバイのユスフ王子に扮するエルゼ・ラスカー=シューラー、1912年

「『女流詩人と警官』
　昨夜一二時、ちょっとした出来事が夜を歩く人々の耳目を集めた。旧市街広場で、珍妙な服に身を包んだ女性を、警官が怒鳴りつけたのである。その女性は恍惚とした表情でリズミカルに体を揺らしながら、天を仰いで支離滅裂な歌を歌っていたからだ……。黒い衣服に身を包み、波打つ巻き毛の黒髪に縁取られた首には、オニキスのネックレス。女性の名は、エルゼ・ラスカー＝シューラー。詩人の同行者たちは警官にたいして、テーベからやってきた異国の客という趣向で（エルゼ・ラスカー＝シューラーはその詩のなかで自らをテーベの王子と称している）、ここで東方流の祈禱をしているのだと訴えたが、聞き入れられなかった。「そんなことはどうでもよい！」と警官は答えた。「ここで歌を歌うことは禁止されている」。そしてかの浮き世離れした詩人に対して、歌唱をやめるよう激しい口調で求めた。詩人は驚いて立ちすくむと、激高したようすで「王子」ということばを警官めがけて投げつけると、立ち去った……」
　カフカがラスカー＝シューラーのプラハでの朗読会を聞きに行ったかどうか確証はないが、あってもまったくおかしくない。それどころか、この出来事の目撃者だった可能性だって、否定できないだろう。

16 カフカ、腹を立てる（その1）

Kafka ist wütend (I)

パウル・キッシュ宛て、ミュンヘン、一九〇三年一二月五日

おい、まったくいまいましいやつだな、顔を思い浮かべると怒りがこみ上げる唯一の人間だよ君は。これは五通目の手紙だからね。必要な住所を教えてくれよ、お願いだからさ。プラハに向かって土下座でもしなきゃだめか？　首洗って待ってろよ！

フランツより

パウル・キッシュ（一八八三－一九四四）はエゴン・エルヴィン・キッシュ（一八八五－一九四八、プラハ出身のドイツ語作家、ジャーナリスト、報道記者）の兄で、カフカの旧市街国立ギムナジウムでの同級生である。一九〇一年秋、ドイツ文学を学ぶためにキッシュがミュンヘンに移り住んだとき、最初カフカも彼に倣おうとしたが、結局プラハに残りドイツ語系大学に入学した。一方でキッシュは最初の学期が終わるとすぐにプラハに戻ってきてしまう。

二〇歳のカフカがはじめてミュンヘンを訪れた際には（一九〇三年一一月二四日から一二

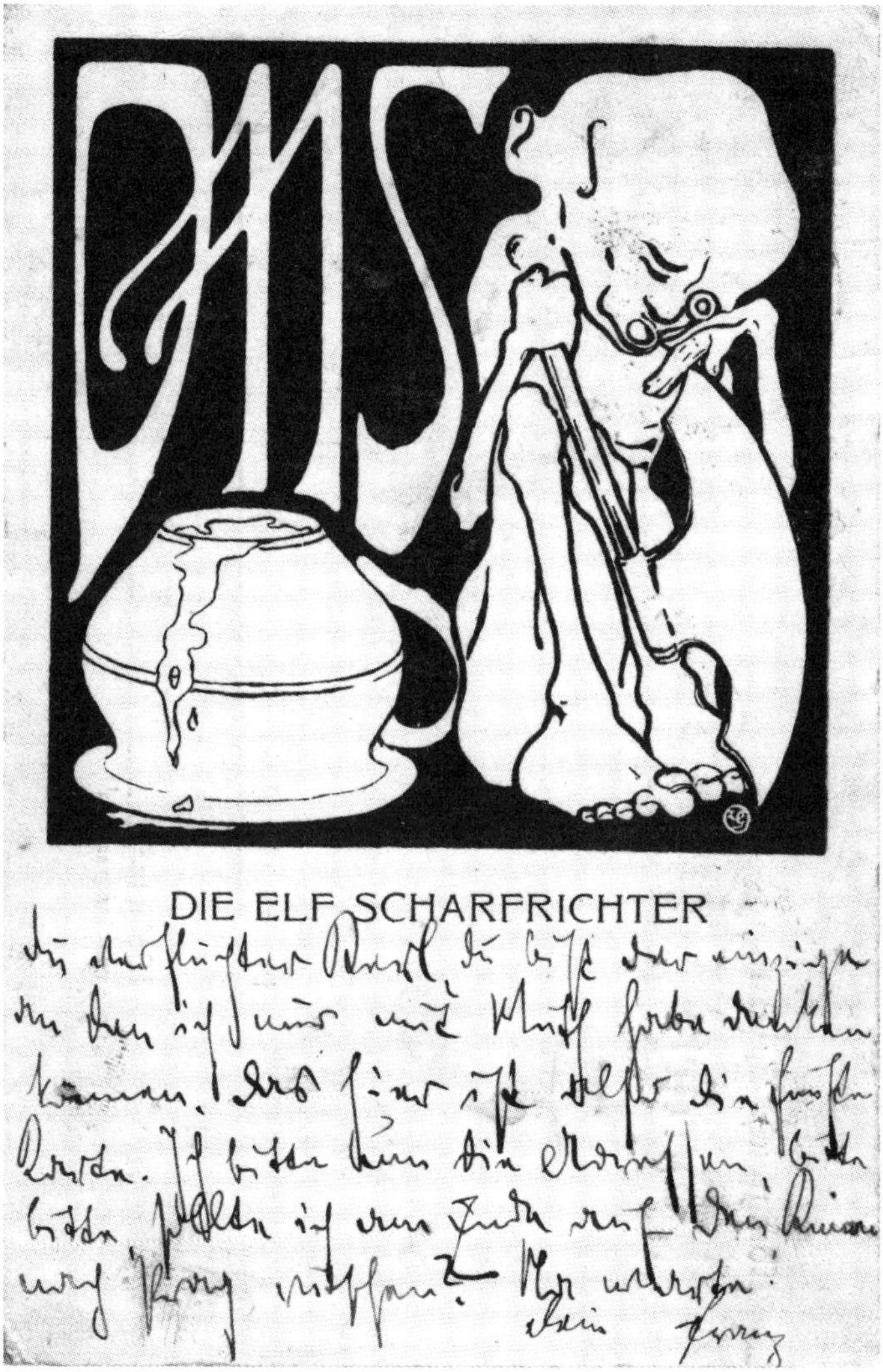
DIE ELF SCHARFRICHTER

月五日）、キッシュは彼にミュンヘンの文学スポットをたっぷり指南したことだろう。さらにミュンヘンでは別の同級生エーミール・ウーティッツ（一八八三－一九四七、哲学者、美術理論家）も学んでいた。絵葉書のイラストのモチーフから推察するに、フランク・ヴェデキントが歌曲やバラードをひっさげて出演したあの有名なキャバレー「十一人の死刑執行人」にも行ったようだ。カフカがミュンヘンでキッシュに宛てて書いた五通の葉書のうち、四通が残されている。この葉書は最後のもので、プラハへ戻る途中のニュルンベルクで投函されたと思われる。一通目、一一月二六日の葉書で、カフカはミュンヘンでの彼の滞在先（ゾフィーエン通り一五、ローレンツ・ホテル四階）を伝えている。しかしキッシュから返事はない。キッシュはカフカに買いものをいくつか頼んでいたのに（カフカがキッシュに尋ねている「住所」というのはこれに関するもの）。

なかば冗談で、なかば本気で怒りをぶちまけたこの葉書のあと、どうやらこの友人同士は互いに疎遠になったようである。それ以降、ふたりのあいだでやりとりされた手紙は残されていないからだ。キッシュがプラハで決闘規約を有する学生結社に参加したこと、ドイツ民族主義の色をその行動において強めていったこと、などがカフカには気に障ったのだろう。

17 カフカ、腹を立てる（その2）

Kafka ist wütend (II)

ぼくは工場に関してほとんど直接の利害関係はない。むしろ間接的なものがほとんどだ。一番目の懸念は、ぼくの助言と懇願によって父がK［カール］に用立てた金が失われるのはいやだということ。二番目は、カールよりもぼくらのほうに多く貸してくれた伯父さんの金が失われるのはいやだということ。そして三番目は、E［エリ］とそのK［子供たち］の金が失われてしまうのもいやだ、ということだ。ぼくの金とか、ぼくの賠償責任の話などはどうでもいい。けれど総体的に見て、昨今の情勢においてもろもろ危機に瀕していることと、この件は連動していると考えている。もちろんそちらには全幅の信頼を置いている。少なくとも帳簿によれば、この三か月のあいだにおよそ千五百クローネを君が借り出していることに、ぼくはいささかの動揺もない。帳簿では君は四百クローネ払い入れている。きっと残りも戻してくれるのだろうし、カールの意向に沿った形で動いてくれているのだろう。だが、そのことをぼくはまったく知らなかった。帳簿を見て、はじめて気づいた――そういえば最近は帳簿に日付が記入されていない――。ぼくが驚いたのはなによりそれゆえであり、またこのところ工場の経営が危うくなっているからなのだ。ぼくはただ驚き、とりあえず腹に収めた。この件は問わないことにした。

　あらかじめ断っておくが、ぼくはエリの報告をすべて信じているわけではない。君は彼女をひどく興奮させ、戦争がはじまった今もその興奮はおさまっていない。彼女はものが見えなくなっている。彼女の語ったことの大半はただの思い過ごしだと思うけれども、君が彼女にたいしてひどい態度をとったのではないか、それも女性工員たちの前で、という疑いは、どうしても残る。彼女が女性であり、君の兄の妻だということを、君は忘れていたのじゃないだろうか。

「彼女はここで見張っていて、あなたを呼び寄せた」。それは嘘だ。侮辱的な嘘だ。考えうる限り最大の自由を君は持っていたし、今も現に持っている。君の働きは申し分なく、そのことに疑う余地はない。ぼくが工場に関して抱いている懸念は、君のそれとはまったく違った種類のものだ。それはまったくもって控えめなものではあるけれど、だからこそかなりやっかいなのだ。君は業務に対して責任を担っている（そして、それ以外のことにはそもそも責任がない）が、ぼくは金銭に関する責任者だ。ぼくは父や伯父からの金に責任を負っている。そのことを軽く考えてもらっては困る。自分の金だったなら、なんらかの対応をすることなど朝飯前だ。だが残念ながらぼくには対応しようという気持ちはあっても、おもに自分が抱えている理由ゆえに、なんの手出しもできない。月に一回出向いてきて二時間座っていること、ぼくがしているのはそれだけだ。それ自体に意味はなく、誰の損にも得にもならない。ぼく自身の責任感や懸念を埋め合わせようと、むだな努力をしているだけだ。君がそれにけちをつけるなんて、お笑いぐさだし思い上がりだ。ぼくは帳簿を点検するために来ているんじゃない。そうではないのだ。たとえぼくにその資格があり、そうする義務があったとしてもだ。ぼくが工場に出向くのは例によって身勝手な目的のため、つまり自分を納得させるためだ。君が不在なら、むしろ行かなくていいかなと思うくらいだ。なぜならいつだって君の話を聞きたいのだから。それでもぼくは出向いた、それがぼくのやるべきことだったし、君がいない間になにか大事なことが起こらなかったか、確認もしたかったから。ぼくが帳簿に目を通したのは、たまたま、なにげなくのことだ。たとえばゴムの業界新聞を読んだってよかった。けれどその帳簿に、ぼくが興味を抱いてもしかたのない数字をいくつか見つけてしまったのだ。

E［エリ］とK［子供たち］がぼくらのところで暮らすに際して父が生活費を受け取ることに、君は文句を言ったらしいね。でも君には関係ないだろう？　なんで君が意見などできるのかな。

これは手紙の草稿で、おそらく一九一四年一一月二五日に書かれている。カフカの妹エリの配偶者カール・ヘルマンの弟、パウル・ヘルマンに宛ててのものである。きっかけは、カフカの父と伯父アルフレート・レーヴィ、そしてカフカ自身が資金を出し合って一九一一年に設立した工場「プラハ・アスベスト工場ヘルマン社」の帳簿をめぐるいざこざだった。この会社をめぐっては、それまでも家族内の衝突が繰り返されていた。その大きな理由は、法律に精通するカフカが、自分も共同出資者であるにもかかわらず、家族によって投入された資本金の監督者としての責任を果たそうとするそぶりを見せなかったからだ。

戦争のはじまりとともに状況は悪化する。カール・ヘルマンが士官として召集され、会社が弟のパウルに委ねられる。一方でエリとふたりの子供は両親のもとに身を寄せた。代理権を得たパウルは、カフカや義理の妹エリから不信の目で見られていたようだ。怪しい収支の動きをカフカが発見したことによって、その不信は事実として確認されたように思われた。

カフカの秘められた攻撃性を示すこの草稿、かなり風変わりなのだ。自分宛てに金を振り出した理由をパウル・ヘルマンに直接尋ねればいいものを、かわりに帳簿をちらりと覗いたことの言い訳をしているがごとく、なのだから。共同出資者として、その権利は当然あったのに。ここでカフカは、パウル・ヘルマンを厳しく監督してほしいという家族が彼にかける期待と、確証なく人を疑うことへの嫌悪感とに、あきらかに引き裂かれている。しかもその人は、自分自身よりもずっと熱心に工場の業務に携わっているのだ。実際のところ彼を怒らせたのは資本損失の恐れではなく、パウルのエリに対してとった横柄な態度だったのだろう。それも、従業員のいる前での。

18 教授とサラミ
Der Professor und seine Salami

リーヴァからの帰途、グリューンヴァルト教授。死神を思わせるドイツ＝ボヘミア風の鼻、やせて貧血気味の顔には赤く腫れて膨れあがった頬、顔をぐるりと囲むブロンドの髭。食い気と飲み気にとり憑かれている。熱いスープをむさぼり飲み、サラミを皮もむかずに丸かじり、かけらまできれいに舐める。ぬるくなってしまったビールを、まじめな顔してごくりごくり。鼻のまわりに汗が噴き出している。いくらじっくりと凝視し報告しても、し尽くせないほどの、おぞましさ。

カフカが一九一三年一〇月にガルダ湖への旅行から帰る途中でじっくり観察した教授は、プラハ・ドイツ工科大学の数学者アントン・グリューンヴァルト（一八三八—一九二〇）である。カフカはそこで一九〇九／一九一〇年の冬学期に機械工学の講義を聴講している。労働者傷害保険の実務のために再教育を受けたのだ。グリューンヴァルトは大学の実力者で、学長を数年間にわたって務めもした。数学者帝国を作り上げ、高等教育界隈で名をなした。彼の息子のうち二人は父と同様に数学教授の地位を得て、プラハで教鞭を執った。

　飲食にふける教授をカフカがじっと見つめていたのはどこでのことなのか、レストランなのか食堂車なのか、日記のわずかな記述からは、正確にはわからない。注目すべきは、そしてきわめてカフカらしいのは、観察結果を書き留めたのがプラハに戻って数日経ってからだということ、「おぞましさ」も含んだその肉々しいディテイルをあたかも写真に写したように記憶していること、である。

アントン・グリューンヴァルト

19 カフカはお上品でない

Kafka ist nicht prüde

一九一一年一一月二六日、二九日

マックスと［…］A・M・パッヒンガーに会いにいく。リンツ出身の蒐集家で、クビーンからの紹介。五〇歳、大男、しゃちほこばった動き。彼がしばらく黙ると、こちらは目を伏せる。黙るときは完全に黙ってしまうからだ。話す内容も断片的。その生活は蒐集と性交でできている。［…］彼はホテル・グラーフの喫茶室から、自分が泊まっている階上の部屋へと我々を導く。効き過ぎの暖房。彼はベッドに、我々は彼を囲んでふたつの肘掛け椅子に腰を下ろす。なごやかな集いといったおもむき。彼の最初の質問は「おふたりも蒐集家でしょうか?」「いえ、貧しき愛好家にすぎません」「なるほど、かまいませんよ」。彼は鞄を引き寄せると蔵書票を取りだし、文字通りこちらに投げて寄こす。彼自身のもの、他人のもの。彼の次の本『シュタインライヒにおける魔法と迷信』の宣材が混ざっている。彼にはすでに多くの著書がある、特に「芸術における母性」についての書物。妊娠した体こそ最高に美しい、それは彼にとっても性交するうえでたいへん好ましい、と。［…］辞するさい、彼は整えられていたベッドから布団を引っぺがし、部屋の温度に馴染ませようとする。あまつさえ暖房をさらに強めるよう指示もした。［…］女性について。彼が自分の性的能力について語るのを聞いていると、彼のでかいあれが女性のなかにゆっくりと入っていくさまを思い描いてしまう。かつての彼の得意技は、もうダメと言うほど女性たちをへとへとにさせてしまうことだった。すると彼女たちは魂が抜ける。ケモノ状態。そういう屈服のさせかたは、まあ想像がつく。自分はルーベンスの描く女性が好みだと言うが、要は上はこんもり膨らんで下側は平べったい、袋のような大きな胸が好きなのだろう。そんな嗜癖の理由を語るに、最初のオンナがそういう女性だったのだと。なんでも母親の友だちで同級生の母親。一五歳のときに誘惑された。彼は語学が得意で同級生は数学が得意、それで同級生の家で教え合っていたら、そんなことになった。歴代の女性の写真を見せられた。現在のお気に入りは中年女性で、椅子に座わる姿は両足が開いて腕がもちあがり、顔は脂肪でひだになり、つまりは肉の塊。ある写真ではベッドに横たわる、胸は広がり膨らんでそのまま固まったよう、へそのあたりを頂点にそびえ立つ腹とともに、山脈をなすがごとく。もうひとりのお気に入りは若く、写真は一枚だけ、ボタンを外したブラウスから突き出た胸と、きれいな口をとがらせてそっぽを向いている顔。彼は当時ブライラで、避暑に来ていた、太ってとても人好きのする、夫に相手にされず欲求不満の商人妻たちにおおいにモテたのだと。収穫がより多いのはミュンヘンのカーニバル。住民登録課によれば、カーニバルの間に六千人を超える女性が、あきらかに性交の相手を求めるためだけに、連れもなしにミュンヘンにやってくるのだとか。バイエルン中から、さらには近隣の州から、既婚者が、おぼこ娘が、未亡人が、やってくる。

一九一四年六月一二日

パッヒンガーは死体から銀の貞操帯を鋸で切り外した。場所はルーマニアのどこか、死体を掘り出した作業員たちをぐいとかきわけると、そこに見えるのはたいしたものでもなさそうだがちょっと記念に持って帰りたい、などと言い繕いつつその貞操帯をごりごり鋸で引き、骸骨から引きはがした。この男は村の教会で気に入った貴重な聖書や絵や札などを見つけると、目当てのものを本や壁や祭壇から引きちぎり、申し訳ないがせめてものお返しにと、二ヘラー硬貨を置いておく。――太った女性を好む。手に入れた女はみな写真に撮る。山のような写真をどの来訪者にも見せる。ソファの端に座り、客は彼からなるべく離れたもう一方の端に座る。パッヒンガーはあらぬほうを見ているが、客が今どの写真を見ているかちゃんとわかっていて、あれこれ説明を加える。そいつは年寄りの未亡人、そのふたりはハンガリー人の小間使い、などなど。

カフカとマックス・ブロートはアルフレート・クビーンの紹介で、リンツ出身のアントン・マキシミリアン・パッヒンガー（一八六四－一九三八）と知り合った。親の遺産の金利で暮らしていたパッヒンガーは常軌を逸した蒐集家で、民俗学に関する本を出し、論文を発表し、講演した人物。彼の蒐集は、ドアの金具から祈禱書まで、婦人科医療に関する文書から巡礼メダルまで、靴下止めから歴史的写真類まで、ありとあらゆる分野にわたっていた。

カフカがパッヒンガーを詳細に描写するこの日記の一節は注目に値する。カフカが性的なテーマについてこれほど露骨に書いた例は、他にない。彼がおおいに興味を引かれたことは間違いないが、それはパッヒンガーのエロスへの執着だけにではなく、欲しいものに向かって分別などかなぐり捨て、ためらわずに突進する姿勢に対してにも、だったのだろう。そんなふうに「奔放に生きる」人間、それを通して自分の生きる立場を定めてもいる人間に対して、カフカは以前から特別な、さらには感嘆のまなざしを向けていたのだ。

日記の文脈から判断するに、一九一四年の記述はパッヒンガーに再び会ってのことではなく、クビーンがカフカに語った内容をもとにしているのだろう。

パッヒンガーは、フリッツ・ヘルツマノフスキー＝オルランドの作品に、奇妙な人物としてたびたび登場している。

アントン・パッヒンガー、1898年

20 娼婦のところで

Bei den Dirnen

店を移転するので箱を運び出し埃を払う、少女、勉強はぼちぼち、君の本、娼婦たち、マコーリー（トーマス・マコーリー、一八〇〇―五九、英国の歴史家、政治家）の『クライヴ卿』（一八四〇）。ちょっと数え上げるだけでもこんな感じだ。

――マックス・ブロート宛ての葉書、一九〇六年五月二七日

月曜から火曜にかけて計画していた夜遊びだけど、かわりにすてきな朝遊びとしゃれこんでみないか？　朝の五時か五時半にマリア像前で落ち合って――それなら女運もつこうってもんだ――トロカデロに行くか、ヴェルカー・フフレあたりに繰り出すか、あるいはエルドラドにでも行こう。それで成り行きによってはヴルタヴァ川沿いの庭園でコーヒーを飲んでもいいし、ヨッシーの肩にもたれかかってるのでもいい。どちらでも、すてきだ。――マックス・ブロート宛ての手紙、一九〇八年三月二九日

今むさぼるように読んでいる君の本だけが、ぼくの気持ちを晴らしてくれる。わけのわからぬ不幸の淵にこれほど沈みこんだのは、久しぶりのことだ。読んでいるあい

だは、そこにしがみついていられる。たとえ小説が不幸な者を救うつもりなど毫もないとしても。だがそれ以外の時は、ぼくに優しく接してくれる人を切実に求めてしまうのだ。だから昨日はホテルで娼婦と過ごした。彼女はもうメランコリックになる歳ではなかったし、恋人に対するほどには人は娼婦に優しくしてくれないものだという事実に驚くわけでもなかったが、やはり残念そうな顔はするのだ。ぼくは彼女を慰められなかったし、彼女もぼくに慰めを与えてはくれなかった。

——マックス・ブロート宛ての手紙、一九〇八年七月二九日、三〇日

ぼくは娼館の前を通り過ぎる、恋人の家のごとくに。

——日記、一九〇九年

［パリにて］合理的なしつらえの娼館。建物中の大窓にこぎれいなブラインドが下ろしてある。守衛室には男性ではなく、きちんとした身なりだがどこの家にもいそうな女性。すでにプラハで娼館のアマゾネス的性格に薄々気づいてはいたが、ここではそれがさらに顕著だ。女性の門番はベルを鳴らすと、我々を守衛室に引き留める。これから客が階段を降りてくると連絡があったとか。階段をのぼると、見栄えの良い女性がふたりで（なぜふたりで？）我々を出迎える。控えの間の電灯を点ける。暗がりあるいは薄暗がりのなか、客待ちの娘たちが座っている。彼女たちは四分の三の円をなして（我々が加わると円が完成する）すらりと立ち、各自ポーズを取って魅力をアピール。選ばれた娘が前へ。大股。マダムがぼくのほうに手を伸ばして促す……だが出口へ引

っ張って行かれるような気分。気がつけば通りに出ている。その間どこがどうなったのか、見当もつかない。ひどくあっという間。あそこで娘たちをじっくり眺めるのは難しい。数が多すぎるし目配せはするし、なにしろすぐ目の前に立っているしで。目を皿のようにして見るべし。要訓練。覚えているのはぼくのすぐ目の前に立っていた娘くらいか。すきっ歯で、ぴんと背筋を伸ばし、股間のあたりで服をぎゅっと握りしめている。大きな目と大きな口をぱちぱちぱくぱく開けたり閉じたり。ブロンドの髪はかきむしったようにくしゃくしゃ。やせっぽち。帽子を取る必要はないのに脱いでしまわなかったか不安。つばについ手をやるのをこらえなければ。孤独で、長く、無意味な家路。

——日記、一九一一年

三日前、スハの娼館。ユダヤ人の女、細面、より正確に言えばあごにかけて細くなり、だがウェーブのかかった髪型のせいでふわふわ散漫に見える顔。建物内部からサロンへ通じる小さな扉が三つ。客たちは舞台上の衛兵所にいるかのよう。テーブルの上には飲みもの、むろん手つかずのまま。のっぺりした顔の女、妙にごわごわの服で、うんと下の裾のなかがかろうじて動きを見せる。今いる、かつていた女の幾人かは、クリスマス市で売っている児童劇場の操り人形みたいな格好、フリルと金飾りのついた、縫い目がゆるくて引っ張ればほどけて手に布きれが残るばかり、という風情の服。女主人の、確実に匂ってきそうな詰め物の上でぎゅっと結びあげている、くすんだブロンドの髪。その鉤鼻の向く先は、垂れた乳房、かた太りの腹と、ある種の幾何学的な関係をなしている。今日は土曜日でひどく賑やかだがうちはさっぱりだ、頭が痛い、とこぼす。

——日記、一九一一年一〇月一日

娼婦のいる通りを、ぼくはいつも、わざと抜けていく。女たちのそばを通ると、なかのひとりとねんごろに……という、手は届かぬとも無きにしもあらずの可能性を思って、胸が高鳴るのだ。それってさもしいこと、だろうか？　でもぼくにとってこれ以上のことはない。それぐらいしても罪はないだろうし、後悔だってしない。ぼくのささやかな望みは太って歳のいった女性、古びてはいても、とりどりの房飾りが豪華な服を着ているような。ひとりの女がたぶんぼくのことを見知っている。今日昼下がり、彼女に出くわした。まだ商売用の服ではなく、ひっつめ髪のまま。帽子はかぶらず、料理女の仕事着のようなブラウスを着て、たぶん洗濯女のところへ持って行く包みをひと抱え。彼女になにかしら魅力を見出す人間などひとりもいないだろう。ぼく以外には。ぼくらはちらりと視線を交わす。さて今や日暮れ時、寒くなってきた、と思いつつふと見れば、ぴっちりしたベージュのコートを着た彼女が、ツェルトナー通りから入った細い路地の向こう側にいる。そこが彼女の根城なのだ。ぼくは二度ばかり振り返ってその女を見る、女もこちらの視線を捉える、だがぼくはといえば、思わず逃げ出す始末なのだった。

——日記、一九一三年一一月一九日

性的衝動がぼくを突き上げる、日夜ぼくを苦しめる。そいつをなだめるには、恐れと羞恥と、さらには悲しみとに打ち勝たねばならないだろう。けれど、目の前にさあどうぞとチャンスが差し出されれば、ぼくは恐れも悲しみも恥もそっちのけで、いそいそとそれを利用するはずなのも、一方で確かなことなのだ。

——日記、一九二二年一月一八日

襟首をひっつかまれ、通りから通りへと引きずられ、扉のなかに押し込まれる。

——日記、一九二二年一月二〇日

売春婦のもとに通うこと、それは当時の市民層の男性にとって、さしあたり倫理上のというよりはむしろ衛生上の問題であって、それはカフカも同様だった。男性の性は蒸気ボイラーのごとくで（女性はその限りにあらず）、より大事を招かぬようときおり圧力を放出してやらねばならない。だから独身者や「欲求不満の」既婚者が金を払って性行為をするのは正当なことだというのが、そのころの風潮だった。行きずりの女と婚約するくらいなら、売春宿に行くほうがよっぽどましだ……三六歳のカフカにたいして、しかも母のいる前で、カフカの父はそんなことさえ言っているのだ。

世紀転換期のプラハには数十軒の売春宿《パブリック・ハウス》があり、またそれと並んでたとえばトロカデロやエルドラドのような数多くのバー、ナイトカフェ、ワイン酒場があって、そこでは簡単に商売女たちと知り合えた。カフカは少なくとも二回、そのたぐいの女性と情交を結んでいる。あまつさえ、そんな不適切交際の証拠が写っている写真も残されているのだ。ワイン酒場のウエイトレス、ハンジ・ユーリエ・ソコルとのツーショットである。さらにマックス・ブロートと行ったミラノ、パリ、ライプツィヒ旅行でも、ふたりで娼館に出入りしている。

観察力や自己観察力が鋭さを増していった年月を経て、カフカにとって自分のセクシュアリティの問題はしだいに重荷となっていった。ブロートとは異なり、女性を「消費する」ことが彼にはもはやできなくなった。一九一二年頃からは、プラハのナイトライフに加わることもほとんどなくなる。娼館訪問について書かれた最後の記述は一九二二年一月の日記だが、カフカはそれを精神医学で言うところの「脅迫行為」風に記している。

カフカとハンジ・ユーリエ・ソコル、1907年

21 女の子とたわむれる

Ein Flirt

一九一一年一〇月一六日

昨日の日曜日は、たいへんだった。従業員全員が、父に退職を願い出たのだ。〔…〕午後、ラドティーンへ。経理担当を引き留めるため。〔…〕ハーマン邸の中庭を行きつ戻りつ。足をぶらつかせていたら、その足先に犬がお手をした。子供たち、ニワトリ、大人もちらほら。子守の娘が、中庭に面したバルコニーの手すりから身を乗り出したり扉の後ろに隠れたりしながら、ぼくのほうをちらちらと見ている。あの子の目に今のぼくはどのように映っているのだろう。無表情な男？　はにかみ屋？　若く見える、それとも年寄りに？　無礼者か人懐こいやつか、手は後ろに回しているのか前に組んでいるのか、寒そうなのか暑そうなのか、動物好きか実業家か、ハーマン氏の友人なのか金の無心に来たのか、酒場と便所を往復するループにはまっている会合参加者たちよりはましなのか、それともぼくのぺらぺらの背広こそ物笑いの種なのか、ユダヤ教徒なのかキリスト教徒なのか、それとも、それとも……。わからない。うろついたり、鼻をぬぐったり、ふと立ち止まっては「パン」誌を読んだり、急に誰もいなくなったりしないか心配でバルコニーのほうに目をやってしまうのを我慢したり、ニワトリを眺めたり、男に挨拶されたり、講演者のほうを向いた人々のむっつりとした、思い思いにかしげた顔と顔が並んでいるのを窓の外から眺めたり。そんなこんながぼくという存在をいっそう不可解に見せている。

一九一一年一〇月一七日

［…］引き続きラドティーン。ひとり凍えながら庭園をぶらついていると、開いた窓のむこうに、ぼくとともに建物のこちら側へとやってきたあの子守り娘がいた……。

一九一一年一〇月二〇日

［…］引き続きラドティーン。こっちに降りてきなよとあの子に言った。それまでは仲良しの女の子たちとこちらを見ながらくすくす笑ったり気を引くそぶりをしてたのが、会ってから今まで見せたことのなかったまじめ顔で、彼女は最初の返事を返してきた。ぼくらはおおいに笑い合った。開け放った二階の窓辺で寒そうにしたまま、その子は降りて来なかったけれど。組んだ腕に両の胸を押し当て、たぶん膝を曲げて窓辺に体をあずけている。一七歳とのこと。あなたは一五か一六ねと言って、会話が終わるまでその意見を変えようとしなかった。鼻がちょっとだけ曲がっていて、頬に一風変わった影を投げていた。でもまた会ったときにそれでその子だと気づきはしないだろう。ラドティーンではなくフフレ出身（プラハ方面へひと駅のところ）、覚えてて、と。そのあと、経理の男とラドティーンを出て暗い街道を駅へ戻りがてら、ぶらぶら

散歩。彼はぼくがここに来なくても、会社に残ってくれていただろう。

一九一一年一〇月半ばのこと、カフカの両親は手痛い打撃をこうむる。カフカの父は装飾品を扱う会社を営んでいたが、支配人が突然退職を申し出た。独立したいのだという。のみならず、残りの全従業員が新しい会社に移るという密約がなされていたことも明らかになる。

父ヘルマン・カフカは、説得と、おそらくは金銭的な譲歩によって、数人の従業員に移籍を思いとどまらせた。そして弁の立つ息子フランツに、ある任務を託す。一〇月一五日、日曜日、まずプラハのジシュコフ地区に行き、そこに住む簿記係を翻意させること（これは失敗に終わる）、それから午後にプラハから一五キロ南にあるラドティーンへ行き、そこで別の経理担当者の良心に訴えてくること。同じ日にプラハ日刊新聞に、ドイツ語とチェコ語が話せる支配人、補佐、女性事務員を募集するカフカ商会の公告が掲載された。

カフカはラドティーンでまず、例の経理担当の紹介者である父の友人を訪ねて状況を説明しようとするのだが、助力をあてにした当の人物は集会に参加中で、カフカはしかたなく薄着のままで（いつものこと）酒場の前で待つはめになる。その時間つぶしに、女の子とちょっとたわむれた。

少年に見られたこと、それゆえまじめに受け取ってもらえなかったこと。すでに二八歳のカフカにとって、それはとくに新たな体験でもなかった。ほぼ一〇年後にも、同じような経験をすることになる（64を参照）。

カフカの日記からわかるのは、親の会社の心配よりもこの日曜日にあった出会いのほうに、カフカの気持ちが数日のあいだ向いていたことだ。

22 局長の娘——悪夢

Die Tochter des Chefs – ein Albtraum

昨晩の怖い夢、出てきたのは目の見えない子ども、どうやらライトメリッツ〔リトムニェジツェ〕のおばの娘らしい、だがそもそもおばに息子はいるが娘はいないのだ。そういえば息子のひとりはいつだったか足の骨を折った。夢に出てきた子と外見は異なるが多々つながりがあるのは、マルシュナー博士の娘だ。最近見たばかり、かわいらしい子供から野暮ったい服を着た小太りの娘になりつつある、といったふうだった。夢の子供は目が見えないか弱視かで、両目を眼鏡で隠していた、レンズからずっと奥に見える左目は乳灰色で丸く突き出し、もう片方は引っ込んでいて、その上をレンズがぴたりと覆っていた。視力調節がうまく働くようにこの眼鏡をかけるには、耳の上からくるりとかける通常のツルではだめで、かわりにレバーのようなものを用いるのだが、頬骨以外にそれを支える場所はなく、ゆえに眼鏡からのびた棒は頬へと下に向かい、頬に開けられた穴から肉の中へと消えて骨まで届き、一方で別の針金が穴から飛び出して、それが耳に巻きついているのだ。

カフカがこの夢から思い起こしたのは、ローベルト・マルシュナーの娘ベルタ・マルシュナー（一九〇〇－一九七二）。ローベルト・マルシュナー博士は一九〇九年からプラハ労働者傷害保険協会の局長を務めており、ゆえにカフカの一番上の上司だった。

カフカの手紙や日記の記述からわかるのは、文学に関心のあったマルシュナー局長が、部下がもの書き仕事に精力を割いているのを充分承知したうえで、カフカを庇護し引き立てもしていた、ということだ。カフカがオーストリア軍に加わりたいと願い出ても断固として却下し、専門家として職場に不可欠なのだと繰り返し告げることで、カフカが戦場に赴くのをマルシュナーは阻んだ。マルシュナーの妻エミーリエはプラハで名の知られた文学サロンを開いていたが、カフカは少なくとも一度、朗読者としてそこに登場している。しかしマルシュナー家とプライベートで深く付きあうことはなかった。

ベルタ・マルシュナー

23 美しいティルカ

Die schöne Tilka

このところ、いろいろ観ている。頭痛はおさまっている。ライス嬢とたびたび出歩く。いっしょに『彼とその姉妹』を観る。ギラルディが出ているやつ。［…］彼女と市立図書館。彼女の家でご両親に旗を見せてもらう。すてきなふたりの妹、エスターとティルカ、輝く光と深い陰影が対照的なふたり。とくにティルカは美しい。熟したオリーブの色、アーチを描くまぶたは深く沈む。ディープ・アジア。ふたりとも肩にショールをかけている。どちらも中背、むしろ小柄だが、女神のごとくすっくと立ち、気高く見える。エスターはソファの丸いクッションに、ティルカは部屋の隅でよくわからない何かに腰掛けている。どうやら箱のようだ。

たとえ外見に好感を持った女性でも、カフカはその気に入らない点を、ときにはむりやりにでも、あげつらうことが多かった。一九一五年一一月三日の日記は、彼が女性の美しさに留保抜きで魅了されている、数少ない例のひとつである。

手書きの書き込みをよくみると、彼がどれほど強い印象を受けたかがわかる。カフカはまず「すてきなふたりの妹」と書いて終止符を打つ。次にその終止符を消し、エスターとティルカ、と名前を添える。そして「ティルカ」のあとに打った終止符をまた消して、「輝く光と深い陰影が対照的」と続けるのだ。

長女ファニー、そして妹エスターとティルカは、ガリツィアのレンベルク〔現ウクライナ、リヴィウ〕出身の東方ユダヤ人であるライス家の姉妹である。ライス家は他の数千の家族と同じく、ロシア軍の侵攻を受けてプラハに逃れてきた。マックス・ブロートはそのような家族の娘をボランティアで教えていたが、その場にはカフカもたびたび同席して、ようすを静かに見ていた。おそらくそのようにして、ライス家との関わりができたのだろう。

カフカが言及している旗とは、おそらくレンベルクから逃げるときに大切に携えてきたトーラーの旗のことだろう。ファニー・ライスといっしょに新ドイツ劇場のマチネ公演で観た芝居はベルンハルト・ブーフビンダー作の「歌付き喜劇」で、当時もっとも有名なオーストリアの喜劇俳優、アレクサンダー・ギラルディが演じた。

ティルカ・ライス

24 ユーリエとデート

Rendezvous mit Julie

愛する人へ　木曜日が祝日だってぼくら気づかなかったね、あれは金曜日に変更しない？　そのほうがいいと思うけど、どう？　金曜日の三時半にパレス・コルナで。これは内緒だけど、ぼくはヘブライ語の授業をさぼって行くんだ、でもそっちへ行けば君のヘブライ語教室を休むことになってしまう。ヘブライ語とヘブライ語が闘って、君の勝ち。
Fr.

カフカが婚約者ユーリエ・ヴォリツェクに書いた、これまで知られている唯一の手紙。二〇〇八年になってはじめてあるオークションに登場し、プラハのチェコ文学館が落札したもの。

気送管郵便で送られた手紙で、一九一九年七月一八日の日付がある。この年カフカは、主にギムナジウムの教師でシオニストのフリードリヒ・ティーベルガーからヘブライ語を習っていた。ティーベルガーが回想記にそう記している。

ユーリエ・ヴォリツェクは「シャメス」、つまりシナゴーグの使用人の娘だったので、

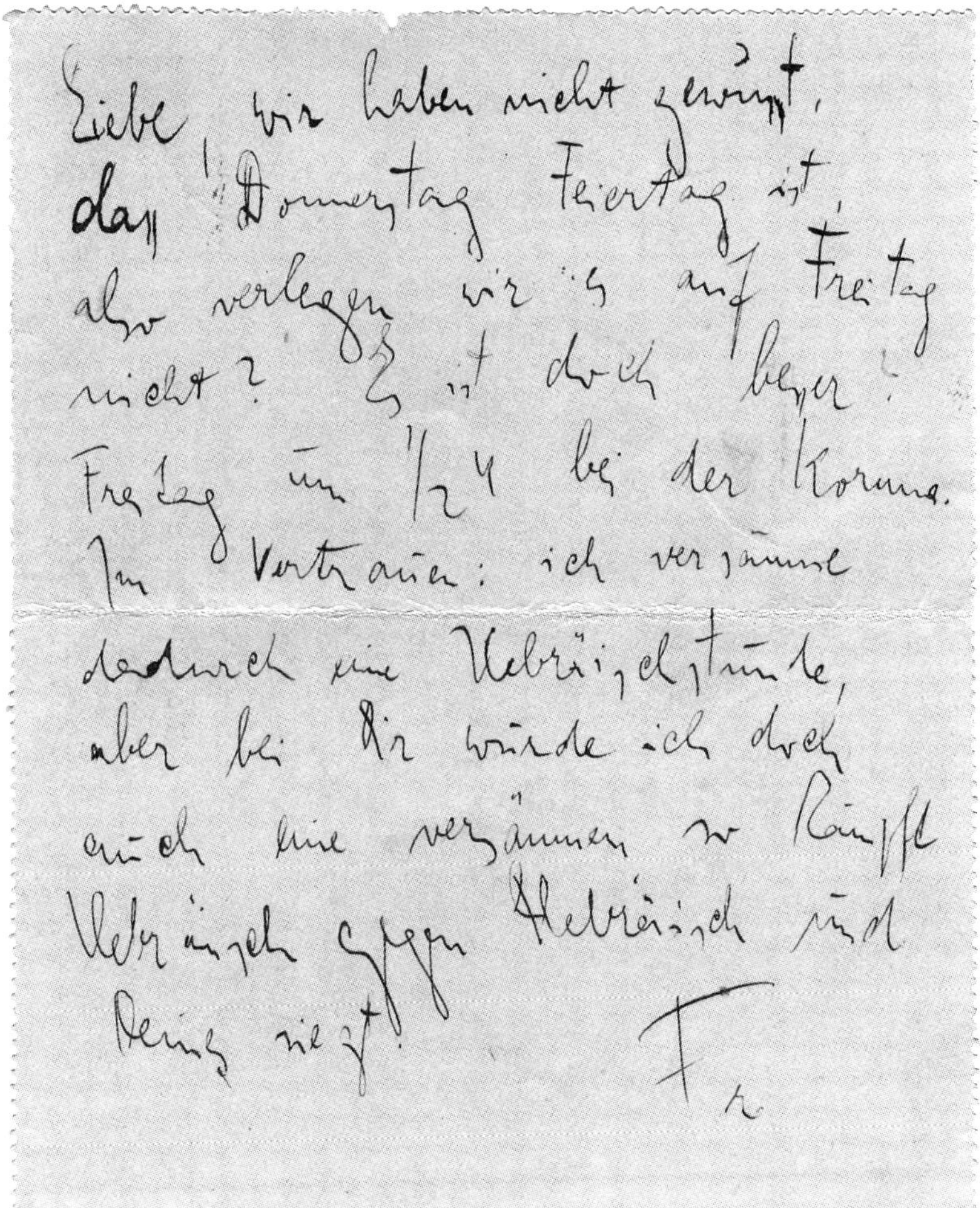
Liebe, wir haben nicht gewusst,
dass Donnerstag Feiertag ist,
also verlegen wir es auf Freitag
nicht? Es ist doch besser.
Freitag um ½4 bei der Koruna.
Im Vertrauen: ich versäume
dadurch eine Hebräischstunde,
aber bei Dir würde ich doch
auch keine versäumen so kämpfe
Hebräisch gegen Hebräisch und
Deines siegt!
Fr

彼女も古いヘブライ語をいくつか記憶にとどめていた可能性はある。しかし、カフカの皮肉をこめた、しかし意味のよく通らない文面はおそらく、カフカをおおいに楽しませた彼女の「とめどなくわき出てくる、下品きわまる俗語表現」のことを言っているのだろう。イディッシュ語由来の表現で、同化ユダヤ人のあいだでは禁句となっていた。

待ち合わせの場所としてカフカが提案したのはパレス・コロナ（チェコ語ではコルナ）。グラーベン通りとヴェンツェル広場の角にあった威容を誇る建築物で、中をパサージュが横切っていた。

25 カフカ、ある絵に思い沈む

Kafka meditiert über ein Gemälde

彼はある絵のことを思い出していた。夏の日曜日のテムズ川を描いた絵。水門の開放を待つボートが、川面を幅いっぱいに埋めている。どのボートにも、明るく軽やかな服装をした楽しげな若者たち。暖かな空気と水の冷たさにその身を委ねている。だれもがみな同じようすであるがゆえに、集いの楽しさは個々のボートに囲い込まれず、戯れと笑いがボートからボートへと伝わり広まっていく。

彼は想像してみる。岸辺の草むらに――絵に岸辺は描かれていない、ボートの集団が全体を支配している――彼自身が立っている。彼はその祭りを眺めている。実際は祭りではないのだが、そう呼んでも差しつかえなさそうだ。もちろん彼はそこに加わりたくてたまらず、おずおずと手を差し出すが、しかし自分に率直に言い聞かせるしかない、自分はそこから閉め出されている。そこに加わることはできない、それには充分な準備が必要だ、するとこの日曜日が終わってしまうだけでなく何年も何年もかかりついには彼自身もこの世を去ってしまう、たとえここで時が止まったとしても別の結果を得ることなどできないのだ、出自、教育、身体的訓練、そのすべてが今とは異なる形で実現しない限りは。

かの行楽客たちから彼は遠く隔たり、しかし同時に非常に近くもあって、一筋縄では理解できぬのだった。彼らは彼と同じ人間であり、人間らしさと完全に無縁ではいられない、だからもし彼らをよく観察したならば、彼を支配しかつ彼を舟遊びから閉め出しているあの感情が、彼らの中にもまた生きているということを見出すはずだ、ただし、それは彼らにとり憑き支配することをせず、ただどこかの隅の暗闇に亡霊のごとく漂っているだけなのだ。

一九二〇年二月二日の日記。カフカの自己省察の一例である。三人称で書く文体は自分を遠くから客観的に眺めるためのもので、一九一九年秋に書かれたあの長大な「父への手紙」以降、カフカはしばしばこの手法を用いている。ここで扱われている主題も、あきらかにあの手紙と響き合うものだ。

カフカが取り上げている絵は、イギリスの画家エドワード・ジョン・グレゴリー（一八五〇－一九〇九）が一八九五年に描いた油彩画「ボウルターの閘門、日曜の午後」。この絵はカフカが存命中に大陸で展示されてもいるが、彼がオリジナルで見たのか複製を見ただけなのかは、わからない。

ボウルターの閘門（ロンドンの西、メイデンヘッドを流れるテムズ川にある）は、今日でも観光スポットとして知られている。

26 父に宛てた三通の手紙

Drei Briefe an den Vater

カフカはシェレーゼン滞在中の一九一九年一一月に、父に宛てて長文の手紙を書いた。今日それはカフカが「父親問題」に向き合った、きわめて印象的・典型的な事例のひとつとされている。だがそれ以前に、少し書きかけて放棄された別の手紙があったことは、あまり知られていない。最後まで書かれた一九一九年の手紙とは異なり、その草稿は形の上では両親宛となっている。しかしその真の、唯一の宛先は、父親だ。

愛するお父さん、お母さん

フーゴー・カウフマンが最後にうちに来て、お父さんやカールと会社のこと、家族のことをいろいろと話しあったあの晩のことですが、ねえお父さん、あのあと風呂場にいたぼくは、お父さんがお母さんに愚痴をこぼしているのを聞いてしまいました、あいつは話し合いに出てきもしなかったな、と。お父さんからそうやって責められるのははじめてでもないですし、ドア越しに聞くだけではなく面と向かっても言われましたし、家業に無関心なこと以外でも怒られましたし、お父さんのこれまでの叱責はぼくに重くのしかかっているわけですが、でも、はっきり聞こえてきたわけでもないあの晩の非難は、常にも増して悲しく感じたのです。打開策はないかとずっと考えつづけ、そしてベッドのなかでようやくアイディアがひらめきました。お父さんが湯治のあいだにもし読む暇があるなら、手紙を書いてみたらどうだろう。そのなかですべてを説明してみたらどうだろう。思いついたうれしさにのぼせ上がって、書かねばならぬことが即座に一〇〇は浮かんできましたし、それらを完璧に納得させる話の運びかただって、見つけたように思いました。翌朝目覚めたときにもその喜びは消えていませんでしたし、今でもまだ続いています、でも書けるという自信はなくなってしまいました。そうたいそうなことでもないはずなんですけど。そんなわけで、自信のないままこの手紙を書きはじめています。お父さんがそれでもぼくのことをまだ愛してくれていること、書かれている以上のことを読み取ってくださることを、願いながら。

お父さん、ちょっと思い返してもらえれば、ぼくらの関係がここ数年ときに耐えがたいほどのものになっていたこと、同意していただけますね。（お母さんとの関係だってたぶん根本はそう変わらないものだったと思いますが、でもお母さんの無私の心がそれを見えなく感じなくさせていたのです、お母さんへのぼくの負い目をすべて吸い取ってしまう、あの底なしの私心の無さが）。ぎくしゃくした関係が生じた責任はぼくにあります、ただぼくのみに。総じてぼくはお父さんのことを気にかけてきませんでした、そこらの知り合いでさえ（息子の義務ということは置いておいても）ぼくよりは気遣いしてくれるくらいなものでしょう。ぼくがお父さんを気にかけるそぶりでもしたなら、無理矢理そうさせられてるんだなと人は思ったはず。ぼくは妹たちへの義務も果たしてこなかったし、その点でお父さんの心配を取り除いてもあげられませんでした。

日付のないこの草稿のトーンは、書き上げられたあの手紙よりもずっと抑制的だ。ゆえに書かれたのは一九一九年以前、おそらくその数年前だろう（カフカ書簡集を編纂したハンス＝ゲルト・コッホは一九一八年五月と推定している）。この草稿が書かれた時期は家庭内のいざこざ（カフカの目からは父親の自業自得だと見えていた）がいまだ日常的なものとはなっていなかったようだ。とくに父ヘルマンと妹オットラとの不和や、カフカの新たな婚約をめぐっての衝突など。一九一九年九月のこと、つましい暮らし向きの家庭で育ったユーリエ・ヴォリツェクと結婚するつもりだとカフカが両親に告げたとき、カフカは父に怒鳴りつけられ、自尊心をいたく傷つけられた。この騒動のあとカフカの気持ちは、ただ自己を正当化して済ますのでなく、きちんと決着をつけることへ、より強く向かうことになる。

父との不和を書面を通じて解消しようとするカフカの試みは、この草稿と有名になった例の手紙のほかに、少なくとももうひとつあった。一九一八年四月、妹オットラ一家の営む農場のひとつに数か月滞在したのち、カフカはプラハの両親の家に戻る。帰宅に際してその旨を手紙で父に知らせるのだが、その手紙のなかで彼は愉快とは言えぬテーマについてどうやら言及していたようなのだ。とりわけ、オットラの農民暮らしへの父の嫌悪のこと――その毛嫌いは激しくて、しばらくは末の娘の名前を聞くだけで父は激怒したのだった。その手紙は残されていないが、カフカの従姉妹で彼の父の装身具店で働いていたイルマが書いた、とりわけ仲良しだったオットラ宛ての手紙のなかに、その痕跡が見てとれる。カフカがプラハに戻る五日前の一九一八年四月二五日、感情をストレートに示すタイプの彼女はオットラにこう文句をつけている。「フランツがお父さまに書いた手紙、ほんとに迷惑だったんだから」

27 カフカは医者を信じない

Kafka glaubt den Ärzten nicht

まったく医者ってやつには腹が立つ！　カネはきっちり取るくせに治療は頼りない、金勘定するときの堂々たる態度を引っぱがせば、病人のベッドを前にして学童のごとく立ち尽くすのが関の山だ。

——日記、一九一二年三月五日

いいえ、有名な医者のことなどぼくは信じないのです。信じるのは、医者が自分はなにも知らないと言うときだけです。それどころかぼくは医者を憎んでいるのです（あなたに好きな医者などいないといいのですが）。

——フェリーツェ・バウアーへの手紙、一九一二年一一月五日

ぼくは六人きょうだいの一番上で、すぐ下の弟ふたりは医者のせいで小さいときに死んだ。——フェリーツェ・バウアーへの手紙、一九一二年一二月一九日から二〇日

［クラール］医師の診察。先生はすぐさまぼくにぐいと迫る。ぼくは文字通り自分を抜け殻にし、先生は空っぽのぼくのなかに空っぽの言葉を、軽蔑されつつ反論も受け

ぬまま、吹き込む。

——日記、一九一三年六月二一日

そもそもあの先生［クラール医師］の言うことなど信じてない。でも気分は落ち着かせてもらってる。まあそれはどの医者でも同じだけれど。

——フェリーツェ・バウアーへの手紙、一九一三年八月四日

医学がやっていることなんて、苦痛でもって苦痛を手当てしているだけじゃないですか、それを「病気と闘った」なんて言っているんです。

——グレーテ・ブロッホへの手紙、一九一四年五月一七日

……もちろん、健康な人間というのはなべてどんな病人と比べても愚かしく見えるもの、実際また愚かな振る舞いをするものだ、ということが正しいことに変わりないとしても、です。そしてそれは、とりわけ医者に当てはまるでしょう。やつらは職業上そのように振る舞う必然性があるのです。

——グレーテ・ブロッホへの手紙、一九一四年五月一八日

……昨日、再び彼のもとを訪ねた。彼はいつもよりは明晰だったけれど、彼の、いやあらゆる医者の特質は依然として保たれていて、どうしたって無知もいいところだし質問するほうもどうしたってすべてを知りたいと思うしで、だから内容のないことを

繰り返すか大事なところで矛盾したことを言うばかり、言を左右してはぐらかそうとするんだ。

――オットラ・カフカへの葉書、一九一七年九月四日、五日

それは医者というのは愚かですよ、というか他の人間より愚かということはないけれど、やつらのもったいぶるさまが滑稽なのです。いずれにせよ心してくださいね、医者というのは関わり合ったその瞬間から愚か度を増していくんですから。さしあたり、その医者が求めていることは愚かでも非常識でもありませんよ。

――ミレナ・イェセンスカへの手紙、一九二〇年五月二一日頃

友人としての関係だけならば、医者ともなんとか付きあえるけれど、そうでなければ彼らと折り合うことなど不可能だ。たとえばぼくは今、ここと、クラール先生と、伯父さんと、三人の医者にかかっている。それぞれ違ったアドバイスをくれるのはべつに珍しいことじゃないし、正反対のことを言う（クラール先生は注射に賛成だが、伯父さんは反対）のも、まあそんなものだろう。でも、自分が前に言ったことと矛盾することを言うのは、理解できないね。

――オットラ・ダヴィトへの手紙、一九二一年三月一六日

あるのはたったひとつの病気だけ、それだけなんだ。そしてこのひとつの病気を医学はただやみくもに狩り立てる。果てしない森また森へと、一匹のけものをひたすら

追い立てるがごとくに。　――マックス・ブロートへの手紙、一九二一年四月下旬

学問としての医学（日本で言うところの「西洋医学」）に対するカフカの見解は、自然療法の概念に影響を受けている。神経過敏や不眠、頭痛といった不定愁訴的な症状を薬剤で治療することに、カフカは強く反発した。そのかわりとして彼が傾倒したのは、健康的な食生活、野外活動、大気浴や日光浴だった。彼自身を襲った結核のような致命的な病気についても同様で、人間的な思いやりに溢れ、ストレスのない環境で「自然に」生きることも、病気の根本に決して届かぬ（と彼は考えていた）科学的治療と同じくらいに有効だとカフカは思っていた。国によって義務づけられた予防接種もカフカは拒否した（28を参照）。つまり、今日の目から見ればカフカは疾病の「ホリスティック」な、心身統合的なモデルに与していたといえる。

学問的医療に対する楽観主義が世に広まっている。その単一原因説に皆しがみついてもいる。当時のそんな風潮を、カフカは偏狭なものと捉えていた。彼はその人生で多くの医師に診察を受けたが、彼らの言うことは往々にして矛盾する。医師がまとう権威性と、学問的医学がもたらす知識の細分化やさまざまな面での不安定さとは、奇怪なほどに不釣り合いだというカフカの認識は、そのことでさらに強まった。自分の尊敬できる医師、友人ローベルト・クロップシュトックのように「生まれながらの医者」だと見な

していた医師のもとをカフカはたびたび訪れたけれども、そこで彼が重視したのは、人間的な思いやりと、自らの職業に対する健全な懐疑がある、ということだった。

患者としてのカフカは、協力的だった。診察を受けている限りは、その勧めに心から納得はしていなくても、医師に対して誠実を保った。たとえばカフカ家の家庭医、ハインリヒ・クラール医師に対してはそうだった。それとは逆に、人生の最後の数週間、医師団の手に委ねられ強力な鎮痛剤、麻酔剤が避けられなくなったことは、カフカには非常な屈辱と感じられたのだった。

ハインリヒ・クラール医師（*1871）

28 カフカは予防接種など効果なしと思っていた

Kafka hält nichts vom Impfen

一九一一年四月、北ボヘミアへの出張中に、カフカは自然療法の信奉者モーリッツ・シュニッツァーと知り合う。ブロートのメモによると、カフカはいたく感銘を受けたようだ。「金曜の午後、彼が家に来てあれこれいろいろと話していく。田園都市ヴァルンスドルフに行った、そこで「魔法使い」に出会った。自然療法家で裕福な工場主、首を横から前から診察し、脊髄に毒素がたまっている、脳にも達しつつある、間違った生活習慣が原因だ、と言った。治療法として勧められたもの。窓を開けて寝る、日光浴、庭仕事、自然療法の団体に参加し、この団体、あるいはその工場主自身だったかが編集する雑誌を定期購読する。カフカは言う、医者や医学や予防接種はだめだと」

カフカは、ほぼその生涯を通じてこのアドバイスを守る。ヴァルンスドルフで発行されていた「健康維持のための改革雑誌」を実際に定期購読し、プラハに自然療法の団体を設立しようと本気で考えてもいた。「改革雑誌」一九一一年六月号（第一七二号、図版参照）の寄付金リストからわかるのは、ヴァルンスドルフに行った際、「予防接種強制」に反対するシュニッツァーのプロパガンダにカフカが説得されていることだ。カフカは

Für die Agitation gegen das Seuchen-recte Impfgesetz.

Saldo zum Vortrag Kr. 653,85. Karl Dünnebier, Pilsdorf Kr. 2,—. Fridolin Michal, Kleische Kr. 3,—. Angela Loos, Neudorf Kr. 3,—. Dr. Franz Kafka, Prag Kr. 2,— Franz Kühn, Ullrichtsthal Kr. 1,06. Stefan Wenzel, Reichenberg Kr. 5,—. Hermann Grubner, Gorlice Kr. 1,—. Emilie Winter, Hohenleipa Kr. 1,—. Felix Reisenhofer, Wien XVIII Kr. 0,86. Ernest Righetti, Barcola Kr. 5,—. Josef Thiel, Engelsberg Kr. 1,—. Robert Gröger, Hödnitz Kr. 1,—. Wilhelm Seitz Wien V Kr. 10,—. Saldo zum Vortrag Kr. 689,77.

二クローネ寄付している。一九一五年発行の軍隊への召集状に、予防接種済みの記載はない。

一九一八年以降、ヴァルンスドルフは新たに建国されたチェコスロヴァキア共和国に属することになる。この国が天然痘の予防接種を義務づける法律を公布すると、シュニッツァーは防衛闘争を継続せねばとあらためて考えた。第二七六号（一九二〇年六月）に彼は「強制接種の災厄史」という記事を寄稿するが、その結果「改革雑誌」は差し押さえられ、さらにはチェコ議会で喚問を受けるという事態へと至る。

カフカはこのいざこざについて、関心を持って追っていただろう。というのも、彼が「健康維持のための改革雑誌」を亡くなる一九二四年まで読んでいたのは確かだからだ。

Lesen und Schreiben

読むこと、書くこと

29 カフカの書き物机

Kafkas Schreibtisch

今自分の机をいつもよりじっくりと眺めてみて、わかったことがある。この机で、良いものなど書けるわけがないのだ。たくさんのものがあちらこちらに散乱、均整なき乱雑さを形成。乱雑なあれこれにいつものような調和があればその乱雑さに我慢もできようが、それもまったくない。緑色のテーブル掛けの上でなら乱雑も好きにしろって感じだし、古い劇場の平土間席でも、まあ許せた。けれど立ち見席、つまり机上の飾り台の下にあるオープン棚から冊子や古新聞、カタログ、絵葉書、封書が、どれもみな破けたり開封されたまま、屋外階段のごとく飛び出している、そんな面目ないありさまが、すべてをぶち壊している。平土間席でもかなり巨大なものがいくつか、精一杯の虚勢を張っている。まるで、劇場の観客席で商人が帳簿を整理したり、大工が金槌で叩いたり、将校が軍刀を振るったり、司祭が心に、学者が理性に、政治家が市民精神に訴えかけたり、愛する者たちが抑制を失ったり、などなどが許されているといった風情。つまり、ぼくの机の上ではひげそり用の鏡が使ったあとそのままに突っ立ち、剛毛の植わった服ブラシが布きれの上に置かれ、金を払うときに開けたままの財布が鎮座し、鍵束からは鍵が一本すぐ使えるようにと飛び出し、取り外したカラーにネクタイがまだ一部巻きつけたままになっているのだ。飾り台の下から二つ目の、引き出しに両脇を固められたオープン棚などは、がらくた置き場としか言いようがない。それはまるで、観客席の平土間席すぐ上のバルコニー席、劇場で一番よく見える特等席が、下劣な連中、不潔さが体内から外へとじわじわ浸みだしているオールド・プレイボーイたち、バルコニーの手摺りに足をかけてぶらぶらさせている不作法な連中、そんなやつらのための優先席となっているがごとくであり、ちらと見ただけでは数えきれぬほど子だくさんな家族が貧相な子供部屋の汚さをここにどんと据え（それはもう平土間席のほうに流れ出している）、背景の暗闇には不治の患者たちが座っているが、幸いにして照明が当てられなければ見えない、そして、そして……。棚の上には、ゴミ箱さえあればとっくに捨てていたはずの古い紙切れ、芯の折れた鉛筆、空っぽのマッチ箱、カールスバート（カルロヴィ・ヴァリ）土産の文鎮、街道のでこぼこ具合など問題にならぬほどに縁がでこぼこの定規、シャツのカラーボタンたくさん、切れなくなったカミソリの歯たくさん（こんなもののための置き場所なんて世界中どこにもない）、ネクタイピン、そして重い鉄の文鎮。その上の棚には――

この写真の机――カフカが二七歳の時に日記に書いたのとおそらく同じもの――は、カフカの死後、妹のオットラに引き継がれ、今でもカフカ家に残されている。一九六〇年代に、マックス・ブロートがカフカのものだと同定した。少なくとも飾り棚の一段高い中央部分を覆っていたアーチ状の庇が失われている。
机のこの描写はあきらかに、文学的テクストとして構想されたものだ。というのも、中断部分のすぐあと、カフカはこう書きつけた。

みじめだ、みじめだ、でも別に悪い意味じゃない。そう、今は真夜中、でも睡眠はたっぷり足りているのだし、昼間にまったくなにも書けなかったなら、それだって書く口実になるってものだ。灯されたた電球、静かな部屋、外の暗さ、覚醒の最後の瞬間。それらがぼくに、書くことの権利を与えてくれる。たとえそれがみじめさの極みであるとしても。この権利を、ぼくは早急に行使する。ぼくはそんな人間なのだ。

30 はじめての葉書

Die erste Postkarte

ちびすけエラへ　エラってどんな子だっけ、ぼくはすっかり忘れちゃったよ、なでまわすくらいかわいがっていたのにね。
じゃあね　フランツ

これはカフカがはじめて書いた葉書で、このとき一七歳だった。宛先は、エリあるいはエラと呼ばれていた妹のガブリエーレ、このとき一一歳になったばかり。消印の日付は一九〇〇年七月二一日、カフカの手になる最初期の郵便物である。差し出し場所はモラヴィアのトシジェシュチ村、カフカはその村の「田舎医者」だった叔父ジークフリート・レーヴィの家で、学校の夏休みの一時期を過ごすのが常だった。宛先にはこうある。「ヘルマン・カフカ様／エラ・カフカ嬢へ／プラハ／ツェルトナー通り三番」。

この初期の葉書がとりわけ要注目なのは、すでにして文学的なほのめかしが含まれているからである。「ちびすけエラ」は、ペーター・アルテンベルクが一八九七年に発表した小説集『アシャンティ』に収められたスケッチ風短編のタイトルなのだ。カフカの妹がこれにどう反応すべきか知っていたとは思えない。なぜなら、アルテンベルクの『アシャンティ』の表紙カバーには胸を露わにしたふたりの若い黒人女性の写真が使われていて、ギムナジウムの生徒が持つのにあまりふさわしい本とは言えず、カフカ家が息子の机の上に、いわんや「女の子部屋」にあることなど許すはずもなかっただろうから。カフカの遺品のなかに、この本は含まれていなかった。

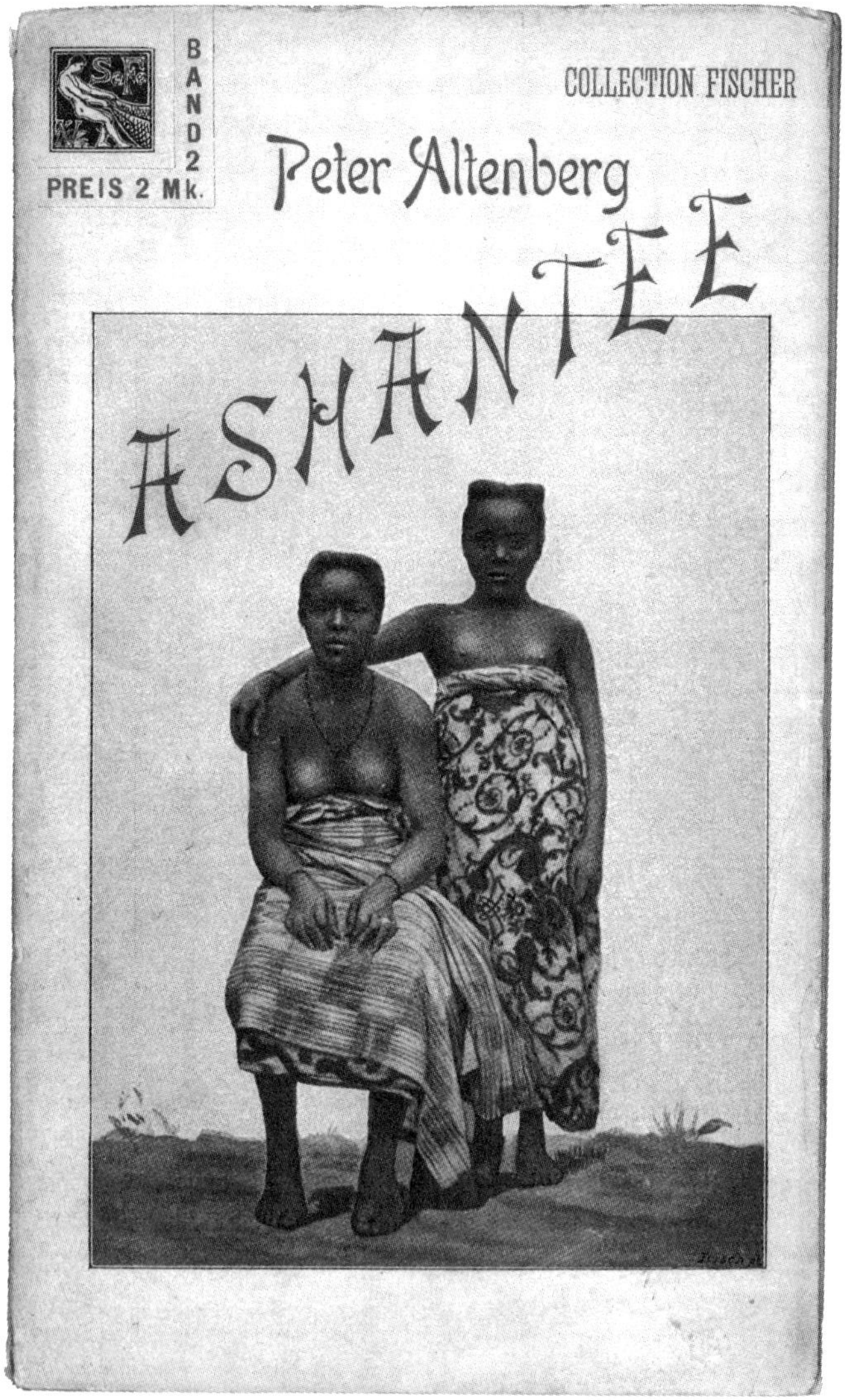
BAND 2
PREIS 2 Mk.
COLLECTION FISCHER
Peter Altenberg
ASHANTEE

31

カフカとアメリカ=インディアン

Kafka und die Indianer

カフカが気に入って読んでいたもののひとつに、「シャフシュタインの緑本シリーズ」がある。薄い冊子で、回想記や旅行記を主とし、より大部の本のダイジェストも多かった。

プラハのシオニストであるクララ・タイン(一八八四-一九七四)の証言によれば、カフカはこのシリーズを散歩のときにも携帯していた。彼女は晩年になって、カフカと会ったある日のことを回想している。カフカは彼女にアマゾンのインディアンを訪ねた旅行記を見せ、会話の終わりにそれをくれた。「ぼくはインディアンに興味があるんだ」とカフカは言ったそうだ。

この旅行記は、カール・フォン・デン・シュタイネンが書いた民族学の基本文献たる『中央ブラジル未開民族のなかへ』のダイジェストである。『中央ブラジル未開民族』のなかでシュタイネンは、アマゾン川の支流シングー川への、一八八七年から八八年にかけての二回目の探検について記している。カフカが読んだ「緑本」は一九一二年に刊行されたもので、タイトルは『シングー川流域のインディアンのもとで』、数葉のイラストが添えられていた。
カフカのインディアンに関する知識は、若い頃の読書と、映画から得たものに違いない。『観察』所収の掌編『インディアン願望』では、完璧な馬の乗り手としてのインディアンを、イメージ豊かに描き出している。

インディアンになれたらな、今すぐだってかまわない、走る馬にまたがって、宙を斜めに切り裂いて、震える大地の上で小刻みに震え、拍車なんてなかったんだもの、しまいに拍車をうっちゃって、手綱なんてなかったんだもの、しまいに手綱を投げ捨てて、草の刈られた原野が目前に広がるころには、馬の首も馬の頭も消えている。

彼がここでイメージしているのは、一七世紀以降騎馬遊牧民だった北アメリカのインディアンだろう。馬がヨーロッパ人によって中央ブラジルにもたらされたのは、ずっとあとのことだった。先住民たちが彼らにとっては未知の動物にどう反応したのかは、カフカが持っていたカール・フォン・デン・シュタイネンの報告のなかで、生き生きと描き出されている。

Schaffsteins Grüne Bändchen
Bei den Indianern am Schingu
Zwanzigstes der Grünen Bändchen, herausgeg. von Nicolaus Henningsen

32

カフカはヴォルテールのようになりたい

Kafka möchte sein wie Voltaire

カフカは一枚の古い銅版画の前に立ったまま、動かなくなった。それはヴォルテールの人生のあるエピソードを描いたものだった。いつまでも立ち去りがたそうにしていたカフカは、のちになってもこの絵のことをしばしば話題にのぼらせた。絵のなかのヴォルテールはちょうどベッドから跳ね起きたところ、まだナイトキャップをかぶったまま――そして指示を与えるように片手を伸ばし、もう片方の手はズボンをつかんで履こうとしつつ、すでに目はらんらんと輝き、かたわらの机についている召使いに向かって、口述筆記させはじめているのだ。カフカがその銅版画のなにに魅了されたのか、私にはわかった。すなわち、選ばれし人間の精神の炎、精神へと直に変換されるその並外れたバイタリティだ。

マックス・ブロートのこのいささか大仰な文章は、少々誤解を生みそうだ。実際のところカフカが感嘆したのは、「選ばれし」人間だからというだけでなく、内的あるいは外的障害によって気をそらされることなく、自分がこれと決めた仕事に向かって創造的に、当意即妙に、一心不乱に取り組む人間すべてに対して、なのだ。だからこそカフカにとって、朝起きてズボンをはく前にさっそく口述筆記を始める作家が、なんとも魅力的に映ったのである。午前中を職場で過ごす自分を、脆くて惑わせがちで数か月間途切れてしまうことたびたびの我が文学的創造力を思えば、なおさらのこと。

カフカとブロートがジャン・ユベールのこの油彩画を見たのは、一九一〇年一〇月一三日、パリのカルナヴァレ美術館でのことだった。スイスの法律家ジャン・ユベール(一七二一―一七八六)はジュネーヴでヴォルテールの交友サークルに属していた。すでに生前から、いくつかの風刺画も含め数多くのヴォルテールの肖像画で名を知られていて、「ヴォルテール=ユベール」と呼ばれていた。エカテリーナ二世が彼にヴォルテールの家庭での日常生活を題材にした連作を注文したほどである(のちに火災により焼失)。カフカがパリの美術館で感嘆したモチーフも、ユベールは注文に応じていくつかのヴァージョンを描いている。犬がいるやつと、犬がいないやつと。

ジャン・ユベール、
ヴォルテールの起床

33

カフカは詩を一編書き、自分でも気に入っていた

Kafka schreibt ein Gedicht und liebt es

カフカは詩作をほとんどせず、韻文の作品はほんのいくつかしか残されていない。どれも題名のない、走り書き程度のものである。自伝的資料にもマックス・ブロートの回想にも、カフカがそれらを公表しようと考えていた事実は見当たらない。またカフカ自身、自分の詩的才能をより広範な作品をとおして試みようともしていない（戯曲という形式に関して『墓守り』で行なったようには）。

けれど、カフカが自分の詩を評価し、これは残しておいてよいな、と考えたことがあったのだ。日めくりカレンダーの一九〇九年九月一七日の紙に、次のような題名のない詩が書きつけられる。

小さき魂
軽やかに踊り
暖かな大気に頭《こうべ》をゆだね
きらめく草地に足を跳ね
草は風にやさしく揺られ

この詩をカフカはずっと記憶にとどめていた。ほぼ二年後、カフェから出てきた知人、蒐集家のアントン・マックス・パッヒンガー（19参照）が差し出したサイン帳に、彼はとっさにその詩を書きつけた。

さらにカフカは、詩を書き留めたその日めくりカレンダーの一枚を、大切に保管していた。一九一七年から一八年にかけて八か月間、シジェム村の妹オットラの農場で過ごしていたときにカフカが使っていた八つ折判ノートの一冊に挟んであった。そのノートを使っているとき、おそらくプラハに短期滞在中に、カフカがその紙切れを挟んだのか。それとも、マックス・ブロートがカフカの遺品を整理していたときに、当のシジェム村のノートのなかに紛れ込んだのか。いずれにせよ、カフカ自身がそのカレンダーの紙を死ぬまで保管していたことは確かだ。ブロートが八つ折判ノート類を手にとって開いたのは、カフカの死後だったのだから。

34

カフカ、書評を書こうとする

Versuch einer Rezension

『女性の聖務日課』

深く息をつきつつ我が身を世界へと解き放つ。それは泳ぎ手が高みから川へ飛び込むのに似て、その瞬間、ときにそのあとまで、水の反発を恐れていたいけな子供のように心揺らぎもするのだが、しかしたいていはきれいな波を周囲に広げながら、はるか先の水面へと漂いゆく。そのとき人は、この本におけるように、あてもなくしかし密かな目的を持ちつつ水の彼方へと視線を向けることだろう。自分を支える水、飲むことができる水、その表面に安らう頭にとって無限に広がりゆく水の、彼方へ。

だが当初のそんな印象からひとたび離れれば、著者はここで文字どおり尽きせぬエネルギーをこめて仕事に向かっていることに気づき、やがてそれは確信へと至る。そのエネルギーが励起する稜線を前に、彼の間断なき——あまりの素早さに、相互のつながりも見えない——才気の動きも、驚き立ちすくむほどだ。

ここでひとつの主題を前にする。それは気まぐれに展開しながら、目に見えぬ荒野の獣の咆哮に後押しされた、かつて隠者を元気づけた、あの誘惑を思い起こさせる。だがその誘惑は著者の前を、遠き舞台の小さな舞踊団のごとくに漂うのではなく、著者のすぐ近くで、著者を取り巻いて強く締めつける。彼がその誘惑に飲み込まれぬうちに、彼がそのことをかの女性から聞き知る前に、彼は書き留めた。「けれど上品にこの身をさしだすためには、愛さないとね」と、スウェーデンのブロンド美女アニー・Dは言う。

なんという光景だろう。著者はこの仕事に引きずり込まれていく。かつてバロックの時代に暴風のなか互いに抱き合う聖人たちの群れを天高く押し上げた、あの石造りの雲のごとき自然の力に著者は支えられている。本の中ほどと終わりに現われる天空、かつてあった場所を救い出すために突発的に姿を現わす天空は、堅固であり、かつ透明なのだ。

著者はある女性たちのために書いた。彼女たちがそれを見抜くなどとは、もちろんだれも言えない。だが彼女たちが、当然そうなるべく最初の段落から本書に没入し、その手に告解の手引き書を、それもきわめて忠実なものを抱えていると感じるとしたら、それで十分だし、十分以上ではないだろうか。人の言ういわゆる告解というものは、慣れぬ調度のなかで、慣れぬ薄明かりの部屋の床のうえで行なわれるものだし、その明かりは周囲の、あちらやこちらの、未来や過去のあらゆるものの真の姿を半分だけ露わにするので、あらゆる肯定《ヤー》も否定《ナイン》も、問いと返答も、半分は偽りとならざるをえないのだから。それらがきわめて誠実なものである場合には、とくにそうなのだ。だが本書のある重要な一場面、いつもの深夜の灯りのなか、ベッドのかたわらで交わされるささやき声（熱いから、ささやくのだ）、その描写の細部は、どうして忘れられようか！

三編だけ公刊されたカフカの書評のうち、最初のもの。ヘルヴァルト・ヴァルデンを編集長に短期間ベルリンで刊行された、ドイツの舞台関係者のための専門誌「新しい道」に、一九〇九年二月六日に掲載された。その直前に発表されたフランツ・ブライの著書『化粧用パフ　女性の聖務日課　ヒッポリュトス王子の記録より』の評である。

例によってこれも、おそらくマックス・ブロートの提案によるものだ。彼はカフカの最初の作品をフランツ・ブライが創刊した雑誌「ヒュペーリオン」に仲介していたし、ふたりの作家を個人的に引き合わせてもいた。「新しい道」誌への書評の掲載も、同様にブロートの主導によるものだろう。彼はヘルヴァルト・ヴァルデンとも交流があったのだから。

当時の多くの作家とはちがい、書評を書くことはカフカにとってさしたる意味を持っていなかった。「注文に応じて」なにかを創り出すことは若いころから大の苦手とするところだったし、文学的成熟がはじまる年と彼が記している一九一二年以降は、それもまったくできなくなった。

ブライの『化粧用パフ』についての彼の文章も、書評というよりはむしろ、読むことにより刺激され、独自の法則に基づいて増殖するような、連想による比喩のつらなりといったもので、初期に特徴的なスタイルである。逆に読者にとっては、「告解の手引き書」と関わりがあるらしいということ以外、書評されている本の内容はほとんどわからない。実際の『化粧用パフ』は、文字通りの意味で神と世界についての、雑文風のスケッチや考察をまとめたものである。

それでも、若きカフカほど文章に練達していたわけではないフランツ・ブライは、カフカの書評に満足した。評が出たあと、彼はブロートに直接こう告げている。「カフカが化粧用パフについて雑誌に書いてくれたもの、あれはとても良いですね」

35 出版社による最初の広告
Die erste Verlagswerbung

フランツ・カフカ、我らが選り抜きの若き作家たちを追随する彼は、「ヒュペーリオン」その他の雑誌に発表した短編、スケッチですでに知られた存在である。文学作品を生み出すにおいて幾度もの徹底的な推敲を強いる彼独自のスタイルは、これまで書籍としての発行を阻んできた。このような精緻で洗練された精神の持ち主の最初の作品集の刊行を告知し得たことは、我々にとって喜びである。この本にまとめられたその磨き抜かれた文体、感受性豊かに練り上げられた内容の深みはおそらくローベルト・ヴァルザーに比肩しうるものであるが、一方で精神的経験を文学に変換することにおいて、ヴァルザーとは本質的、根本的な相違がある。作者、書籍とも、多方面に広範な関心を呼ぶことであろう。

カフカの最初の刊行本である『観察』のための、エルンスト・ローヴォルト書店の一ページ大の広告文。一九一二年一一月一八日に出版業界誌「ベルゼンブラット」に掲載された。『観察』は一九一二年一一月、八〇〇部が愛蔵版の装幀で印刷され、一二月はじめに刊行された。店頭価格は四マルク五〇ペニヒ（袋綴じ）並びに六マルク五〇ペニヒ（背革装）。一冊売れるごとに三七ペニヒが、カフカの取り分だった。

どれだけ売れたのか、正確な数字を算定することはもはやできないが、増刷など考えるべくもないほどの少なさだった（一九一五年のいわゆる「第二版」は増刷ではなく、新たな表紙に付け替えただけである）。出版社の報酬明細を見ると、刊行後一年で二五八冊、さらに一〇二冊、そして最後に六九冊売れたとある。一九二四年、カフカが死んだ年に、この本は絶版となったようだ。

この広告文を書いたのは誰か、記載はない。エルンスト・ローヴォルトはその三週間前に出版社を退職していて、経営者はこのときクルト・ヴォルフひとりになっていた。一九一二年一〇月からはヴォルフに変わってフランツ・ヴェルフェルが原稿審査員を務めている。クルト・ピントゥスもこの時期に社外原稿審査員だった。カフカの「独自のスタイル」に言及しているところからすると、ヴェルフェルの友人だったマックス・ブロートが、この文章の作成に少なくとも何らかの形で関わっているのだろう。

36 ザムザ一家の住む家

Die Wohnung der Samsas

一九一二年一一月一七日から一二月七日にかけて、カフカは『変身』を執筆する。その五年ほど前から、ニクラス通りに建つモダンな新築アパートで両親と同居していた。五階のその部屋からはヴルタヴァ川とチェフ橋が望め、向こう岸、ベルヴェデーレ宮殿の建つ丘の斜面にある公園までが見渡せた。

甲虫に変身してしまうセールスマン、主人公のザムザがそんな眺めを楽しむことはない。それどころか部屋の窓の外には、窓が単調に連なる病院の長い壁が広がっている。だが、住居それ自体はあきらかにカフカの暮らしていた部屋なのだ。実際の住居の平面図と、物語のなかで示唆される部屋のようすとを比べてみると、部屋の用途は変更されているものの、配置は現実を忠実に踏襲していることがわかる。カフカの部屋はグレーゴルの部屋とされ、両親の寝室は妹グレーテの部屋に、そして当時まだ同居していた妹オットラとヴァリが使っていた部屋は、ザムザ夫妻の部屋となっている。

図はハルトムート・ビンダーが復元したカフカの住まいの平面図である。黒丸は、グレーゴル・ザムザがその「無数の足」ではじめて立ち上がり、階段室へと退散していく

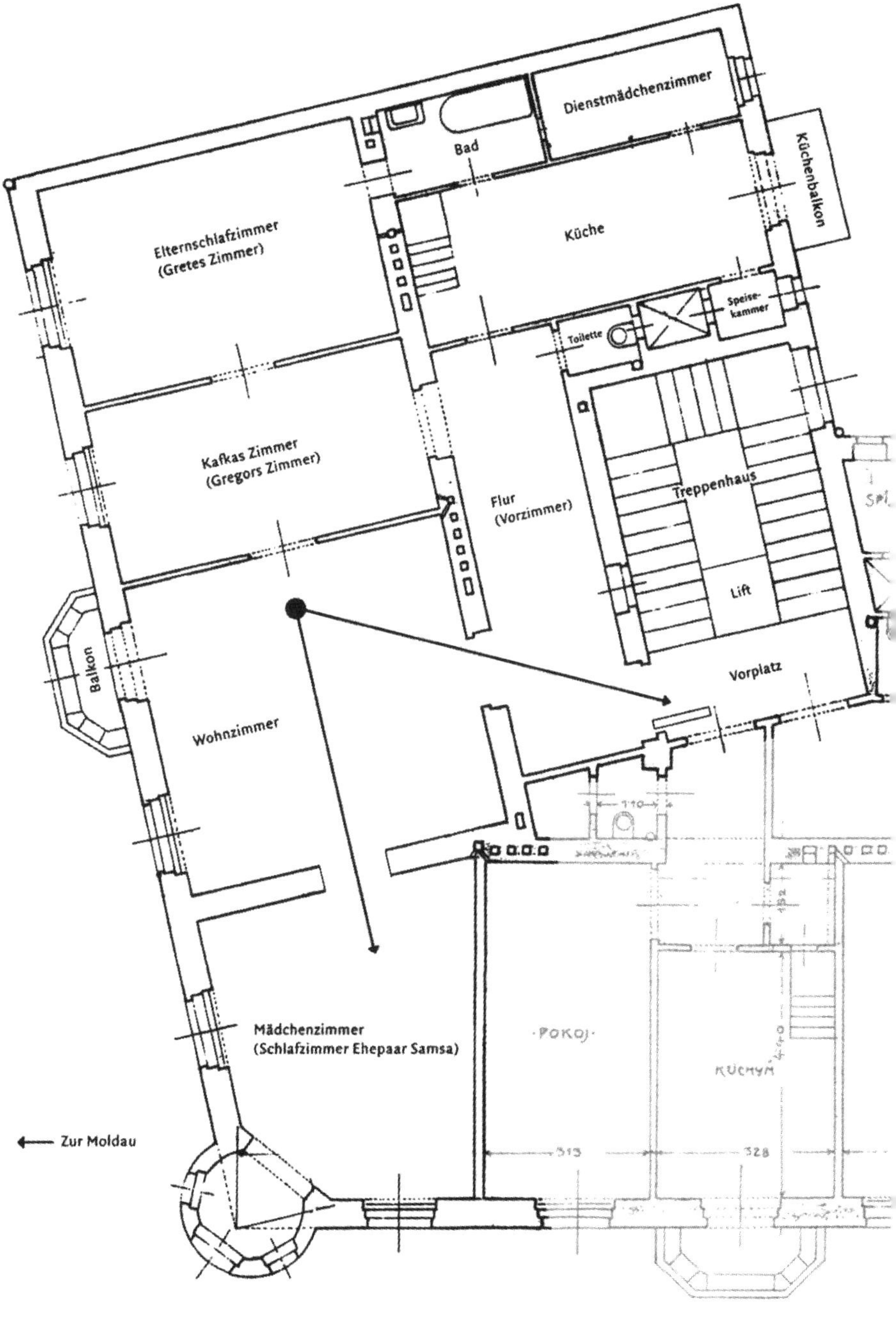

Dienstmädchenzimmer
Bad
Küchenbalkon
Elternschlafzimmer
(Gretes Zimmer)
Küche
Speise-
kammer
Toilette
Kafkas Zimmer
(Gregors Zimmer)
Flur
(Vorzimmer)
Treppenhaus
Lift
Balkon
Vorplatz
Wohnzimmer
Mädchenzimmer
(Schlafzimmer Ehepaar Samsa)
POKOJ
KUCHYŇ
Zur Moldau
Niklasstraße

支配人を目で追った場所だ。

ニクラス通り三六番の建物は、第二次世界大戦末期に破壊された。今日その場所にはインターコンチネンタルホテルが建っている。写真には、建物の角の五階にあったカフカの住まいが見てとれる。小さなバルコニーの左隣の窓が、カフカの部屋である。

37 カフカ、書き間違える
Kafka verschreibt sich

残されているカフカの手稿に魅力は多々あるが、なかでも連想の流れや、場面としての着想、映像を内的処理していくプロセスに関して深い洞察を得ることができる点、格別である。だが、カフカの仕事の方法をあきらかにするという目的で手稿を精査することは、いまだなおざりにされたままだ。

そんな検証において大きな意味を持つのが、意識下での操作の瞬間的誤作動に起因する言い間違い、書き誤りであることは、言を俟たないだろう。カフカはしばしば、興味深い仕方で「書き損じて」いる。たいていはすぐに気づいて訂正しているけれど、それがたんなる偶然ではなさそうだとは、たぶんカフカも意識していた。例を三つ挙げよう。

――『変身』において、主人公グレーゴル・ザムザがついに破滅していく少し前の重要な場面で、カフカは「彼の最後の視線（Blick）がちらと捉えたのは母の姿だった……」と書こうとして、「彼の最後の手紙（Brief）が……」と書いている。それは、フェリーツェ・バウアーとの文通がカフカにとってきわめて重要なものになっていたことの反映ではないか。

——『審判』の原稿で、カフカは「フロイライン《ミス》・ビュルストナー」を常に略して「F・B」と書いている。しかし原稿のある箇所で二枚続けて、まず「F・K」と書いてから修正しているのだ。これは、たとえばフランツ・カフカ、フェリーツェ・カフカ、あるいはフロイライン・カフカか……といった推測を誘う。この数週間前、フェリーツェ・バウアーとの婚約が解消されている。

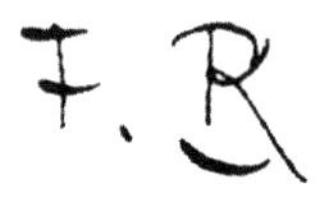

——ブルームフェルトという名前の「中年のひとり者」にまつわる未完成の短編で、カフカは主人公の名前を一貫して「Bl.」と略しているのだが、ここでも二回、「K」と書き間違えていえる。おそらくこれは、執筆が中断したままになっていた『審判』のことが頭から離れなかったからだろう。

38 カフカ、校正刷りを読む

Kafka liest Korrektur

一九一七年夏、カフカは書店主クルト・ヴォルフと会う約束をする。短編集『田舎医者』の出版について話すためである。紙の不足、使用の難しい巨大な活字をヴォルフが使いたがったこと、そして戦争によるあらゆる分野での職人不足のせいで、本の編集出版は数年のあいだ延び延びになっていた。カフカと出版社のあいだで交わされた手紙は断片的にしか残されていないのだが、それを見るとカフカは校正刷りを、五月雨式に、間隔をかなりあけて、しかもときにはマックス・ブロートが強く要請して、ようやく受け取っていたのだった。カフカは腹を立て、出版社を替えようかとまで考えた。一九一八年三月にはヴォルフに（ブロートに伝えたところでは）「最後通牒」を送りつけもした。この手紙も残されていない。最終校は一九一九年二月なかばから一一月終わりにかけて、少なくとも九通に分割されて、カフカのもとに届いている。

カフカが最後の便で受け取ったタイトルページを見てみよう。カフカが校正刷りをどれほど厳密かつ妥協なく読んだかが、よくわかる。「田舎医者　新たな考察《ベトラハトゥンゲン》」というのが出版社側がつけたタイトルで、カフカの最初の本『観察《ベトラハトゥング》』と関連づけようとしたのだが、内容的に的外れだったし、著者の了解も取っていなかった。カフカのほうは、自ら選んだ「田舎医者　小短編集」に固執し修正している。よくわからないのは、カフカが刊行年も削除している理由である。刊行は一九二〇年になってしまいそうだ、という見通しがあったのかもしれない。

本は一九二〇年五月に店頭に並ぶ。発行部数は、多く見積もって二千部。所収作品は『新しい弁護士』『田舎医者』『天井桟敷にて』『一枚の古文書』『掟の門前』『ジャッカルとアラビア人』『鉱山の来客』『隣り村』『皇帝の使者』『家父の気がかり』『十一人の息子』『兄弟殺し』『ある学会報告』である。

『田舎医者』は、カフカがクルト・ヴォルフ書店から出した最後の本となった。新刊に批評を寄せてくれた評論家は、ひとりだけだった。

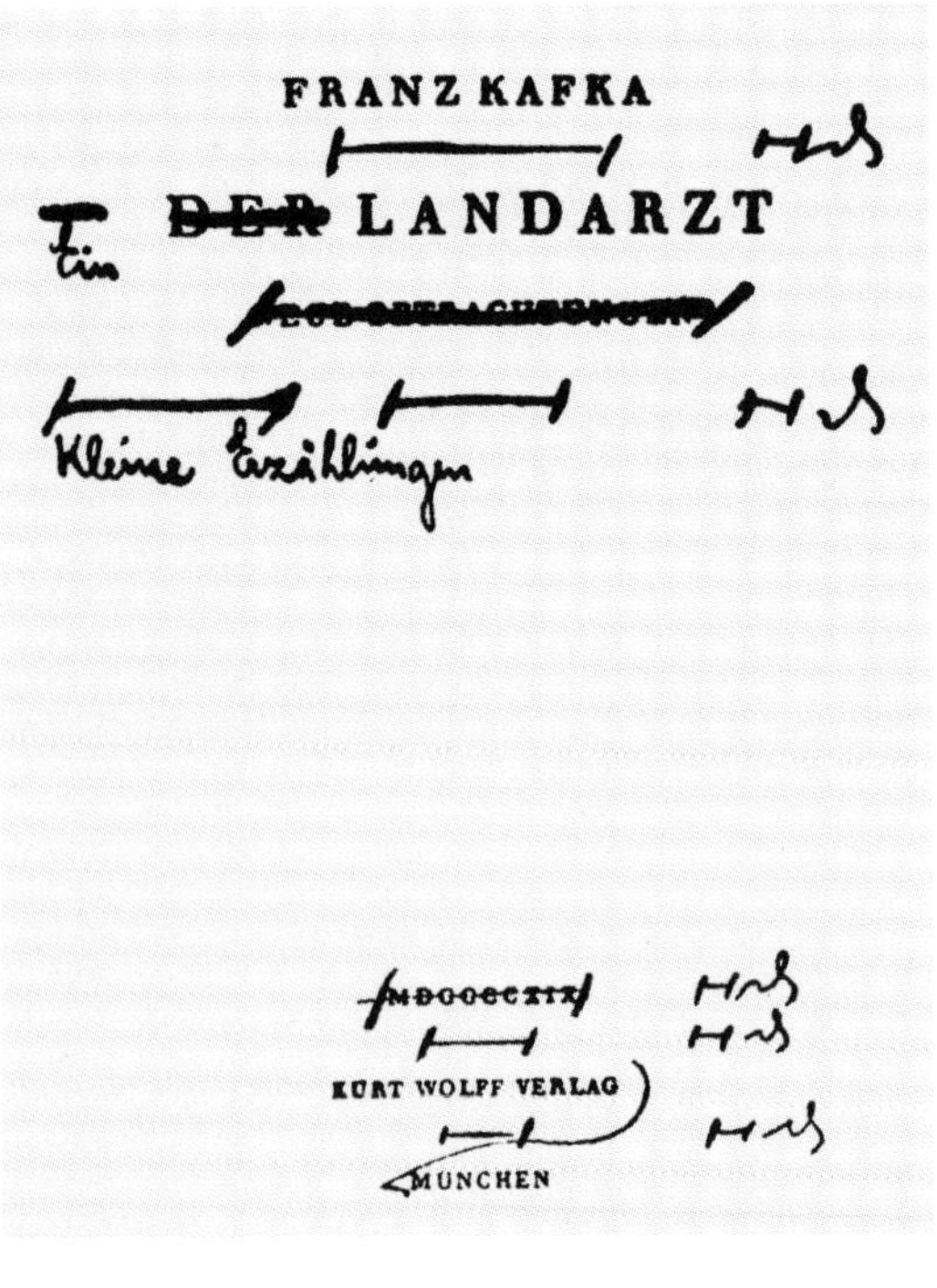

39 ひとつ余分なコンマ

Ein Komma zu viel

広告を同封しておく。もうちょっとスパッと明快なものになったはずなのだけど。とくに「ウィーンの商業・語学学校」が浮いていて、これじゃなんだかわからない。「女性教師」のあとにコンマを置いたの、ぼくじゃないからね。とにかく修正したいことがあれば言ってください、次のときに直させるから。載ったのは二六日で、次は一日、五日、それから一二日。

ミレナ・ポラック（旧姓イェセンスカ）はウィーンの商業学校でチェコ語を教えていたが、経済的状況が逼迫したこともあって、個人レッスンの生徒を急募中だった。一九二九年夏、ザルツブルクとザンクト・ギルゲンに数週間滞在していたイェセンスカは、カフカに頼んでウィーンの「新自由新聞」にその旨募集するドイツ語の広告を載せてもらった。

カフカが文案を作ってプラハの広告事務所に持ち込んだ広告文は、まず八月二六日に掲載された（図版上）。だが植字工が「商業・語学学校の」の「の」を見落として、「……学校の女性教師」ではなく「……学校、女性教師」と不可解なコンマを入れてしまったので、カフカは腹を立てているのだ。あとから修正することもできず、間違ったままで九月にあと三回、この広告は掲載されたのだった。

イェセンスカに向けたカフカの言葉から察するに、カフカはこういう実用に供する文章であっても、明快さに欠けるものを自分が書いたなどと思われるのは我慢ならなかったようだ。二か月後にあらためて彼女のための広告を打ったとき、カフカは文面を推敲し書き直して、文法的に誤解される可能性を排除するよう努めた（図版下）。このバージョンは「新自由新聞」上で一九二〇年一一月に三度掲載された。

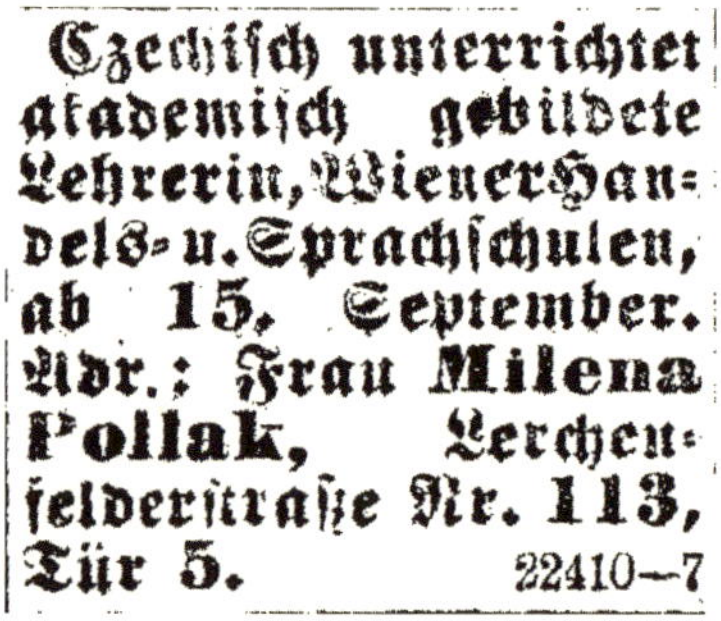
Czechisch unterrichtet
akademisch gebildete
Lehrerin, Wiener Han-
dels- u. Sprachschulen,
ab 15. September.
Adr.: Frau Milena
Pollak, Lerchen-
felderstraße Nr. 113,
Tür 5. 22410—7

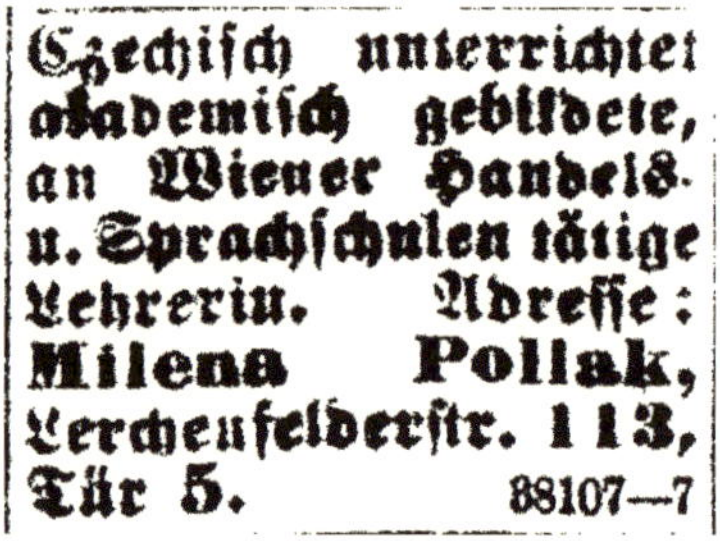
Czechisch unterrichtet
akademisch gebildete,
an Wiener Handels-
u. Sprachschulen tätige
Lehrerin. Adresse:
Milena Pollak,
Lerchenfelderstr. 113,
Tür 5. 88107—7

この広告が功を奏したのかどうか記録はないが、おそらく不首尾に終わったのだろう。というのも、ミレナ・イェセンスカは一九二〇年から二一年にかけての冬以降、ジャーナリストと翻訳家としての活動に専念しはじめるのだ。

40 傷害としてのカフカ朗読？

Kafka-Lesung als Körperverletzung?

一九一六年一一月一〇日の夜、ミュンヘンの書店にして画廊「ゴルツ」で、カフカは友人マックス・ブロートの数編の詩とともに、未発表の短編『流刑地にて』を読み上げた。「新しい文学の夕べ」と銘打つ催しでのこの朗読は、カフカがプラハの外で引き受けた唯一のものである。画廊上階の暖房のない部屋に集まった五〇人ほどの観客のなかに、ゴットフリート・ケルヴェル、オイゲン・モント、マックス・プルファーといった作家たち、そしてカフカの婚約者フェリーツェ・バウアーがいた。彼女はわざわざベルリンからやってきたのだ。さらにはライナー・マリア・リルケもいたらしい。

プルファーの、その死の翌年一九五三年に公刊された体験記によると、この朗読会はきわめて注目すべき経過をたどったという。

誰かが倒れる鈍い音、客席は混乱、意識を失った女性をだれかが外に連れ出す。そのあいだも物語の朗読は続けられる。その言葉はさらにもう二人を直撃し意識を失わせた。聴衆の列はまばらになりはじめる。作家のヴィジョンに打ち負かされる前に、ぎりぎりのところで逃げ出す人多数。語られた言葉がかような効果を及ぼす場面を、私はこれまで見たことがない。

この体験記、カフカ伝説のなかでも特にインパクト大であるがゆえに広く人口に膾炙しているけれども、あきらかにスラップスティックな幻想のたまものなのであって、そのことをみな見て見ぬ振りをしている。聴衆が部屋から運び出されたり、すたこら逃げ出しているさなか、平然と朗読し続ける作家……そんな大事件を報道関係者が見逃すなんて、考えられないではないか。

実際のところはどうだったか。この晩の催しについての論評が三編知られており、否定的な反応を示す聴衆のいたことが、おぼろげにわかる。「観客は、過度に神経の緊張を強いられて耐えられなくなる者もいれば、満足そうにしているけっこう頑丈なタイプの者もいた」「……扱われる素材は嫌悪を誘い、そのことを聴衆もあからさまに顔に出していた」。そしてマックス・ブロートがそのカフカ伝の「補遺」でこの話を否定している。いわく、カフカはミュンヘンでの朗読会について詳しく語ってくれたが、気を失ったという聴衆についてはひと言も口にしなかった、と。

朗読の終わったカフカをひとり占めにしていた二六歳のマックス・プルファーについてカフカは、「しばらくのあいだ、彼にはすっかり魅了された」とゴットフリート・ケルヴェルに手紙で伝えている。周知の通りプルファーはその筆跡学、占星術、グノーシス派への偏愛によって、妄想にとり憑かれた夢遊病者的人物とされているが、そんなタイプにカフカは生涯にわたって特別の共感を寄せていた。たとえそういう人々が彼を宣教しようと試みたとしても、である。もしカフカがプルファーの幻想にコメントしたとしたら、それはきっとやんわり皮肉を加えて、というものになっただろう。

ミュンヘン、画廊「ゴルツ」

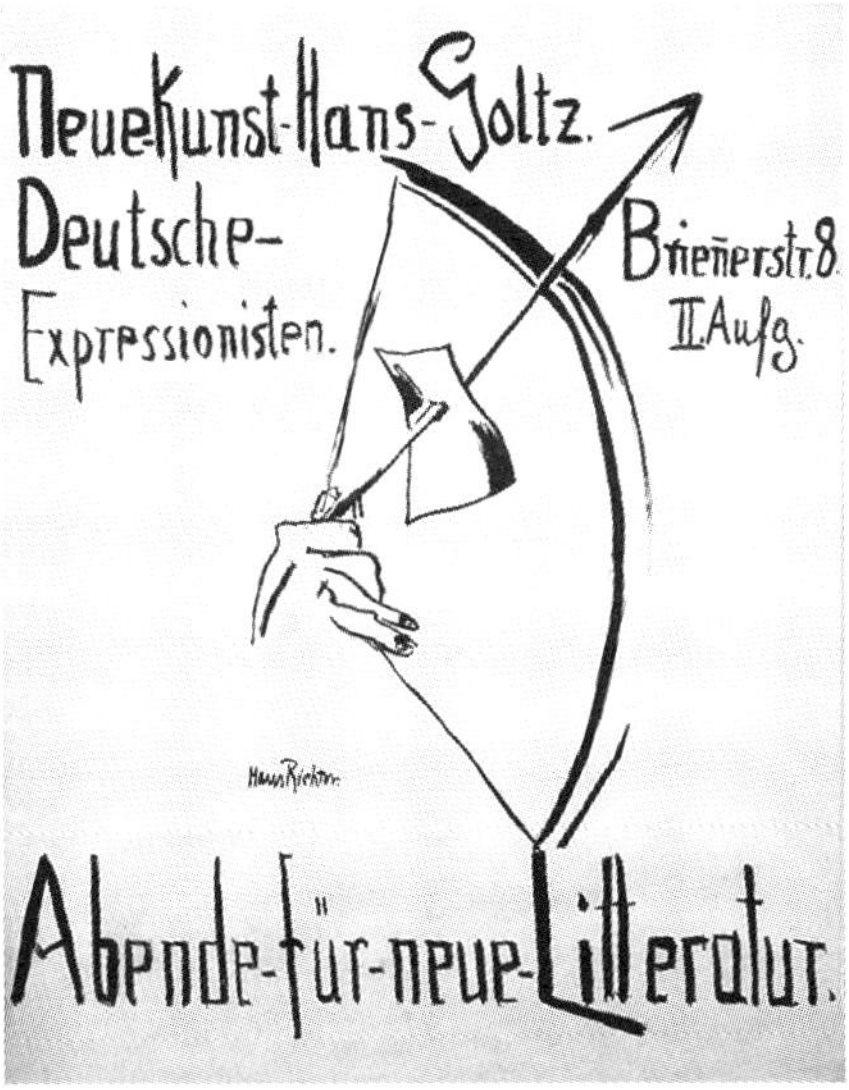

41

書かれなかった短編小説

Eine ungeschriebene Erzählung

未完成の作品――とくに三つの長編小説――の一部を、カフカは友人や、たぶん妹オットラにも、定期的に読み聞かせていた。逆に、書き始めだったり、まだ取りかかっていない作品に関しては、何も口にしないのが常だった。

数少ない例外がひとつ。ごく親しい友人だった作家オスカー・バウムにたいして、一九一八年一月にカフカはふと、ある執筆構想を漏らしているのだ。オットラが小さな農場を経営し、結核を患う兄が冬のあいだ過ごしていたボヘミア北西部にあるシジェム村をバウムは訪れる。カフカとバウムは同じ部屋で夜をともに過ごしたので、この機会にふたりはたっぷり話をしたのだった。それまでの一〇年間やそれ以降の五年間よりも、カフカのことをずっと深く知ることができた一週間だった、とバウムはのちに述懐している。カフカは彼に多くの執筆構想や計画を話してもくれた、「いつかそれを形にする気も、希望も、ないままに」。それら書かれなかった短編のひとつを、バウムは詳細に記憶している。

ある男が、こんな集いの場は開けないか、と考えている。招待されずとも自然と人が集まってくる。人々はお互い、出会って、会話して、観察しあう。この宴は、だれもが自分の趣味にしたがって、自分の思いどおりに、だれにも負担をかけずに設定できる。好きなときに好きなように現われ去ることができ、ホストに感謝などせずともよいが、しかしいつでも、心から、歓迎される。この奇妙な思いつきが最後に実現するとき、読者は気づくことになる。孤独な人間を救済しようというこの試みは――最初の喫茶店を作る人間を生み出すことになったのだ、と。

42

ブロスクヴァ草稿

Die Broskwa-Skizze

ブロスクヴァよりさらに北にも、ヨーロッパの入植地があっておかしくはない。だがブロスクヴァよりさらに荒涼とした町など、どこにもない。数世代を経たのちにはブロスクヴァだって活気ある重要な都市になっているかもしれない。百キロ離れた自然港が砕氷船によって開かれることがあれば、あるいはグラドゥーラからブロスクヴァの三百キロ南の地点まで敷設が目論まれている鉄道がブロスクヴァまで延長されることがあれば、ひょっとしたら。けれど、今実際に暮らしている人間には、そんなものはどれも当てにすることなどできやしない。ブロスクヴァに生きる俺たちは、町の中央の市場広場に藁葺き小屋の店が二つ三つあることを、外からの便りや知らせが冬にはまったく途絶えるが夏には二、三回やってくることを、それでも有難く思わねばならぬ。いつかヨーロッパに帰ることがあればあれこれ語りもしようが、戻る気など、さらさらない。人間ってのはふしぎなもので、ちょっとでもある土地に押しつけられると、とたんにそこにずぶずぶ沈み込んでしまう。ここから逃げ出したくてしかたがないんだろうって？　とんでもない。いつだったか郵便配達人のブラーシャと、格別に良い引き馬に引かれてグラドゥーラへ行ける機会があり、俺にとってはあれこれ仕

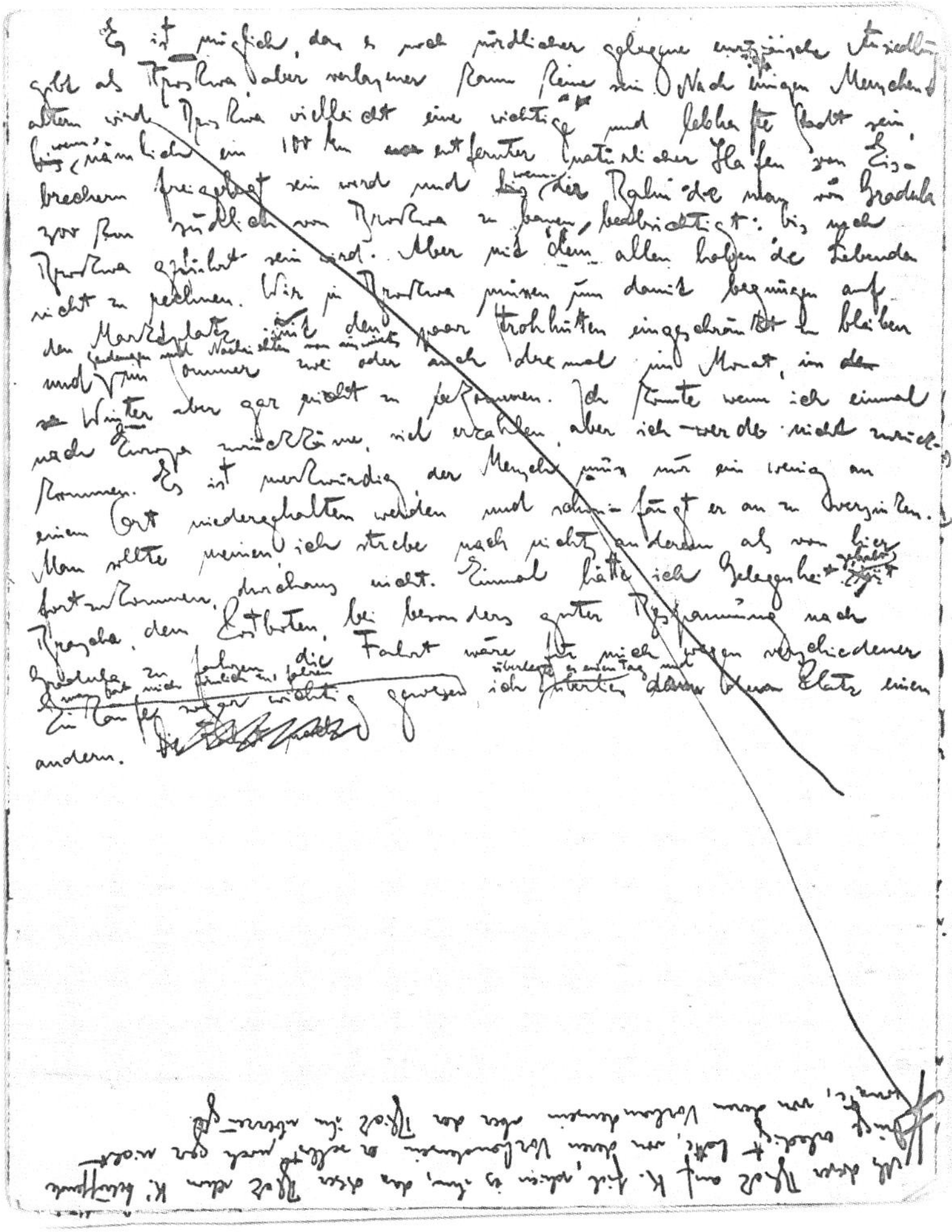
Es ist möglich, dass es noch nördlicher gelegene menschliche Ansiedlungen gibt als Brozkwa, aber verlassener kann keine sein. Nach einigen Menschenaltern wird Brozkwa vielleicht eine wichtige und lebhafte Stadt sein, wenn nämlich ein 100 km entfernter natürlicher Hafen von Eisbrechern freigehalten sein wird und wenn die Bahn, die man von Gradula vor kurzem südlich von Brozkwa zu bauen beabsichtigt, bis nach Brozkwa geführt sein wird. Aber mit dem allen haben die Lebenden nicht zu rechnen. Wir in Brozkwa müssen uns damit begnügen auf den Marktplatz mit den paar Strohhütten eingeschränkt zu bleiben und Zeitungen und Nachrichten im Sommer zwei oder auch dreimal im Monat, im Winter aber gar nicht zu bekommen. Ich könnte wenn ich einmal nach Europa zurückkäme viel erzählen, aber ich werde nicht zurückkommen. Es ist merkwürdig, der Mensch muss nur ein wenig an einen Ort niedergehalten werden und schon fängt er an zu vergessen. Man sollte meinen ich strebe nach nichts anderem als von hier fortzukommen, durchaus nicht. Einmal hätte ich Gelegenheit gehabt Gradula, dem Eilboten, bei besonders guter Bespannung nach Gradula zu folgen, die Fahrt wäre für mich wegen verschiedener ... gewesen, ich überließ den Platz einem andern.

入れのできる大事なチャンスでもあったし、行ってくれないかと依頼もされたが、俺は一日考えてから、座席を人に譲ったのだ。

この散文草稿を、カフカは一九二二年に小説『城』を書くのに使った紙の一枚の、その裏に書きつけた。この紙はもともと、カフカが一九一四年一一月から一九一五年五月まで使っていて、まっさらなページが数枚残る「日記帳その10」のもの。さらに、その同じ年の冬により長くテーマ的に密接な関わりのある断片が書き留められている（『カルダ鉄道の思い出』）ことからすると、このブロスクヴァ草稿もその時期に書かれたものだろう。

この草稿、二〇〇七年に思わぬ注目を浴びた。作者名を示さずに、四人の原稿査読者に評価が依頼されたのだ。彼らによるさまざまな改善案が、ライプツィヒの文芸誌「エディット」上で公開された。

43
管理事務所にて（その1）
In den Direktionskanzleien (1)

保険会社「進歩」の所長バンツは、机をはさんで立ち、助手としての採用希望を述べる男のことをいぶかしげに見つめた。目の前、机上に置かれているその男の書類に、ときおり目を落とす。「背がお高いですな、あなたは」所長は言う。「それは見ればわかるとして、ほかになにかアピールする点をお持ちかな？　我が社では、助手は切手を舐めること以上の仕事をこなせねばなりませんよ、そんなことできる必要もないのです、そういう類いのことはここでは自動的になされるのでね。我が社の助手は半分正規職員のようなもので、責任ある仕事をしてもらいます。それだけの力が自分におありだと思いますか？　しかしあなたはまた妙な頭の形をしておられますな。おでこがだいぶ引っ込んで。摩訶不思議だ！　最後の職歴はどちらで？　え？　一年間働いておられなかったと？　いったいなぜまた？　肺炎のせいですって？　本当に？　さてさてそれはあまり好ましくありませんな、でしょう？　我々が求めているのは健康な人間だけですよ、当然です。仕事をまかせる前に、医者に行ってもらわんと。いまは健康です、って？　本当？　まあきっとおっしゃるとおりなんでしょう。ただもうちょっと大きな声でしゃべってもらえませんかねえ！　そうぼそぼそ話されると、どうにもいらいらしてくるのですよ。それとですな、妻あり四人の子持ち、とここにはありえます。なのに一年前から仕事をなさっていないとは！　え、なんですって？　奥さまが洗濯婦をなさっていると！　ほう、それはそれは！　まあいいでしょう。とにかく今日はせっかくいらっしゃったのだから、すぐに医者に診てもらってください。助手がご案内します。しかしですよ、たとえ医者の見立てが問題なかったとしても、それで採用だなどとはお考えにならんでいただきたい。けっしてね。いずれにせよ書面で通知いたしますから。誤解のないよう率直に言っておきますが、私はあなたのことをこれっぽっちも気に入っておりません。われわれが欲しい助手はあなたのような人間じゃないのです。だがとにかく診察はお受けください。さあ、もういいでしょう、お引き取り願えませんか。これ以上頼んだってむだですよ。情けをかける理由など、ありませんから。どんな仕事でもやります、ですか。そりゃそうでしょう。みんなそう言いますよ。だからどうって話です。そういう言いぐさは自分に自信がない証拠にしかなりません。はい、これが最後です、お引き取りください、これ以上手間をとらせないで。もうたくさんです。

カフカの作品にしばしば登場するモチーフのひとつに、無力な人間がどうやら強大な力を持つらしい敵役によって屈辱を受ける、というものがある。特に三つの長編でカフカはこの布置をさまざまに変奏させているが、自らの手で刊行した短編、たとえば『判決』や『変身』にも、このモチーフは登場する。

今回と次回では、あまり知られていないカフカの断片群でも、そんな屈辱的対立が繰り返し奏でられていることの具体例を挙げてみた。そこでは当該のモチーフが大きな物語的連関に埋め込まれていないぶん、読者はいわばルーペを通して純粋な力の行使を観察することになる——自己に限りない信頼を寄せ、ゆえにシニカルな態度を自らに許しもするような権力が、行使されるさまを。

しつこい求職者に対する所長の長広舌。これは一九一四年七月三〇日の日付のあるカフカの日記に書かれているもの。第一次世界大戦がはじまる二日前である。

44

管理事務所にて（その2）

In den Direktionskanzleien (II)

昨日はじめてぼくは管理事務所に行った。所属する夜勤チームの代表に選ばれたのだが、チームのランプ類がきちんと整備されておらず足りてもいなかったので、この窮状をなんとかしてくれと言い立てに出向いたのだ。その担当ならあちらです、と教わった部屋のドアをノックし、中に入った。か細い感じの若い男が、なんとも青白い顔をこちらに向けて、大きな机の向こうから微笑みかけてくる。うんうんとしきりに頷いている、ちょっとやりすぎなくらい。腰を下ろすべきか迷う、来客用の椅子はあるけれど、はじめて来たのだから最初は座るのを遠慮すべきかも、などと考えて。それでぼくは立ったまま用件を話した。だがへんに遠慮したせいでその若い男に負担をかけてしまったようで、というのもぼくのほうを向くためには顔をむりにねじってさらに上を向かねばならず、それなら椅子の向きを変えればよさそうなものだが、そうする気配もない。ところが一方で、聞く気まんまんなようすなのに首をじゅうぶんに回さないものだから、ぼくが話しているあいだ天井を中途半端に斜交いに見上げる格好になり、ぼくもしらずしらずその視線を追ってしまう。ぼくが話し終わると彼はゆっくりと立ち上がり、ぼくの肩をぽんぽんと叩き、なるほど、うんうん、なるほど、と言いながらぼくを隣の部屋へと押していく、そこには伸ばし放題に伸ばしたヒゲをたくわえた紳士がいて、どうやらぼくらのことを待ち受けていたらしい、というのも彼の机の上は仕事をしている形跡もなく、そのかわりにガラス製のドアが開けられていて、その向こうには小さな庭が、花や灌木をたっぷりと茂らせているのだ。若い男が紳士に二言三言ささやき、それだけで我々の幾重もの苦情のあらましを紳士は把握したようだ。紳士はさっと立ち上がると言った、さて、ようこそ……そこで言葉が途切れる、ぼくの名前を知りたいのかと思い、改めて自己紹介しようと口を開きかけたところで、しかし彼はかぶせるように話をはじめた。ええ、ええ、いいんですいいんです、私はあなたをとてもよく存じ上げておりましてね……あなたの、いやみなさまのご要望はたしかに正当なものです、私や管理部の人間はそれを理解することにかけては人後に落ちません。会社の繁栄より人の安寧のほうに我々は力を傾注しているのです。当然のことでしょう？　会社は立て直すことができます、カネさえ、ありがたきオカネさまさえあればね、だが人間は死んでしまう、死んでしまえば、あとには未亡人や子供たちが残されるのですよ。なんともはや！　であればこそ、新たな安心、新たな負担軽減、新たな快適さや贅沢さを加えようという提案なら、なんでも大歓迎です。それを携えてくる人こそ、我らが仲間なのです。あなたはこの場で我々にご自身の提案を委ねられました、我々はそれらを詳細に検討します、そこにまた新たにすてきな提案を加えてくださってもかまいませんし、我々はそれを無下にはいたしません、そしてすべてが終われば、みなさまは新たなランプを手にしていることでしょう。

さて、けれどもひとつ、下の方々に言っておいていただきたい。みなさまのいる坑道がサロンに変わるまでは、こちらの面々も安らげぬと。みなさまが死ぬときは、エナメルのブーツを履いて死んでもらうと。そういうことで、よろしくお願いしますよ！

この無題の小編は、「八つ折判ノート　E」に書かれているもの。カフカが一九一七年に使っていたノートである。その数ページ前に八月一三日の大喀血に関する記述が見られることから、この小編は同じく八月か九月のはじめに成立したものと思われる。

カフカがこの作品を完結したものと見なしていたかどうかは、わからない。大きな訂正がひとつ、「なんともはや！」という叫び声のあとに、なされている。カフカは最初「もちろん人間だって取り替えられるのですが」と続けていたが、「取り替える」という語を書きかけたところでやめ、その文全体を線で消した。

45

こま
Der Kreisel

ある哲学者がいて子供たちの遊んでいるあたりをいつもうろうろしていた。そしてこまを手にした男の子を目にすれば狙い定めて待ち伏せた。こまがくるくる回りだす、とたんに哲学者はこまを捕まえんと追いかける。子供たちが騒ごうが自分のおもちゃに近づけまいと頑張ろうがおかまいなし、まだ回っているうちにこまを捕まえた瞬間、哲学者は喜色満面、だがそれもつかの間で、ぽいとこまを地面に放りだし立ち去った。つまり彼の考えによれば、小さなことをひとつひとつ認識していけば、たとえば回転するこまであっても、それが普遍の認識をじゅうぶん導いてくれるのだ。だから彼は大きな問題を相手にしない、彼はそれを不経済だと思う。極限の小が真に認識されれば、それは全の認識となる。だから彼は回転するこまのみを研究しているというわけだった。こま回しがはじまると見るや、いつも希望がわいてきた。こんどこそはうまくいく。そしてこまが回りそいつを息せき切って追いかけるうちに希望は確信に変わる。だがつまらぬ木のおもちゃを手にしてみると、とたんに吐き気がこみ上げた。これまで聞こえていなかった子供たちの叫び声がとつぜん耳をつんざき、彼を追い立てる。へたくそな鞭に打たれるこまのように、彼はよろめいた。

おそらく一九二〇年一一月か一二月はじめに成立。題名はマックス・ブロートがつけた。ブロートはカフカの残した手稿にあったこの小編に題名をつけて出版した。

46

城への最初の一歩

Erster Anlauf zum Schloss

宿の主人は、よくいらっしゃいましたと客に言った。ひと部屋が二階に用意されていた。「侯爵の部屋です」と主人。大きな部屋で、ふたつの窓と、そのあいだにガラス扉がある。あまりの殺風景さに唖然とするほどの広さだった。妙に細い足のついた家具がいくつか雑然と置いてある。鉄製だといっても通用しそうだが、実際は木製なのだった。客は窓の外に広がる夜の闇に目をやると、ガラス扉に歩み寄った。主人が、バルコニーには出ないでください、と言う。「支えの梁が少々脆くなっておりますので」。ルームメイドが入ってきて、洗面台にとりかかる。暖房はちゃんと効いていますか、と客に尋ね、客は頷いた。このときまで客は部屋についてひとつの文句もつけていなかったが、しかしずっとコートを脱がず、ステッキと帽子を手に持ったまま、ここに留まってよいものかいまだ確信が持てぬとでもいうように、行ったり来たりを繰り返していた。主人はメイドと並んで立っていたが、そのふたりの背後に客がとつぜん歩み寄り、大声で言った。「なにをこそこそと話しているんだ？」主人は驚いて言った、「私はこの子にベッドメイクの指示を与えていただけです。今ごろ気づいて申し訳ないのですが、この部屋はどうも私の意にかなうほどきちんと調えられておりませんん。ですが、すぐにやらせますので」「そんなことはどうでもいい」と客は言う。「汚い穴ぐらに不快なベッド、それでじゅうぶんだ。話をそらさないでほしい。私が知りたいのはひとつだけなのだ。お前に私の到着を知らせたのは、いったい誰なんだ？」「だれもそんなことしちゃいませんよ、旦那さま」と主人は言った。「だがお前は私のことを待ち受けていただろう」「私は宿屋を営んでおりますんで、そりゃお客が来るのをお待ち申しておりますよ」「部屋が用意されていただろう」「いつものことですが」「わかった、お前はなにも知らない。いいだろう。だが私はここには泊まらないよ」。客は窓をさっと引きあけると、外に向かって大声で「馬を馬車から外すな、ここを出るぞ」と叫んだ。彼が玄関口へと急いで向かおうとすると、ルームメイドが行く手をさえぎった。か弱くか細い、まだ年端もいかぬ少女だった。彼女は伏し目がちに言った。「行かないでくださいな。ええ、私たちはたしかにあなたを待っていました。こういうやりとりに慣れておりませんし、何をお望みなのかもよくわからなかったものですから、黙っていただけなのです」。客は少女のようすに心を動かされたけれども、その言葉は疑わしく思えた。「この子と二人きりにしてくれませんか」と彼は主人に言った。主人はためらったが、部屋から出て行った。「こちらにおいで」と客が少女に言い、ふたりはテーブルについた。「名前は？」と尋ねながら、客はテーブル越しに少女の手をつかむ。「エリーザベト」とメイドは答えた。「エリーザベトね」と客は言った。「ぼくの言うことをよく聞くんだ。ぼくはむずかしい任務を抱えていて、人生のすべてをそれに捧げてきた。楽しんでやってきたし、誰の同情も求めちゃいない。

でもそれは、つまりこの任務は、ぼくのすべてなんだよ。だから遂行を妨げる可能性のあるものはみな押しつぶしてやるのさ。容赦なくね。いいかい、この容赦なさったら、ちょっと自分でも驚くくらいなんだぜ」。客は少女の手を握りしめる。少女は客をじっと見つめ、うなずいた。「わかってくれたんだね」と客は言った。「じゃあ、ぼくがやってくるのを君たちがどうして知ったのか、説明してくれないか。知りたいのはそれだけだ、君たちの気持ちなど聞きたくはない。ぼくは闘うためにここに来た。でも到着の前に攻撃されるのは避けたいんだ。さあ、ぼくが来る前に、何があった？」「あなたがいらっしゃることは、村じゅうが知っています。説明はできません。数週間前から、みな知っていたんです。たぶん、城が出どころでしょう。それ以上のことは、わかりません」「城から誰かがここに来て、ぼくが来ると告げたの？」「いいえ、だれも来ていません。城の人たちは、私たちと関わりを持たないんです。でも上に仕える召使いが話したのかもしれません。村の人たちが聞きつけて、それで広まったんじゃないかしら。ここにはよその人はめったに来ませんから、かっこうの話題になるんです」「よそ者はめったに来ない？」と客が聞くと、「ふふ」と少女は言って、ほほえんだ――人懐こいようにも、よそよそしいようにも見えた――「誰も来ませんよ、まるで世界が私たちのことを忘れてしまったみたいに」「ここに来る理由なんてないものな」と客は言った。「だってなにか見るべきものが、ここにあるかね？」少女は握られていた手をゆっくり引っ込めて言った。「あなたはまだ私たちのことを信用していらっしゃらないんですね」「そのとおり」と客は言って、立ち上がった。「君らは全員ならず者だ。でも君は主人よりもずっと危険人物だね。おおかたぼくの相手をするために城から遣わされてきたんだろう」「城から遣わされてきた、って」と少女は言った。「あなた、私たちの状況がほんとにわかってないんですね。信じられないからってここを出て行くのですか。だってもう行ってしまうのでしょう」「いや」と客は言い、コートをさっと脱ぐと椅子の上に放った。「ぼくは行かないよ。君はぼくを追い出すことさえできない、役立たずだ」。だが客は急によろめき、なんとか二、三歩こらえたが、しまいにベッドに倒れ込んだ。少女は彼のもとに急いだ。「どうなさったんですか？」とささやくと、すぐに洗面台へと駆け寄り水を汲んできて、客のそばに膝をつき、その顔をぬぐった。「おまえたちは、なぜぼくをこんなに苦しめるんだ？」と客はつらそうに言った。「私たち、あなたを苦しめてなどいません」と少女は言った。「あなたは私たちになにかを望んでいる。でも私たちには、それがなにかわからない。率直にお話しください。私も率直にお答えします」

おそらく一九二二年一月終わりに、クルコノシェ山地のシュピンドレルーフ・ムリーンで書かれたこの断片は、長編『城』のための最初の草稿である。書いてすぐに、カフカはこの書き出しを破棄したらしい。次に書かれた草稿には、冒頭部にかの有名な「到着」の章が置かれている。その草稿は、最初は「私」を語り手として書かれていた。その一人称の語りの視点をカフカは第三章の半ばまで書いたところでやめ、三人称の語りに戻している。そこではじめて主人公の名を、『審判』の主人公と同じ「K.」と決めた。

47 最初の翻訳

Die erste Übersetzung

カフカの文学作品が最初に翻訳された言語、それはチェコ語である。一九二〇年四月二二日に刊行されたプラハの文芸誌「クメン（*Kmen*）」に、唯一の寄稿としてカフカの短編『火夫』が掲載された。翻訳はミレナ・イェセンスカ。

翻訳に至った経緯の詳細は定かでない。一九二〇年当時、ミレナ・イェセンスカはウィーンにいて、ドイツ人作家エルンスト・ポラックとの結婚生活はすでに破綻しており、ジャーナリストや翻訳家、語学教師の職を切実に求めていた（39を参照）。彼女がカフカの存在を知ったのは、ポラックを通じてのようだ。

一九一九年から二〇年にかけての冬、プラハのカフェでカフカとイェセンスカは短時間向かい合った。その場でイェセンスカは、数本の作品を翻訳したいと許可を求めた。カフカはとくに異議を唱えなかったけれども、イェセンスカのドイツ語が（このときの会話はドイツ語で行なわれた）まだ充分なレベルに達していないことに気づきもしたのだった。

翻訳そのものにカフカは関わっていないが、イェセンスカとの手紙のやりとりも当初は思うように進まなかった。カフカがメラーノから手紙を送った一九二〇年四月になってようやく、イェセンスカは詳細かつ個人的な内容の返事を送り返してくるようになる。五月八日には彼女から「クメン」の冊子が送られてきた。

大きな封筒から冊子が出てきたとき、ぼくはけっこうがっかりしました。聞きたかったのはあなたのことで、古い墓の中から響いてくるひどくなじみの声なんかじゃなかったのに。どうしてこいつがぼくらのあいだに割り込んでくるんだ？　ってね。でもよく考えたら、ぼくらのあいだを取り持ってもくれたのもこいつだった。それはそうと、あなたがなぜこんなに手間暇かけてくれたのか、まったく理解に苦しみますが、とても誠実に、どんなささいな文もおろそかにせず、取り組んでくださったことに心を動かされてもいます、チェコ語でこんなに忠実に写し取れるものとは思ってもいませんでしたし、あなたがすてきに自然にすべてをまとめあげていることも予想外でした。ドイツ語とチェコ語って、こんなに近しいものでした？　まあそれは置いといて、とにかくこいつは底知れぬほどひどい物語なので、なんなら行を追って証明して差し上げますよ、ミレナさま、ちゃっちゃっと、ひとひねりで。でも証明しようにも嫌悪感のほうが先に立つかな。あなたが気に入ってくれて、もちろんこのお話も値打ちが上がりましたが、ぼくのほうは世界がちょっと曇って見えてきてしまった。この話はここまでにします。

カフカは自分の作品を――同時にイェセンスカの仕事もそれとなく――かたくなに認

KMEN

LITERÁRNÍ TÝDENNÍK

ROČNÍK IV. V Praze, dne 22. dubna 1920. ČÍSLO 6.

Franz Kafka: Topič

Fragment

Se svolením autorovým přeložila Milena Jesenská

Když 16letý Karel Rosman, který byl svými chudými rodiči poslán do Ameriky, poněvadž ho svedla služka a měla s ním dítě, vjel již v zpomaleném parníku do newyorského přístavu, spatřil sochu Svobody, kterou již dávno pozoroval, jakoby ve světle náhle prudším. Její paže s mečem trčela jaksi nově vstříc a kolem její postavy vanul volný vzduch.

»Tak vysoko,« řekl si, a v tom, vůbec nemysle na odchod, byl stále rostoucím množstvím nosičů pomalu posunut až k zábradlí.

Jakýsi mladý muž, s nímž se byl při jízdě povrchně seznámil, řekl, předcházeje ho: »Nu, což pak nemáte pražádné chuti, abyste vystoupil?« »Jsem přece již hotov,« řekl Karel usmívaje se, a zdvihl z dobré nálady a poněvadž byl silný chlapec, kufr na ramena. Když však pohlédl za svým známým, který se již vzdaloval s ostatními a mával při tom hůlkou, s úlekem zpozoroval, že zapomněl dole v lodi svůj deštník. Rychle poprosil známého, aby mu laskavě u jeho zavazadla okamžik posečkal, čímž muž nebyl příliš obšťastněn, přehlédl ještě situaci, aby se při návratu vyznal, a pospíchal pryč.

S lítostí nalezl dole zavřenu chodbu, která by jeho cestu byla velice zkrátila, což patrně souviselo s vyloďováním cestujících, a bylo mu namáhavě si hledati cestu nespočetnými malými místnostmi, po krátkých schodech, které stále za sebou následovaly, korridory, neustále se zahýbajícími, prázdným pokojem s opuštěným psacím stolem, až skutečně, poněvadž touto cestou šel teprve jednou nebo dvakrát a vždy ve větší společnosti, úplně zabloudil. Ve své bezradnosti, poněvadž nepotkával lidí a slyšel jen nad sebou šoupání tisíce lidských nohou a pozoroval z dálky jakoby dech, poslední pracování již zastavovaných strojů, počal bez přemýšlení tlouci na první malá dvířka, na která při svém bloudění narazil.

»Vždyť je otevřeno,« ozvalo se uvnitř a Karel otevřel dvéře s poctivým oddechnutím. »Proč tlučete tak zběsile do dveří?« řekl ohromný člověk a skoro se po Karlovi ani neohlédl. Jakýmsi malým, svrchním oknem padalo ponuré, nahoře na lodi již dávno opotřebované světlo v žalostnou kabinu a v ní stáli těsně vedle sebe postel, skříň, židle a muž, jakoby složeni ve skladišti. »Zabloudil jsem,« řekl Karel, »ani jsem toho tak za jízdy nepozoroval, ale to je strašně veliká loď.« »To je pravda,« řekl muž s jistou pýchou, nepřestav se při tom nimrati se zámkem malého kufru, který oběma rukama vždy znovu přitlačil a čekal při tom na sklapnutí závory. »Ale pojďte přece dovnitř,« pokračoval muž, »nebudete přece státi venku.« »Nevyrušuji?« ptal se Karel. »Ale jak pak byste rušil?« »Jste Němec?« pokusil se Karel zabezpečiti, poněvadž mnoho slyšel o nebezpečí, které hrozí v Americe nově příchozím, obzvláště od Irů. »I jsem, jsem,« řekl muž. Karel ještě váhal. Tu muž náhle uchopil kliku a přisunul dveřmi, které rychle zavřel, Karla k sobě dovnitř. »Nemohu vystát, dívá-li se sem

めない。ミレナ・イェセンスカはいぶかしく思ったことだろう。しかしそれにもめげず、彼女はカフカの作品を続けて翻訳していった。たとえば『観察』（選集の形で出版）。さらに『あるアカデミーへの報告』が一九二〇年秋に共産主義的新聞「トリブナ」に掲載され、『判決』が一九二三年末に「チェスタ」に載った。

もちろんカフカとて、はじめて自分の作品が翻訳されたことに口で言うほど無関心であったわけではない。「クメン」を受け取ったその日のうちに妹のオットラに葉書を書き、チェコの書店で当該号を二〇冊買っておいて欲しいと頼んでいる——「手頃な贈り物になるからね」。この贈り物を受け取ったのは誰なのか（献辞が添えてあったはずだ）、残念ながら、わからない。

48 カフカ、ヘブライ語で書く

Kafka schreibt hebräisch

大学での学業をご両親から反対されて悩んでいるようだけど、気にする必要はないんじゃないかな。もう一年半はヨーロッパ（笑わないで）に留まるのでしょう、ぼくはすっかりそのつもりでいるんだけど、まだ決まりじゃないの？　今はもうご両親も腹をくくっているんじゃないだろうか。それはそうと、フーゴーとご両親の話し合いの結果について、ご両親から手紙はまだ来ていないでしょう。今日フーゴーの奥さんと話したんだけど、彼女もイェルサレムにいる夫からまだなんの手紙も受け取っていないと言っていた。でも、どこをさまよっているのかわからない大事な手紙をいらいらしながら待つ気持ちは、よくわかる。ぼくなんか、人生で何度そんな不安に身を焦がしたか。本当の寿命が尽きる前に灰になってしまう人がいないのは、ふしぎなことだ。かわいそうなプアー、君もそんな苦しみを味わわねばならないなんて。でもじきに手紙は届くはず、そしてすべてうまくいくよ。

ベルリンに住む一九歳の女性、プアー・ベン＝トヴィム宛てのこの手紙の下書きを、カフカは一九二三年初夏にヘブライ語で書いた（ファクシミリ版を参照）。

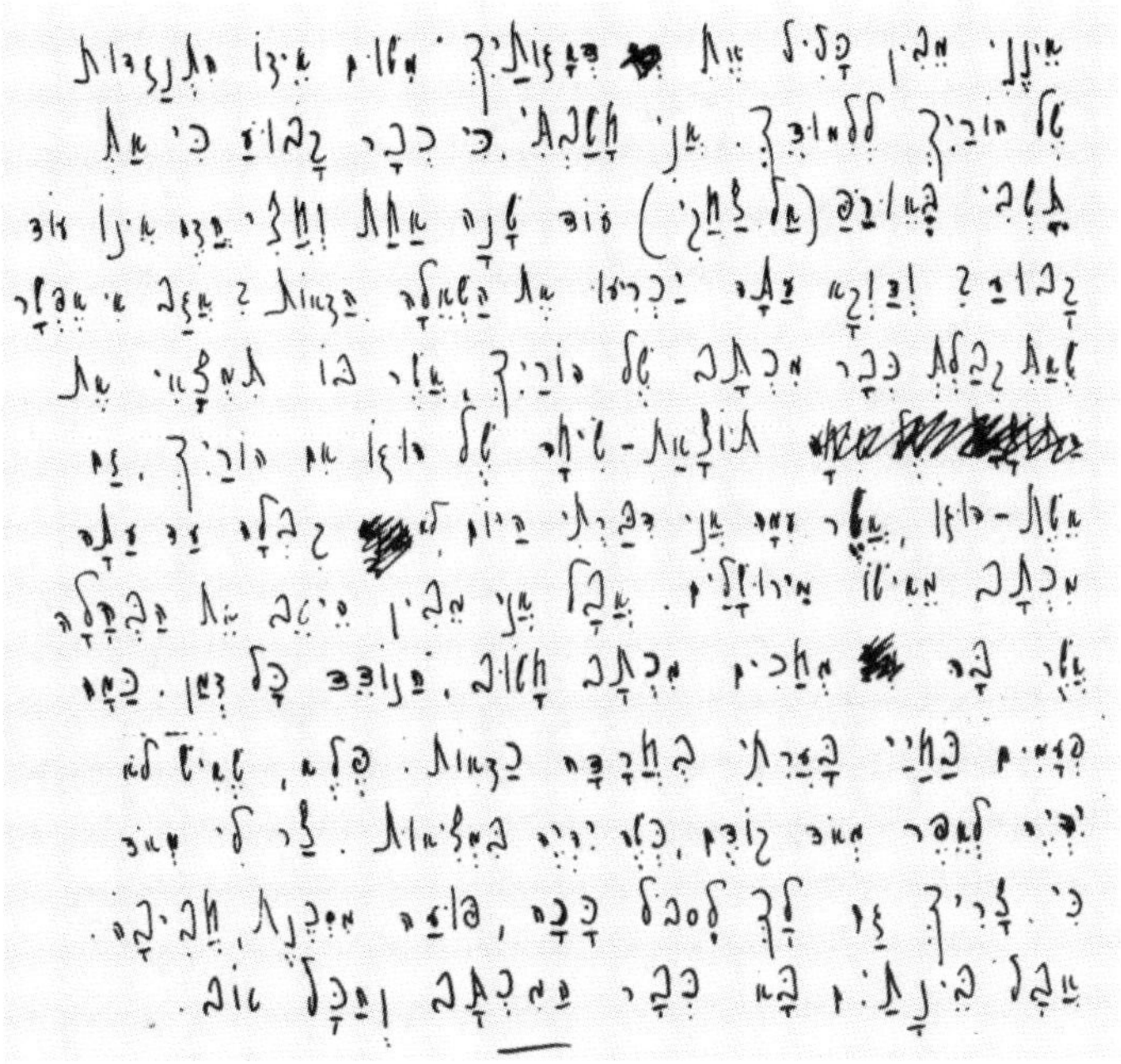

プアー・ベン＝トゥヴィム（一九〇四―一九九二）は、パレスティナでロシアからの移民の娘として生まれた。一九二一年秋、カフカの同級生のひとりフーゴー・ベルクマンの勧めで、大学で学ぶためにプラハにやってきた。当時ベルクマンはイェルサレムの国立図書館長を務めていた。

一九二二年から二三年にかけての冬、カフカはベン＝トゥヴィムからヘブライ語の個人授業を受ける。カフカはヘブライ語に関してすでにかなりの基礎知識を持っていた。それは独学で身につけたものだったが、さらに日常会話的な語彙を習得するのも大事だと思っていた

(86を参照)。カフカにはイェルサレムへの移住を真剣に考えていた時期があり、エルゼ・ベルクマンの誘いがそのきっかけにもなったのだが、その計画は健康上の理由で実行不可能なことが、その頃には明らかになっていた。

一九二三年なかば、プアー・ベン＝トゥヴィムはベルリンに赴く。それにあたって両親の反対にあっていたことが、カフカの手紙にはほのめかされている。カフカも九月からベルリンに滞在するのだが、ヘブライ語の授業は短期間続いただけで、その後は会うこともなくなった。

カフカの覚書き帳には、自分は意欲的・積極的な生徒だった、授業の前にはかならず入念に予習していった、とある。二通残されているヘブライ語の手紙草稿からは、自分の完璧なヘブライ語力を先生にできるかぎりアピールしようとしていることがわかる。「ヨーロッパ」の正しい書き方だけはカフカも知らなかったらしく、聞こえたとおりに綴っている。だから「笑わないで」と頼んでいるのである。

49 オリジナルとのつきあいかたについて

Vom Umgang mit den Originalen

遅くとも一九八〇年代以降、カフカ自筆の原稿や手紙は、崇拝の対象として奉られるようになる。原本は鋼鉄製の金庫で保管され、手に取ることは厳しく制限され、翻刻・編集されたものが出回り、自筆原稿市場に登場しようものなら（稀なことになってきているが）、国立の公共機関でさえ手が出ない価格がつけられる。

ずっとそういう状態だったわけではまったくないのだ。印象的な証拠をお見せしよう。カフカの友人であり遺産管理人であったマックス・ブロートが、カフカの自筆原稿をどのように扱ったか、である。たしかにブロートは、カフカの死後その作品をできる限り早くかつ網羅して出版することに尽力し、やってのけた。だが、（ときに彼自身が救い出した）原稿にはそこにしかない書き込みや削除がなされていることに、彼はまったく考慮を払わなかった。まだ判読がなされていない原稿を郵便で送ったり、個々の紙片を人にあげてしまったりすることにも無頓着だった。

よくわかる例を図に挙げた。長編『審判』の第三章「ひとけのない法廷で」の冒頭である。カフカはいくつかの単語を速記で使われる略字で書いているのだが、ブロートは

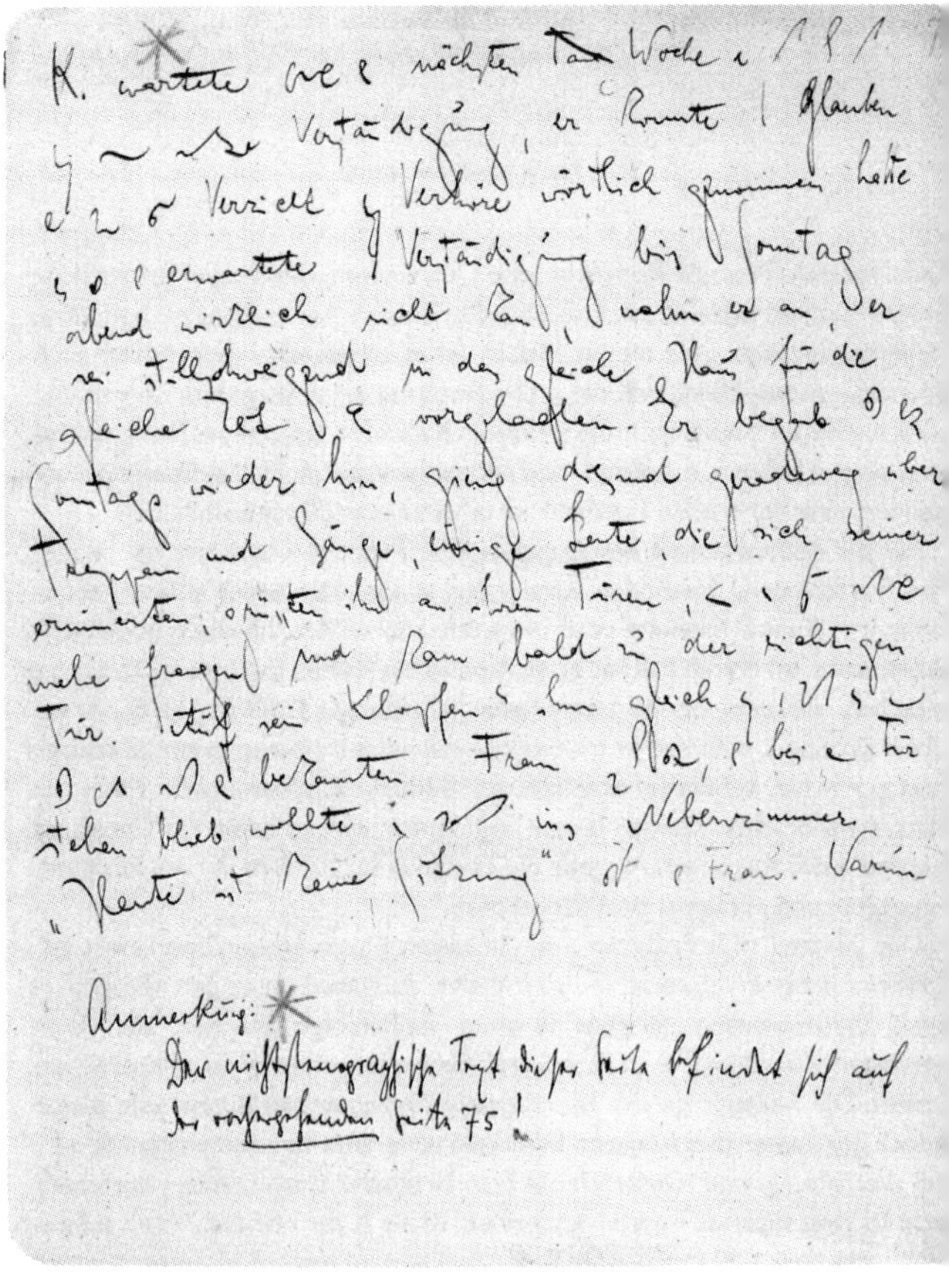

植字工への指示として、この部分が原稿の別のページに普通の文字で書かれている（そこからカフカ自身が書き写した）旨、直接書き込んでいるのだ。右上のページ数もブロートが書き加えたもの。このページだけでも、カフカが使っていた黒いインクに加えて、赤鉛筆、青鉛筆、そして紫色のインクと、合わせて三種類の異なる筆記具が使われている。

スラップスティック
Slapstick

50 殺人鬼、ヨーゼフ・K
Josef K., der Amokläufer

カフカはプラハの労働者傷害保険協会に勤めていた。彼が主に携わっていた業務は、北ボヘミア工業地帯の個々の企業から支払われるべき保険料の確定だった。仕事の危険度が高いほど、保険料は高くなる。

障害年金を申請するためにやってくる、労働災害で身体に障害を負った人々に応対する機会も多々あった。マックス・ブロートによれば、カフカはそんな請願者について不思議そうにこう言っていた。「ああいう人たちってすごく慎ましやか。ぼくらのところに来て、お願いします、と。協会に押し入って暴れまくる代わりに、ただお願いしにくるんだ」

そんな事件が実際に起こっていたことを、カフカは知らなかったらしい。たとえば一八九九年一二月三一日（カフカはまだギムナジウムに通っていた）付のプラハ日刊新聞に、次のような小記事が掲載されている。

「ローカル版小ニュース。危険な請願者。チャースラフ近郊ロトシュ出身で失業中の日雇い労働者ヨーゼフ・カフカは、一昨日の昼に傷害保険協会を訪れ支援を求めた。申請が却下されたため、職員に悪態をつき、椅子を投げ、助手が駆けつけると、折りたたみナイフを取りだして威嚇した。警備員が呼ばれ、ようやくにしてナイフを取り上げた。男は警察の公安局に引き渡された」

フランツとこのヨーゼフ・カフカが遠戚関係にあるかどうか、もはや確かめようもない。いずれにせよ、ふたりは当時のオーストリア＝ハンガリー帝国皇帝フランツ・ヨーゼフ一世が即位したあとに名付けられたのだ。カフカ『審判』のヨーゼフ・Kも同様だが、彼は無礼や器物破損、脅迫行為とは無縁である。

∴ Kleine Localnachrichten. Ein gefährlicher Bittsteller. Der beschäftigungslose Taglöhner Joseph Kafka aus Rotoř bei Časlau kam vorgestern Mittags in die Unfallversicherungsanstalt und verlangte eine Unterstützung. Da er mit seinem Ansuchen abgewiesen wurde, beschimpfte er die Beamten, warf mit den Stühlen herum, und als die Diener herbeieilten, bedrohte er sie mit seinem Taschenmesser. Es wurde ein Sicherheitswachmann geholt, worauf es erst gelang, ihm das Messer zu entreißen. Der Mann wurde dem Sicherheitsdepartement der Polizeidirection eingeliefert.

51 カフカ、総裁を笑いのめす

Kafka lacht den Präsidenten aus

ぼくだって笑うことができるんだよ、フェリーツェ、まさか、なんて言わないで、笑う男として有名だったりするんだから。でもその点については昔のほうが今よりずっと常軌を逸してた。うちの総裁と向かい合っての改まった席で、あろうことか笑いはじめちゃったんだから、それも豪快にね（もう二年ほど前のことかな、ぼくが去ったあとも局の伝説となって生きのびるはず）。あの人がいかなる重鎮か、君に説明するのはやっかいだけど、とてつもない重鎮で、ヒラの局員はこの人が地上ではなく雲の上にいると思っているんだよ、いやほんとうに。ぼくらはふつう皇帝と会談する機会なんてない、つまりこの人と会うのって、ヒラの局員にとっては皇帝に拝謁するようなものなのさ（大きな組織ではよくあることだろうけど）。もちろん、その実績に比してなぜその地位にいるのかよくわからない人間が一般の冷めた視線に晒されたときの常として、かの人にもたっぷりと滑稽さがまとわりついてはいたけれど、そんなわかりきったことのせいで、そんな自然の摂理みたいなもののせいで、よもや重要人物の目の前で笑いに誘われるがままになるとは、神に見放されたとしか言いようがない。ぼくら（ぼくと同僚ふたり）はその時昇進したばかり、黒の礼服に身を包んで総裁に感謝の意を伝えるところだった。これは言っておかなきゃいけないけれど、ぼくは特別な理由から、はなから総裁には特別な恩義を蒙っているんだ。ぼくら三人のうちでいちばん貫禄のあるのが（ぼくは最年少だった）謝辞を述べた、簡潔に、まじめに、人柄どおりにスマートに。総裁はといえば、いつもの、儀礼の場ではお決まりの、ちょっと我が皇帝の謁見の態度を思わせる、実際（こう言ってよければ、そしてそうとしか言いようがないんだけど）まあコッケイな態度で聞いていた。足をかるく交差させ、左手は拳に丸めて机の角の先っぽに置き、こうべを垂れているせいで顔中に生やした白髭が胸のうえで折れ曲がり、さらにはそれほど大きくはないがそれでも前に突き出た腹をちょっと揺すっている。あのときぼくは、自制の効かない状態だったにちがいない。だってそんなポーズはもうお馴染みだったし、途切れ途切れだったにせよ、ちょっとした笑いの発作に襲われる必然性などなかったのだから。まあ、少々咳き込みましてなどと言い訳できるくらいのものだったし、総裁はといえば下を向いたままだったけれど。それに、前を向きつつもぼくの状態に気づき、でもそれに惑わされずに話す同僚のはきはきとした声が、ぼくの暴走を押さえつけてもくれていた。ところが同僚の謝辞が終わると総裁が顔を上げたものだから、ぼくは笑いが引っ込み、一瞬背筋が凍った。だって総裁はぼくの顔を見てすぐ気づいただろうからね、不覚にも口から漏れた笑い声は咳なんかじゃぜんぜんないってことに。けれど総裁の訓示がはじまると、それがまた例の紋切り型の、昔ながらにおなじみの、皇帝のそっくりさんみたいな、声は低く重々しいけどまったくもって内容も根拠もない話でさ、しかもなんとか自分を抑えようと頑張っているぼくを同僚が横目で目配せして注意を促すものだから、かえってさっき笑ったときの満足感を思い出してしまい、もうがまんできなくなり、いつかがまんできるかもなんて希望も消え失せてしまった。最初は総裁がところどころに挟むぬるい冗談に合わせて笑ってた。そんな冗談に対しては敬意を表して口元をちょっとほころばすくらいにするのがルールなんだろうけど、ぼくはげらげら笑ってしまった。同僚たちはぼくの笑いが感染するんじゃないかとびくびくしてて、それを見てぼく自身のことより彼らのほうが気の毒になってしまった。でもぼくにはどうすることもできず、横を向いたり口を手で覆ったりしようともせず、ひたすら総裁の顔をなすすべもなく見つめるばかり。顔をそむけもしなかったのは、改善の見込みなどなにひとつない、すべては悪い方向に進んでいくだろう、だからこのままなにも変えぬのがいちばんだ、という心持ちになっていたからかな、と思う。ひとたびこうなってしまったからには、もちろん笑うしかなかったよ。もはや目の前の冗談にだけじゃなく、過去の、未来の冗談も一緒くたに笑い飛ばした。そもそもぼくはなにに対して笑っているのか、もうだれにもわからなくなった。みなが当惑しはじめたけれど、ひとり総裁だけは無関心なようす、さすが世慣れた大物だ、自分のような人間に尊敬を欠く態度をとる者がいるなんて、まったく想像の外なんだろう。総裁は訓示を少しはしょったみたいだったし、もしこの時点で部屋を抜け出していれば、まだ万事うまく運んだだろう。ぼくの振る舞いはたしかに無礼千万だったよ、それは疑いないけれど、そんな無礼もおおっぴらに語られることはなかったろうし、こういう一見ありえないものごとによくあるように、関わったぼくら四人が口裏合わせて黙っていることで、この事件も片がついたはずだった。ところが、だ。間の悪いことに、今まで触れなかった同僚（四〇男で丸い童顔だが髭を生やし、かつ大のビール党）が、とつぜんささやかな演説をしはじめた。一瞬、まったく理解できなかったよ、だってやつはぼくの笑い声にひどくうろたえていたし、頬を膨らませて笑いを押し殺しながら立っていたのに……まじめな顔で一席ぶちはじめたんだから。でも彼にしてみれば筋が通っているんだ。あいつは中身のない、すぐ頭に血が上るたちの人間で、誰かが言った定評ある文言を情熱をこめ滔々と繰り返す能力をお持ちで、その情熱の滑稽さや愛らしさがあればこそ、話の退屈さにも耐えられようというものだった。さて総裁は他意なく何ごとか発言したのだけど、それが同僚の癇に触れたらしく、さらにはぼくがひっきりなしに笑っている光景に影響されて瞬間われを見失い、いまやその時がきた、わが独自の見解とともに進み出て、（他人の語るあらゆることにもちろん死ぬほど無関心な）総裁を説得するのだ、と思ってしまったんだね。いま彼は手を振り回しながらなにやら（いつもそうなんだけど、今回はとりわけ）子供じみたことをべらべらと話している。もうムリだ。それまでまがりなりにも目の前で形をなしていた世界がすっかり消え失せ、ぼくは傍若無人な大声で笑い出してしまった。そんな屈託のない笑い方をするのは教室にいる小学生くらいなもの、って感じで。みな黙り込み、ぼくは笑いのおかげでようやくスポットライトを浴びることになった。笑っているあいだ、もちろん怖くてひざがくがくしてたよ。同僚たちもつきあって、彼らなりに思い思いに笑ってたけど、長年準備され訓練されたぼくの笑いの恐ろしさにはとうてい及ばなかったし、ぼくの前ではかすんじゃってた。罪の意識（ユダヤ教の贖罪の日を思い出しながら）もあり、押さえこんでいたたくさんの笑いを胸から追い出すためもあって右手で胸を叩きながら、笑ったことをあれこれと弁解し、それはどれも説得力があったと思うんだけど、弁解さなかにしょっちゅう割り込んでくる新たな笑いのせいで、ぜんぜん理解してもらえなかった。もちろん総裁だって困惑した面持ちだったけれど、こういう人たちってすべてをできるかぎり丸く収めるための処方箋を身につけているんだね、その生まれついてのセンスを発揮して、ぼくの大笑いに穏当な説明を与える文句をひねり出した。だいぶ前に彼が言った冗談に関することだったと思う。それからぼくらをとっと追い出した。負けなかったぞと笑いながら、でも死にたくなるほど落ち込みながら、ぼくはまっさきに広間からよろめき出たんだ。

オットー・プシーブラム（1844-1917）

フェリーツェ・バウアーに宛てた一九一三年初頭の手紙。文中の出来事があったのは、一九一〇年四月二八日のことだった。この日、カフカは労働者傷害保険協会において正規職員への昇格を正式に告げられる。一番の上司だった六五歳の教授兼宮廷顧問官オットー・プシーブラムに対する自分の態度が、カフカにとってなぜそれほどバツの悪いものだったのか、この手紙では「ぼくは特別な理由から、はなから総裁には特別な恩義を蒙っている」とほのめかすのみである。カフカは一九〇八年七月に保険協会に採用されるのだが、そのときのいきさつに彼が恩を感じていることを、この一文はそれとなく伝えている。どういうことか。協会総裁はカフカの学友だったエーヴァルト・プシーブラムの父親であり、友人の口添えという個人的関係のおかげで、カフカはユダヤ人として応募のチャンスを得ることができたのである。

52

聴衆は逃げ、カフカは残る

Das Publikum flüchtet, Kafka bleibt

ベルンハルト・ケラーマンが朗読をした。私の未発表原稿からいくつか、と言って、読みはじめた。愛すべき人間のようだ。ほぼグレーの髪は立ち気味で、顔はていねいに剃られてつるつる、鼻はとがり、頬骨の上を頬肉がしきりと波のように上下している。良いポジションにいる並の作家（ひとりの男が廊下に出て行って、咳をして、あたりを見回して誰もいないか確認）。生真面目な人で、約束した分はちゃんと読むつもり。だが聴衆はそうはさせじと、最初の精神病院の話にぎょっとしたり朗読のしかたに退屈したりで、ストーリーに冴えないサスペンスがあるにはあるが、人々はひとり、またひとりと出て行った。まるで朗読しているのは隣の部屋だとでもいうように、脇目も振らず。話の三分の一ほど終えたところでケラーマンがミネラルウォーターを口にすると、とたんに多くの人が立ち去った。彼は驚いている。すぐに終わります、などとしれっと嘘を言う。読み終えたとき、全員が立ち上がった。ぱらぱらと拍手あり。まるでみな立ち上がったそのまん中にぽつんと座ったままの人がいて、ひとりで拍手をしているように聞こえた。ところがケラーマンは朗読を続けたいらしいのだ。別の話を、もしかしたらさらにいくつか。出て行く人々にたいして、彼は口をぽかんと開けるばかり。なにやら耳打ちされたあと、ようやく彼は言った、もうひとつだけ、ちょっとしたメルヘンを読みたいと思うのですが。一五分くらいで終わります。五分間休憩しましょう。まだ数人が残っていた。その前で彼はメルヘンをひとつ朗読したが、その話には、ホールの一番奥からまん中を突っ切りすべての聴衆を乗り越え外へ駆けだしていく、そんな権利をそこにいるすべての人に付与する箇所がいくつかあった。

作家ベルンハルト・ケラーマン（一八七九－一九五一）は今日では、二〇世紀前半に華々しい成功を収めた本のひとつで数度映画化もされたSF小説『トンネル』（一九一三年）の作者として記憶されている。その作品以前のケラーマンは、むしろ印象主義的なトーンを持った散文を書く小説家として知られていた。

プラハでのこの朗読会は、一九一〇年一一月二七日一七時にドイツ・カジノ（ドイツ系の社交団体）の鏡の間で開かれた。カフカは、妹エリの結婚式が終わった数時間後、おそらくひとりで赴いた。注目すべきは、彼が最後まで辛抱強く残った数少ない聴衆のひとりだったことである。そこにはカフカ特有の、礼儀正しさと思いやりと好奇心の入り交じった性向が見て取れる。朗読会で受けた印象を、彼はその日の夜に書き留めた。

翌日「プラハ日刊新聞」紙上に掲載されたルートヴィヒ・シュタイナーによる論評が、カフカの描写の正しさを大筋で証明している。「残念ながら、かの作家は格別の野心を抱いて、聴衆の忍耐力をとりわけ厳しい試練に晒さんとしたのだった。プログラムには大部の散文作品が掲げられており、それを朗読するとすれば一時間ではとてもきかぬであろう。（…）その結果、一時間の朗読のあと、聴衆はまず雫のごとくぽつりぽつりとホールから漏れ出てゆき、その後出て行く人の流れは川幅を広げ、最後はかろうじて残った聴衆から――こう言ってよければ――うやうやしい拍手が捧げられた」

「散文作品」というのは『聖なる者たち』のことで、一九一一年六月に「ノイエ・ルントシャウ」誌上に掲載された。ケラーマンがアンコールとして読んだメルヘン『王女の失われたまつげのはなし』は、一九七九年にはじめて遺稿から活字となった。

53 裁判所でのスラップスティック

Slapstick im Gericht

たとえばこんな話がある、いかにもあり得ると思うんだがね。年寄りの役人で、善良で物静かな男がいたが、裁判にかかわる難しい案件を抱えていた。弁護士の請願書のおかげでとりわけ紛糾してしまったのだ。夜を日に継いでそれに取りかかっていた――この役人ってやつは実際ちょっとないくらい勤勉なんだな。さて朝になって、二四時間働きに働いてどうやらあまり成果も上がらなかった仕事のあとで、その役人は入り口の扉へと向かった。そしてそこに身を潜めると、入ってこようとする弁護士たちを、ひとりまたひとりと階段の下へぶん投げたのさ。弁護士たちは下の踊り場に集まって、どうしたものかとあれこれ話しあった。彼らには入れてもらう権利がそもそもないので、役人に対してなんらかの法的手段をとることなどとうていできないし、それに前にも言ったように、役人を敵に回さぬよう気をつけもせねばならぬ。だがその一方で、裁判所で過ごせない一日など、彼らにとってはないも同然、万難排して入り込むことがなによりも重要だ。そこで結局、あの老人をへとへとに疲れさせてやろうじゃないかと話が決まった。弁護士が次から次へと繰り出され階段をのぼっていき、できる限りの、だが消極的な抵抗をして、しまいに投げ落とされる。するとそれを同僚たちが下で受け止める。こんなことが一時間も続いて、老役人は、ほら彼は夜なべ仕事ですでに疲労困憊だったからね、心底疲れ果てて自分の執務室に引っ込んでしまった。下にいる者たちはそれでも最初は確信もてず、まずはひとりを派遣して、扉のうしろにほんとうに誰もいないか、確かめさせた。それからやっと入っていったが、そこで役人に不平を漏らすやつなど、たぶん誰一人としていなかったのだ。

長編『審判』の一場面。陰鬱だとか、宿命論的だとかいった印象ばかり強調されるその主要作品にも、カフカは典型的なスラップスティックのモチーフを挿入している。これはそのひとつの例である。おそらく確かなこととして、カフカはそのヒントを初期の無声映画から得ている。身体的な動きが引き起こすコミカルさ。そんな場面は『失踪者』や『城』といった長編小説にも見られるけれど、後期作品の『城』が書かれていた時期は、第一次世界大戦以前と比べ、映画館に足を運ぶ回数ははるかに減っていたのだった。

54

両手の闘い

Der Kampf der Hände

ぼくの両手が、闘いはじめた。ぼくが読んでいた本をじゃまだとばかりにぱたんと閉じて、脇へのける。両者ぼくに敬礼し、ぼくを審判に指名。と見るや指組み合わせ、たちまち机のへりにつまり、一方の圧力が勝てば右へ、一方が勝てば左へと動く。ぼくのことなど見向きもしない。ぼくの両手であってみれば、ぼくは公正な審判であらねばならぬ、でないとぼく自身が間違った裁定に苦しむ羽目になる。だが任務は簡単でない、両の手のひらが成す暗がりであれこれ不正が働かれている、見落とすわけにはいかないので、あごを机上にしっかりつける、これで逃すことはない。左手に含むところはないのだが、これまでの人生ずっと右手を重んじてきた。もし左手がなにか言ってきでもしたら、柔軟で誠実なぼくとしては、ただちにその偏重を改めるにやぶさかでなかった。だがやつは不平も言わずにぼくの脇にぶら下がり、辻々で右手がぼくの帽子を振る一方で、左手はぼくの腿のあたりをおずおずと触っているばかりだった。これでは、いま行なわれている戦闘への備えとしては不利というものだ。左の手よ、結局お前はこの強力な右手といかに闘おうというのか？　その女の子のような指をもう片方の五本指の絞め技からどう守るのか？　これはもはや闘いではない、左手の終焉となるに決まっている。ほらすでに左手は机の一番左端まで追い詰められ、右手は機械のピストンのように規則正しく、上へ下へと動きながら左手を攻撃しているではないか。この窮地に直面して、目の前で闘っているのは自分の手じゃないか、軽く引っ張れば引き離せるし闘いも苦境も終わらせられるではないか、という救いの光明がひらめかなかったなら――そこに思い至らなかったなら、左手は関節から折り取られ机から飛ばされ右手は勝利に羽目を外してあたかも五つの頭を持つ地獄犬のごとくぼくの気遣い顔にまで突進してくることになっただろう。そうなるかわりに両の手は今や重なりあい、右手は左手の甲をなでている、そして不公平な審判たるぼくはと言えば、それを見てうんうんと頷いているのだ。

これで完結しているように思えるが、タイトルもなくカフカ自身によって発表されもしなかったこの作品は、いわゆる「八つ折判ノート　E」に書かれている。書かれたのは一九一七年四月、妹オットラが借りていた、プラハ城内錬金術師通りの小さな家で書かれたのは、ほぼ確かである。

最後の文は、手稿では最初次のようになっていた。「そうなるかわりに両の手は今や重なりあい、右手は左手の甲をなでている、それから本が再び手のなかにしっくりおさまった」

55

宮殿のネズミ

Die Ratte im Palais

いつかの夏、ぼくはオットラと部屋探しをした。ほんとうの平穏が見つかるなんて考えてはいなかったけど、とにかく探しに出かけたんだ。マラー・ストラナでいくつか見てみた。古い宮殿のどこか片隅に、ああここならやっと落ち着いて手足を伸ばせる、なんて感じのひっそりとした穴が開いているといいな、と思いながら。でもぴったりな部屋は見つからず。ぜんぜんなし。狭い路地に入って、冷やかしで尋ねてみた。はい、小さな家が一軒、一一月にはお貸しできますよ、と。同じく平穏を求めていた（でも彼女なりの、だけれど）オットラは、その家を借りるという考えにとり憑かれ舞い上がってしまった。ぼくは根っからの臆病者だから、よしたほうがいいよ、と言った。ぼくもそこで暮らすことになるとは、考えもしなかった。それほど小さくて、汚くて、欠陥を挙げれば切りがないほど、住むのはムリな感じだった。でもオットラは聞く耳持たず、住んでいた大家族が出て行ってから部屋の壁を塗り直し、籐の家具（これほど座り心地のよい椅子を知りません）をいくつか買って、ずっと借りていたし、今でもほかの家族には内緒で借り続けている。

一九一六年一一月の終わりからその冬のあいだ、妹オットラが借りていたプラハ城内錬金術師通りのちっぽけな家を、カフカは書斎代わりに使っていた。一方で自分の住まい探しも行なっており、一一月にはマラー・ストラナのシェーンボルン宮にふた部屋と風呂場のついた住居を借りないかと打診があった。最初は「夢がかなった」ように思ったカフカだが、「どの部屋も天井が高すぎて寒い、贅沢すぎる」し（当時は石炭不足だった）、さらに敷金として求められた家賃一年分以上の金を払う余裕もなかった。一九一七年のはじめ、同じ宮殿にある多少は慎ましやかな住居を借りた。だがそこにも「ばかでかい部屋」があるのだった。

カフカはオットラに宛てて、いわば転居の置き土産として『判決』単行本を一冊、錬金術師通りの家の小さな机の上に残していくが、その時もシェーンボルン宮の部屋から受けた「ばかでかい」という印象は持ち続けていた。「わが家主へ　シェーンボルン宮のネズミより　24. XI 16」と献辞があるのを見たオットラも、もちろんそれは先刻承知のことだった。この出来事を恋人ヨーゼフ・ダヴィトに誇らしげに告げたオットラだったが、厳格な性格の恋人が奇異に思うだろうと、ネズミ云々のところは言わずにおいた。

このエピソードは、カフカの世界認識のなかでメタファーがいかにひとり歩きしているかを、特徴的に示すものだ。「ちょっとヴェルサイユのよう」に思えた宮殿の部屋のなかにいて、動物の比喩を偏愛するカフカが、建物にそぐわぬからだを持つ、招かれざ

DAS URTEIL

EINE GESCHICHTE

VON

FRANZ KAFKA

Meiner Hausherrin

die Ratte vom Palais Schönborn

24/XI 16

LEIPZIG

KURT WOLFF VERLAG

1916

る客たるネズミとして自分をイメージしたのは、ある意味当然のことだったろう。だが、一九一七年二月にフェリーツェ・バウアーへ宛てた手紙のなかで部屋探しの一件をくわしく語るとき、そもそものはじめから「古い宮殿のどこか片隅に開いているひっそりとした穴」を探していたかのように、カフカは思い込んでいるのである。そして、ちゃんと見つけたのだ。

56 カフカ、ネズミを怖がる

Kafka hat Angst vor Mäusen

フェーリクス・ヴェルチュ宛て

親愛なるフェーリクス、チューラウ（シジェム）から最初の大失態の顚末をば。ネズミの一夜、恐怖の体験だ。ぼく自身は指一本触れられていないし、一夜にして白髪頭《グラウエン》になる、なんてこともなかったけれど、この世の戦慄《グラウエン》ここに極まれり、だった。すでに以前、ときたま（実はいつなんどき書くのを中断せねばならぬか、わからない。理由はあとで）ときたま夜にカリカリかじるような音がどこやらから聞こえてきて、あるときぼくはびくびくしながら起き上がって目をこらしてみたけれど、音はやんでしまった。でも今回は、大騒ぎの大混乱。やつらって、なんてぞっとする、もの言わぬ騒々しい種族なんだろうね。二時にぼくは目が覚めた。ベッドのあたりでかさこそいう音がする。それは朝までやまなかった。石炭箱へのぼる、石炭箱から降りる、部屋を対角線に走り抜ける、弧を描く、木をかじる、ひと休みして小声でチュウと鳴く、それでいてひたすら静かな感じ、夜に属する貧しきプロレタリアどもの密やかな労働、という感じ。もっとも騒がしいのは部屋のいちばん遠く、暖炉のあたりだと考えれば少しは救われるかと思ったけれど、実際はどこもかしこもで、どこかでみな一斉に飛び降りたりでもしようものなら、もう最悪だ。ぼくはすっかりとほうにくれた、ぼくという人間のどこを探しても、頼るべき支えが見つからない。起きて灯りをつける気力もなく、せいぜい叫んで脅かしてやるのが精一杯。そんなこんなで夜は過ぎ、朝になっても不快感とみじめさとで起き上がることもできず、昼の一時までベッドで寝たまま、じっと耳を澄ませていた。疲れ知らずのやつが一匹、午前中ずっと、昨夜の後始末か今夜の準備のためか、箱の中でお仕事なさっていたからだ。ぼくはいま、口には出さぬも前々から嫌っていた猫を部屋に連れてきた。そいつがぼくの膝に乗ろうとするので、たびたび追い立てねばならない（手紙書きはそこで中断）。この子が粗相などすれば、一階からお手伝いの女の子を呼んでこなくちゃならない。この子（猫のこと）、おとなしいと思ったら暖炉のそばで寝ている、一方窓辺では早起きのネズミがどう見たってカリカリやってる。今日一日、すべてが台無しだ。自家製のほかほか焼きたてパンでさえ、おいしさもチューくらいなり、てなもんさ。［…］

ぼくの健康状態はといえば、まあ悪くはない。ネズミ恐怖症が結核のお株を奪わなければ、だけどね。

マックス・ブロート宛て

親愛なるマックス、今日まで返事を書かなかったのは、たまたまそうなっただけだ。

まあ部屋のこととか灯りのこととかネズミのこととかあったりもしたけれど。でも神経過敏や、街から村暮らしへと変えたことは、それとは関係ない。ネズミに対して感じているのは、ひたすら不安。それがどこから来るものか探るのは精神分析家のやることで、ぼくの役目じゃない。こういう不安って、蚤や南京虫への不安感もそうだけれど、予期せぬときに、招かれもしないのに、避けようもなく、ある意味ものも言わずに、頑固にしつこく、底意のある出現のしかたをそんな動物たちはするってことと関係があるんだろうね、きっと。あるいはやつらが四方の壁に百も穴を開けてそこでじっとこちらを伺っていると感じること、夜が本拠地で体もちっぽけだから存在としてぼくらから遠く攻撃もしづらいと感じること、とも関係があるだろう。小さいっていうのは不安の構成要素としてとりわけ重要だね、たとえば想像してみよう、豚そっくりの姿をした動物がいたとして、それ自体はまあ愉快なものだけど、それがネズミと同じくらいに小さくて、床の穴からフガフガ言いながら顔を出したとしたら……想像するだにおぞましいよね。

数日前、一時しのぎではあるけれどけっこう良さそうな打開策を見つけた。夜のあいだ猫をとなりの使ってない部屋にいれておく。それでぼくの部屋に粗相をされるのを防止（この点において動物と意を通ずるのは難しい。ひたすら誤解しあっているだけのような気もする。だって猫ってのは叩いたりそのほかいろいろ教え込めば、用を足すのはあまり好まれることではなくそのための場所は注意深く見つけ出さねばならないのだとちゃんとわかる。さてそこで猫はどうするか？　猫はたとえば、暗くて、ぼくへの忠誠心の証しとなり、もちろん自分にとっても快適な場所を選ぶ。その場所は、人間さまの側から見ると、たまたまぼくのスリッパのなかだったりするわけだ。つまりは誤解であって、そんな誤解は夜と便意の数ほどある）、ベッドに飛び乗られるのも防ぐけれど、状況が悪化すれば猫に来てもらえると思えば、心が落ち着きもするんだ。ここ数晩は静かだったし、少なくともネズミの仕業だとはっきりわかるような気配はなかった。猫の担うべき任務を一部引き受けて、聞き耳をぴんと立て目をぎらぎらさせてベッドの上であたりを伺っていると、睡眠は犠牲になるけれど、それも最初の夜だけのことで、いまはだいぶましになってきた。

特殊な罠のことを君はよく話していたね。でもたぶん今は手に入らないだろうし、そもそもそういうのは使いたくない。罠ってわざわざおびき寄せておいて、駆除できるのは殺した分だけだ。でも猫なら、ただそこにいるだけで、ことによったらその落とし物があるってだけで、ネズミを追い払ってくれる。とすれば粗相だってそう毛嫌いするものじゃないかもね。なにしろめざましかったのは、かの大いなるネズミの夜に続く、最初の猫の夜。「小ネズミのごとく静まりかえる」という言い回しがあるけれど、そこまでではないにしても走り回るやつなどいなかったし、猫はといえば強制された居住地の変更に暗澹たる風情で部屋の隅の暖炉のそばにじっと座りこんでいて、でもそれでじゅうぶんで、先生のいる教室のごとく、ときおり穴のなかからひそひそ声が聞こえるだけだった。

君は自分のことをぜんぜん書いて寄こさないね、その恨みをネズミで晴らすよ。

57

人間と豚

Mensch und Schwein

写真では彼は［ヴァリエテの支配人、イグナーツ・ロルフ・ヴァーグナーのこと］なごやかで、写真と現実での彼の唇の構えを見ると、自分に唾を吐くことさえ引き受けているように見えます。あなたはあの見せかけの微笑みの意味を取り違えています。ところで彼は卓越した人物などではまったくありませんよ、あなたはそう思ってらっしゃるようですが。ぼくは彼のことを豚と引き比べて侮辱するつもりはありませんが、そのうさんくささ、独善、忘我、甘ったるさ、そのほか彼の職分につきものの性質を考えれば、世界秩序においては豚と同列に並ぶのではないでしょうか。あなたは豚を近くでじっくりと眺めたことはおありでしょうか、ヴァーグナーにそうしたように？　びっくりしますよ。顔はといえば人間の顔、けれど下唇があごを越えて垂れ下がり、上唇は目の穴、鼻の穴をうまく避けつつ額までめくれ上がっています。そしてその大口の顔で、実際豚は地面を掘るのです。そのこと自体はまあ当然のことですし、そうしない豚がいたらむしろ奇妙ですけれど、近くでなんども見てきたぼくのことをぜひとも信じてください、そうするってことのほうが、実はもっと奇妙なことなのです。なにかの確認をするためには、その当のものを足で探るなり匂いを確かめるなり、いざとなれば鼻を近づけてくんくん嗅ぐなりすればじゅうぶん、と思う人もいるでしょうが——いやいや、豚にとってはぜんぜんじゅうぶんじゃない。むしろ豚はそんなことは一顧だにせず、たちまち力強くその口を突っ込み、なにかおぞましいものに突き当たれば——われの周囲はわが友たる山羊と鵞鳥たちの廃棄物が層をなす——嬉しさのあまり鼻をぶうと鳴らすのです。そして——これはとりわけヴァーグナーを思わせるのですが——豚ってのはそのからだは汚くない、むしろこぎれいなくらいで（こぎれいだからって食欲をそそるわけではありませんけど）、足の運びは優雅で繊細、身のこなしはゆらりと一発で決める——ただそのもっとも高貴な部分、つまりは突き出した口だけが、救いがたくもお下劣《ブタヤロウ》なのです。

親愛なるエルザ様、いいですか、チューラウにいるぼくたちにも、ぼくらの「ルツェルナ」がありますよ、それとヴァーグナーの写真のお礼にぼくらの子豚ちゃんのハムを送れたら幸いなのですが、第一にあれはぼくの豚じゃないし、第

二にぜいたく暮らしをしているのに太るのはゆっくりなので、ぼくら（オットラとぼく）にとって嬉しいことに、つぶすまでにはまだまだ時間がかかりそうなのです。

カフカがこの手紙をマックス・ブロートの妻エルザ・ブロートに書いたのは、一九一七年一〇月はじめのこと。このときカフカは——友人たちはみな理解に苦しんだのだが——北西ボヘミアの村チューラウ（チェコ名シジェム）にある、妹のオットラが苦労して営んでいた小さな農場で暮らしていた。

エルザ・ブロートは、カフカに宛てたある手紙に、プラハのカバレット「ルツェルナ」で過ごした一夜の詳細な報告をしたためた。そしてその店の当時の支配人の肖像写真を同封もした。その写真の主が、喜劇役者イグナーツ・ロルフ・ヴァーグナーである。カフカも若いころは「ルツェルナ」に足繁く通っていた。エンタテインメントのプログラムを詳しく書き送ったのには、カフカに都会暮らしの魅惑を思い出させ、プラハへ戻ることを促す意図が、ひそかに込められていたのだろう。カフカの返事にあるユーモアは、人間と豚を並べるお遊びにあるだけではなくて、よりによって都会のナイトライフの代表者的な人物を、田舎の農家をめぐる連想のなかに放り込んだことにもあるのだ。

58 農夫たちの会話
Gespräch unter Bauern

今さっき、うちのバルコニーの前から、いかにも田舎っぽい会話が聞こえてきた。お父さんだって面白がるくらいな。農夫が墓から蕪の切れ端を掘り出している。あまりおしゃべりでない知り合いがいて、わきの街道を歩いてくるのが見えた。農夫はあいさつし、知り合いのほうはさりげなくやり過ごすつもりで、にこやかに「アウア」と答えた。だけど農夫はその背中にむけて、ここにおいしいザウアークラウトがあるよ、と声をかける。知り合いはその言葉がうまく聞き取れず、振り返って無愛想に「アウア?」と聞いた。農夫は言ったことを繰り返す。知り合いはこんどはわかって「アウア」と言い、おざなりな笑顔を返した。でもそれ以上なにも言う気なく、もう一度「アウア」とあいさつして、行ってしまった。――ここってバルコニーからいろいろ聞こえてくるんだ。

一九一九年二月にこの「会話」の立会人になったとき、カフカはプラハの北にある村シェレーゼン(チェコ名ジェリージ)のペンション・シュテュードルのバルコニーに、毛布にすっぽりとくるまれながら横になっていた。勤めていた労働者障害保険協会が、結核の療養のため、数か月間の休暇を再度許可してくれたのだ。

この手紙の宛て先は一番下の妹オットラだが、彼女はその頃、農業経営学校の卒業をめざして北ボヘミアのフリートラント〔チェコ名フリードラント〕にいた。あまり順調というわけではなかったらしい。教材はきちんとこなし、修了試験にも合格はした。だが、戦争後にドイツとボヘミアの国境地域で長く続いていた物不足に苦労させられ、さらに親の無理解にも直面していた。プラハに帰ってこいと、親から繰り返し強く言われていたのだ。とりわけ父には手を焼いた。農業や農家に関する話題を出せば、必ず軽蔑に満ちた反応が返ってくる。オットラがふたりの姉のあとを追い、主婦として母として街で生きていくための準備をしないのが、父には理解できなかった。だから、父ヘルマン・カフカがこの立ち聞き話をおもしろがるとは、ちょっと思えない。

59

カフカ、川に突き落とされそうになる

Versuch, Kafka in den Fluss zu werfen

ミレナさん、あなたはとても変わったかたですね。ウィーンに住んで、あれやこれやを耐えねばならない、そんななかでも時間を見つけて、他人のこと、たとえばぼくのことを、あまり具合は良くないんじゃないかしら、前の晩よりもよく眠れてないんじゃないかしら、と気をもんでくださる。こちらでは三人のガールフレンドがいますが（三人姉妹で、いちばん上は五歳）、みなあなたより賢明でしたよ。あらゆる機会をとらえて、川辺にいるかどうかも関係なく、ぼくを水に落とそうとするんです。ぼくが彼女たちになにか悪いことをしたからっていうんじゃないです、ぜんぜんそんなことない。大人が子供にそうやって脅すのはもちろん冗談だし愛情であって、とてもとてもありえないことをちょっとおふざけで言ってみるよ、というくらいの意味でしょう。でも子供って大まじめで、ありえないことなど彼らにはなくて、突き落とすのを十回失敗しても、次も失敗するかもなんて思わない。いやそもそも、これまで十回うまくいかなかったことを覚えてない。彼らの言葉やもくろみを大人の知識で満たしてみれば、子供というのは不気味なものです。キスしたり抱きしめたりするためだけにそこにいるような四歳児のちび助で、乳児のときの名残でおなかがまだぷくりと膨らんでるのが、小熊のような力強さで突進してくる、お姉ちゃんたちふたりが右から左から手助けする、すぐ背後はもう手摺り、人の良さそうな父親とほんわかした美人の太った母親は（四人目の子は乳母車に）、遠くから微笑みかけてくるばかりで助けてくれる気配もまったくない、とくればもはやなす術なく、さてどうやって助かったか、筆舌に尽くしがたし、というわけです。分別のある子供たち、先を見通す目を持った子供たちが、特段の理由もなくぼくを突き落とそうとした。たぶんぼくのことを無用の存在だと思ったからでしょう、でもあなたの手紙のことやぼくの返信のことなど、彼らは知らないんですけどね。

一九二〇年、結核の治療のためメラーノに滞在していたカフカは、ウィーン在住の翻訳家ミレナ・イェセンスカへたくさんの手紙を書き送る。この文章は、その初期の一通からとったもの。このエピソードに対してイェセンスカがコメント

メラーノ、パッシリオ遊歩道

したかどうか、いまとなってはわからない。彼女の返信はすべて、カフカによって処分されるか、あるいはカフカの死後に差出人へ返された。

60 カフカとブロート、もう少しで億万長者になったこと

Wie Kafka und Brod beinahe zu Millionären wurden

カフカとマックス・ブロートは、一九一一年八月から九月にかけてルガーノ、ミラノと経由してパリまでともに旅行した。そのときふたりは、新たな形の旅行ガイドブックを作ったらどうか、と思いつく。「名前は『ビリッヒ（安価）』にしようと」とブロートは回想する。「フランツはせっせと、子供みたいに楽しそうに、本の基本方針を考えていた。ぼくらを億万長者にしてくれて、うんざりするお役所仕事から解放してくれる本のことを、その細部に至るまで。我らが「旅行ガイドブック改革」について、ぼくは真剣にいくつか出版社とコンタクトをとった。交渉は決裂。巨額の前払い金と引き替えでなければぼくらの貴重な秘密は教えられない、と言い張ったからだ」。

ほぼその一年後に書かれたブロート宛てのカフカの手紙から、ふたりがその時点でもまだ自分たちの計画の実現を画策していたことがわかる。ブロートがエルンスト・ローヴォルトとさまざまな出版計画について話しあい、それについてカフカに手紙で知らせ

ると、カフカはこう文句を言った。「『ビリッヒ』についてはひと言も書いてないね」。
おそらく一九一一年九月のはじめ、カフカとブロートはルガーノでつぎのようなメモを作った。ホテル・ベルヴェデーレ・オ・ラックの便箋に、ブロートの筆跡で。

我らが億万長者計画「ビリッヒ」

億の金を稼ぐ計画

ビリッヒ・イタリア巡り、ビリッヒ・スイス巡り、ビリッヒ・イン・パリ、ビリッヒ・ボヘミアの保養地巡り、ビリッヒ・イン・プラハ

あらゆる言語に翻訳可能

モットー——さあ、勇気を出して

われらが民主主義の時代においては、簡便で万人に開かれた旅行のための諸条件が

すでに整備されているが、それはある意味気づかれぬままに置かれている。われわれの任務は、それらを収集し、系統的に紹介することにある。これまでは友人たちからの実際的な情報及び実際的な助言（ベルリン日刊新聞）。散発的であり、場当たり的であり、じきに忘却される――思い返してもらえば誰でもわかるように、有用なものは多くない。この点に関してガイドブックは驚くほど役に立たない。ベデカーの＊印はわずかに試みている。そして「多くの人が称賛」という惹句は――たいてい失望に終わる。

「ビリッヒ（安価）」というタイトルに込められた意図は。――多くのニュアンスを含む。われわれはパレスホテルや成金で野暮な中産階級とは一線を画す。――目指すのは下。――われわれが対象にするのは、勘違いや誤ったアドバイスのせいで旅を金がかかりすぎるものと考えている人や、故郷の町の（それ自体は美しいとしても、すでにおなじみの）周辺に留まっている人である。これら避暑地と同様にリーズナブルな滞在場所は世界中にある。それを紹介したい――場合によっては移動経費も含めて。

さらには思い切って旅をしたいが計算や算段がおっくうでいやだという人、そして、（申し訳ない！）だまされぼられてしまう人。――これまでは、なにかの折に金を巻き上げられることを常に念頭に置いておく必要があったし、イタリア、パリといった土地が名指されもした。われわれはそんな国々の名声を高めもする。――国家間の相互理解。

教育的要素、心身を賦活。

劣悪な情報を授けられた旅行者だけがだまされる。

同じだけの喜びを、より少ない資金で。モニコで散財。

＝

厳密さ、範囲の限定。選択の余地は少なかるべし。——ひとつのルートで四〇〇、五〇〇フランなど。

原則は団体旅行、しかし個人参加で。自学用通信教材と比較せよ。

包括的地理学ではなく、ルート主義で。

指名するホテルはひとつだけ。そこが予約で一杯の時はリストの上から順に別のホテルを。

路面電車があれば、辻馬車は使わず。

細かい時間割に則った旅を推奨。

同様にシンプルに――医師、……

［ここからカフカの筆跡］
駆け足、のんびりの旅行者ではなく、中庸なグループ。ルートを外れた寄り道は、いつでも行程に追加できるので、比較的容易。

チップは最小限に。

［ふたたびブロートの筆跡で］
あまり細かいことは言わない。たとえば浴場の監視員にはチップを渡すことを推奨。
――リーギ山頂の望遠鏡でも――
ルートに関して――同じルートはたどらない。ケーブルカーは一回だけ、しかし最良の一回！

鉄道ガイドからの抜粋。

旅行になにを持って行くか？

＝

さらなるご提供。ほかのガイドブックにある「総則」の短縮版。

服装。

娼館。詐欺から身を守る。（注目――われらがガイドブックのオープンな性格）

旅の土産。

手頃な買いもの、たとえばイタリアの絹、パリのパイナップル、マドレーヌ、牡蠣。

偽金の心配は不要。

野外演奏会。

旅費がかさんだあとには安くすむ日を組み入れる（絵画館など）。

無料チケットを地元の人間と同じく手に入れられる場所。

汽船は二等客室。

イタリアでは三等でも恐れる必要なし。お国柄。

全国地図や市街図の改良？

賭博場、損失の説明。

旅行案内所での無料の地図、どの案内所がだめでどこが信用できるか、ガイドブックで論評。

III（続き）

雨の日には何をすべきか。とくに最終日の場合。

絵画館、節約日に。少数の重要な絵画に絞って。

ただしそれは徹底して（芸術誌「クンストヴァルト」風に）教育的に。

劇場にて、通常は常連のみが知っている、安くて良い席。

汽船での上陸。

IV

組織を通じて推奨ホテルのチェック。

われわれは執筆者の養成を引き受ける。文章の添削指導、抜き打ち検査。

注意――「ベデカー」はどう組織されているか？

二年に一度、アップデート記載のパンフレットを一〇ペニヒほどで、書籍にはクーポン券五枚。

絵葉書について忠告、添付の一二枚に制限（？）

V

旅行会話集、語学の知識があればおおいに金の節約になるので。

会話集付きのもの、言葉の知識がある人向けに省いたもの。

原則：ひとつの言語を完全に学ぶことは不可能。ゆえに、必要十分なレベルを最小の努力で身につける、で満足すべき。せっせと学んだ言語を文法にこだわってろくに話せない、よりはずっとまし。――不定詞の並置で。――語彙は二百。――エスペラント流に。――イタリアの身ぶり言葉。――発音は入念に。――さらなる学習は妨げない。——われわれにおいてはフランス語。——スイス方言に関してもっとも重要な点。

『ビリッヒ』は、売れます。

VI

装幀。

61

カフカ、オリンピックでの勝利を夢見る

Kafka träumt vom Olympiasieg

偉大なるスイマー！　偉大なるスイマー！　と人々は叫んだ。X年のオリンピック、私は水泳において世界新記録で金メダルを獲得、帰国した。故郷の町——どこのことだ？——の駅に降り立ち、外階段の上から、暮れなずむ夕日に溶け込む群衆を眺める。ひとりの少女の頬を軽く撫でると、彼女は私にたすきを手際よく掛けてくれた。斜めにたすき掛けされたその布には、オリンピック勝者、と異国の言葉で書かれていた。一台の自動車が目の前に停まり、数人の紳士が私を押し込む。同乗者は二名、市長と、あともうひとり。じきに大きなホールへ到着、足を踏み入れると、頭上の桟敷席から合唱団の歌声が響き、数百もの観客は全員立ち上がると、なにやらわからぬ文言を声を合わせて叫ぶ。私の左には大臣が座る、紹介の言葉に驚いたが、その理由は覚えていない、私は彼に品定めの目を無遠慮に向けるが、じきに我に返る、右側には市長の妻が座る、豊満な女性で、身につけているものといったら、とくに胸から下は、バラとダチョウの羽根で埋め尽くされているように思えた。向かい側には白い顔のとりわけ目立つ太った男が座っている、紹介の際に名前は聞き漏らした、肘をテーブルについて——彼の席だけやたらと広く取ってある——黙って前を見つめている、彼の両脇

にはふたりの美しいブロンドの女の子が座っている、楽しそうだ、おしゃべりのタネは尽きぬようす、私はふたりを交互に見やる。それ以上は、豊富な照明にもかかわらず、客をはっきりと見分けることができなかった、おそらくそれは、すべてが動いていたからだ、ボーイたちは駆けずり回り、料理が供され、グラスが掲げられ、もしかしたら、むしろすべてがあまりにも明るく照らされすぎていたのかもしれない。若干の無礼な振る舞いもあった――ついでに言えば唯一の――それはこうだ、数人の客が、とくに女性が、背中をテーブルに向けて座った、つまり、椅子の背もたれが背中と背中の間にある、というふうではなく、背中がテーブルにほとんど触れるようなぐあいだったのだ。私は向かいの女の子たちにそれを目配せして教えたが、あれだけおしゃべりだった彼女たちが、今回は何も言わず、私を長いこと見つめながら微笑みかけてきたのだった。合図の鐘――ボーイたちは座席の列のあいだで固まった――に応じて向かいの太った男が立ち上がるとスピーチをはじめた。どうしてあの男はあんなに悲しげなのだろう！　スピーチのあいだ彼はハンカチを顔に当てている、まあそうなるだろう、あの太りかた、ホールの暑さ、そしてスピーチの重圧ときてはそれもむべなるかな、だが私ははっきりと気づいた、そのすべては策略で、目から出る涙をぬぐっているのを隠そうとしているのだった。彼が話し終えたあと、もちろん私も立ち上がってスピーチをした。どうしても話さずにはいられなかった、なぜならここでは、あるいはたぶんほかのところでも、幾つかのことが公的かつ率直な説明を必要としているように思えたからだ。そこで私は話しはじめた。

この祝宴にお集まりのみなさま！　みなさまご承知のとおり、私は世界記録を持っておりますが、どうやってそれを為し得たのかとのご質問には、ご満足いただけるお答えはできません。と申しますのも、そもそも私はまったく泳げないのです。前々から泳ぎを習いたいと思っておりましたが、その機会を見つけられませんでした。しかし、ではどのような経緯で私はわが祖国からオリンピックへ派遣されることになったのか？　その問いの答えを、私もまた知りたいのです。まず確認しておかねばならないのは、私が今いるこの場所は私の祖国ではないし、ここで話されていることが、いかに努力しても私にはひと言も理解できない、ということです。もっともあり得るのは取り違えがあったということだと思うのですが、しかし取り違えはありません、私は世界記録を持っておりますし、故郷への帰途にもつきました、みなさまが私を呼ぶ名前はたしかに私の名前であり、そこまではすべてが事実と整合しています、しかしそこから先は、なにもかも違っているのです、私は故郷にいません、私はみなさまを存じ上げませんし、話されている言葉もわかりません。しかし、確かではありませんが、取り違えである可能性に反証する事実がまだあります。私はみなさまの話す言葉が理解できませんが、それが不快ではありません。そしてみなさまも、私の話す言葉を理解できなくともそれほど不快に感じてらっしゃるようには思えません。私の前のかたのお話について、その内容が絶望的に悲しいものだということしかわかりませんでしたが、それがわかったということだけで私には満足でしたし、それだけでなくむしろ充分すぎるものでした。そしてその事情は、私がここに来てからなされたすべての会話においても同様なのです。けれどここで、私の世界記録の件に戻りましょう。

この断片は、おそらく一九二〇年八月二八日にプラハで書かれた。無綴じの五一葉からなる、いわゆる「合本一九二〇」のなかに収められている。

注目すべきは、テクストの最初の部分にカフカが施した修正である。「X年のオリンピック、私は水泳においで世界新記録で」のかわりに、手稿では当初、「X年のアントワープ・オリンピック、私は水泳一五〇〇メートルにおいて世界新記録で」となっていた。

一九二〇年夏のオリンピックは実際アントワープで開催され、水泳競技の決勝は八月二四日から二六日に行なわれた。とすれば、結果が周知されたあとすぐにカフカはこの断片を書き留めたことになる。一五〇〇メートルと四〇〇メートル自由形の勝者は二四歳のアメリカ人ノーマン・ロスで、ロスは続く一〇〇メートル自由形（写真を参照）では失格となった……。

モデル：第3コースのノーマン・ロス

62
カフカ、エイプリルフールで担がれたふりをする
Kafka lässt sich in den April schicken

一九二一年四月一日、ブルノの有力紙「リドヴェー・ノヴィニ」の文芸欄にある記事が掲載された。見出しは「アインシュタインの相対性理論による結核治療?」。そこで報告されているのは、アインシュタインによって証明された、移動体における距離の尺度の変化を結核患者の治療に利用することを、ベルリンの「大学教授で医学博士F・ヴェアガイスト」が提案した、と。一定の速度で東へと航行する船上では、患者の体重は増加するであろう（当時それは治癒の本質的な前提とみなされていた）、と。さらにそれはミュンヘンの「クロップマイアー教授」との学問的論争へと発展した、彼は運行は別の方向がより健康に良いのだとした。それを受けてヴェアガイストは、漸進的な体重の増加や減少を可能にする具体的なルートを作成し提示した。すなわち、トリエステ、スエズ運河、インド洋、太平洋、パナマ運河、カナリア諸島。プラハではすでに会社が設立され、それはしかるべき療養船を就航させようとしていると。このアンチ=結核=航海に

参加する余裕のない患者を補助金によって支援することも予定されていると。

この途方も無いデタラメが出版された時、結核患者たるカフカはすでに数か月前からスロヴァキアのヴィソケー・タトリにある保養地マトリアリに滞在していた。そこから彼は妹オットラにこの記事について手紙で伝えている。四月はじめから自分自身は腸カタルのせいで衰弱していたので、「実際のところ一、二時間、この記事を真に受けてしまった」。ある患者仲間は希望に胸を踊らせ、新聞を持って医師のもとに駆け込みさえした、と。

カフカはといえば、オットラの夫ヨーゼフ（「ペーパ」）・ダヴィトに、この記事を使っていっぱい食わせようとしたのだった。彼は野心家のチェコ人銀行員で、自分の学歴をいささか鼻にかけていたのだ。オットラに、夫にその記事を読ませるように言う。もし彼がこの件を有望だと考えたら、問い合わせてもらってくれ、どこで療養船に席を確保できるのか、航海はどれほどの値段がかかるのか。

カフカは手紙で、これは四月一日号だと充分明確に示していたにもかかわらず、成功は劇的だった。オットラとヨーゼフ・ダヴィトのみならず、カフカ家全員がこの話を信じてしまったのだった。騒ぎが収まりそうもないのを見て、カフカは最後には非常ブレーキを引かねばならなかった。

お母さんが（…）今日また船のことを書いてきた。みんなエイプリルフールの冗談に相変わらず引っかかったままなんだもの、ぼくがだますつもりだったのはペーパだったのに、君たちは彼をひとりほっとかないんだから。からかわれているのはぼくのほうかも、っていまだにちょっと恐れています。

63

カフカが文学賞をほぼ受けたときのこと

Wie Kafka beinahe einen Literaturpreis bekam

カフカは、生きているあいだにひとつも賞をもらえなかった。けれど一度だけ、ある賞が、間接的に、いわばワンクッションおく形で、カフカに授与されている。

それは一九一五年秋、ドイツ作家保護連盟による第三回「最良の現代作家におくるフォンターネ賞」のことである。審査員はただひとり、フランツ・ブライ。彼は選考に際して、スマートかつ手のこんだ手順を採用した。賞は自分の友人である裕福な作家カール・シュテルンハイムに与える。だが同時にシュテルンハイムに対して、賞金八〇〇マルクをカフカに譲与するよう、公式な形で求めたのだ。シュテルンハイムはカフカの数少ない刊行作品を読んでから、承諾することを表明した。

目的はおそらく、クルト・ヴォルフ出版から作品が刊行されているふたりの作家を、巷の話題にのぼらせること。出版社側もこの機会を利用せんとばかりに、カフカの『変身』の書籍版を超特急で出版した。社主クルト・ヴォルフが戦場に士官として赴いたため、作家とのやりとりは代理のゲオルク・ハインリヒ・マイヤーに委ねられたものの、カフカに対するマイヤーの態度はいささか礼を失するものだった。「八〇〇マルクはそ

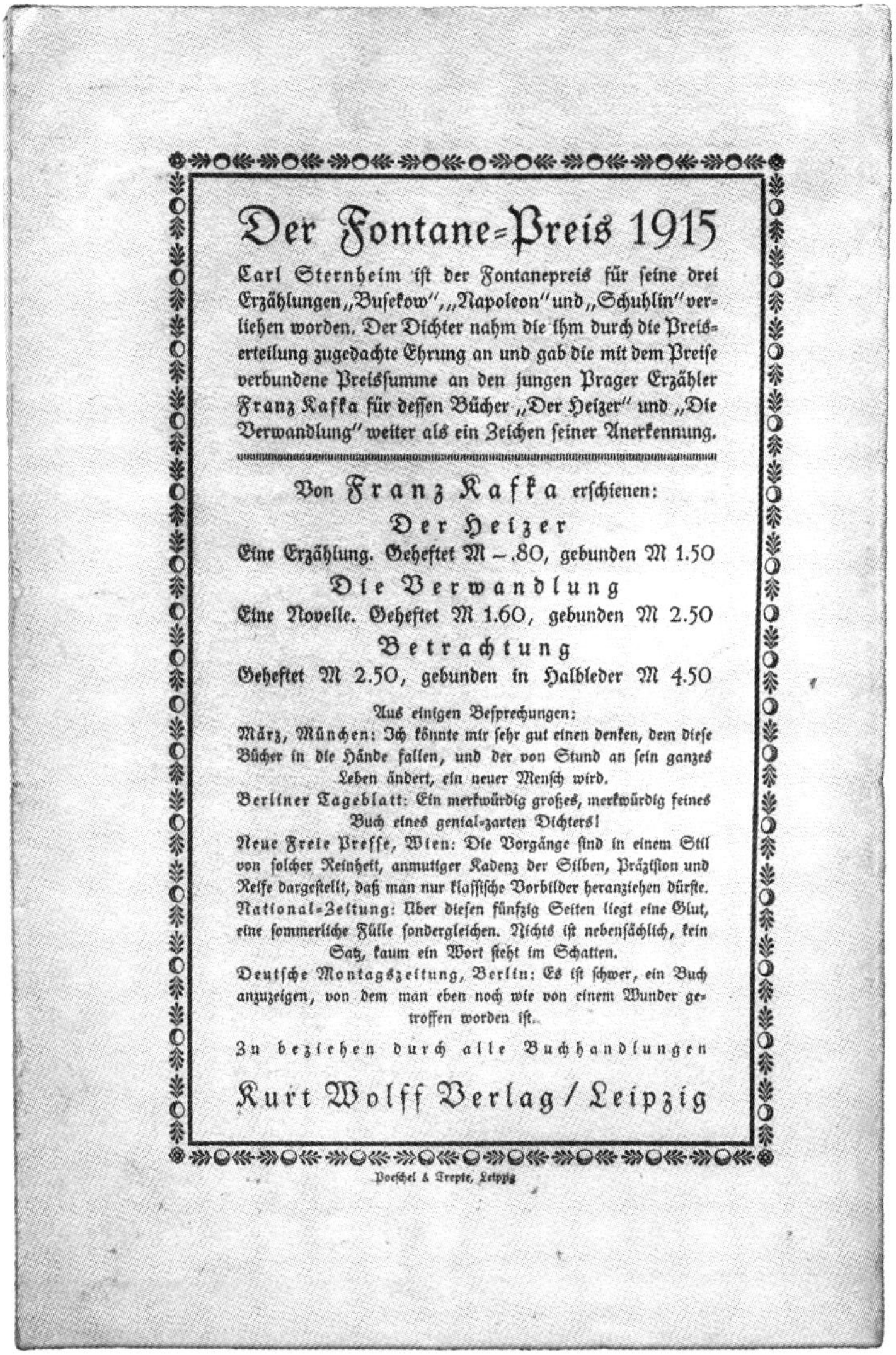
Der Fontane-Preis 1915

Carl Sternheim ist der Fontanepreis für seine drei Erzählungen „Busekow", „Napoleon" und „Schuhlin" verliehen worden. Der Dichter nahm die ihm durch die Preiserteilung zugedachte Ehrung an und gab die mit dem Preise verbundene Preissumme an den jungen Prager Erzähler Franz Kafka für dessen Bücher „Der Heizer" und „Die Verwandlung" weiter als ein Zeichen seiner Anerkennung.

Von Franz Kafka erschienen:

Der Heizer

Eine Erzählung. Geheftet M –.80, gebunden M 1.50

Die Verwandlung

Eine Novelle. Geheftet M 1.60, gebunden M 2.50

Betrachtung

Geheftet M 2.50, gebunden in Halbleder M 4.50

Aus einigen Besprechungen:

März, München: Ich könnte mir sehr gut einen denken, dem diese Bücher in die Hände fallen, und der von Stund an sein ganzes Leben ändert, ein neuer Mensch wird.

Berliner Tageblatt: Ein merkwürdig großes, merkwürdig feines Buch eines genial-zarten Dichters!

Neue Freie Presse, Wien: Die Vorgänge sind in einem Stil von solcher Reinheit, anmutiger Kadenz der Silben, Präzision und Reife dargestellt, daß man nur klassische Vorbilder heranziehen dürfte.

National-Zeitung: Über diesen fünfzig Seiten liegt eine Glut, eine sommerliche Fülle sondergleichen. Nichts ist nebensächlich, kein Satz, kaum ein Wort steht im Schatten.

Deutsche Montagszeitung, Berlin: Es ist schwer, ein Buch anzuzeigen, von dem man eben noch wie von einem Wunder getroffen worden ist.

Zu beziehen durch alle Buchhandlungen

Kurt Wolff Verlag / Leipzig

Poeschel & Trepte, Leipzig

「ヴァイセ・ブレッター」誌1915年12月号、最終ページの広告ちらに転送されました」とマイヤーは告げる。「億万長者に賞金を渡すのも、なんですから」。カフカはいまや「まさにグリム童話の『幸せハンス』」で、おまけに『変身』の出版で三五〇〇マルクを受け取りもする、と。

はじめて公的な評価を受けたカフカだったが、本人の受け取りかたは少々違っていた。彼は気分を害していたのだ。もっぱら金銭的な利得のみを言いつのる出版社からの通知もそうだが、なによりシュテルンハイムの賛辞を書き送ってきたのがシュテルンハイム自身ではなかったからだった。カフカは、説得されてようやく賞金を受け取ることを承知した。賞金授与に感謝の意を述べるに際して、不承不承なのを隠さなかった。マイヤーにはこんなふうに書き送っている。「直接連絡を受けたのでもない人間に返事を書くのは、そして何にたいしてかよくわからぬまま感謝の意を述べるのは、そう簡単なことではありません」

64

カフカ、チップをもらえない

Kein Trinkgeld für Kafka

近ごろずっとそんなふうに不調だったわけじゃない。たまにはすごく良いことだってあった。ぼくにとってのとびきりの記念日は、一週間前のことだった。水泳教室で、ぼくはぜんぜんやる気が起きなくて、プールのまわりをひたすらぐるぐる歩いていた。日暮れ時で、だいぶ人はいなくなったけど、まだけっこう残っていた。そこへ第二コーチが、この人はぼくのことを知らないのだけど、こちらへやってきて、だれかを探すように見回すと、ぼくに目を留めた。ぼくはお眼鏡にかなったらしく、「ボート漕ぎをなさいませんか？（Chtěl byste si zajezdit?）」と聞くのだ。なんでもゾフィー島から下ってきて、ユダヤ人島へ渡してほしがっている人がいるのだとか。たしか建設業の大物だったと思う、ユダヤ人島は大規模開発中なんだ。まあそう大げさな話でもなくて、そのコーチはぼくのことを哀れな若者と見て、ボート漕ぎを提供して喜ばせてやろうと思ったのだ。けれどともかく大物建設業者を乗せるからには、体力の面でも技術の面でもじゅうぶんに信頼できる若者を選び出さねばならぬ、さらに任務を完遂したのちはボートを勝手に乗り回さずに迅速に戻ってきてもらわねばならぬ。すべて合格、と彼は思ったわけ。大トゥルンカ（水泳学校の持ち主、この人物の話はいつかきっとするつもり）がやってきて、その若者は泳げるのか、と尋ねた。コーチはぼくのことをすべてお見通しのようで、ご安心ください、と。ぼくはひと言だって話さなかったのにね。さて乗客がやってきて、出発。折り目正しい若者たるぼくは、寡黙を通した。良い晩だ、と客が言い、ぼくは「はい（ano）」と答える。だがだいぶ涼しくなった、と客、ぼくは「はい（ano）」。君は上手に早く漕ぐね、と最後に言われたときは、感謝のあまり、もうなにも言えなかった。ぼくはもちろんみごとな手際でユダヤ人島にボートを着け、客は降り、礼を言ったけど、チップを忘れていったのにはがっかりだった（女の子でないと、そんなもんかな）。寄り道せずに戻った。大トゥルンカは、ぼくがあまりに早く帰ってきたので驚いていた。——あの晩ほど誇らしさに鼻を膨らませたことは久しくなかったな、ほんのちょっとだけ、でも前よりは少しばかり、君に見合った人間になれたような気がした。あれ以来ぼくは毎晩、またお客さん来ないかな、と水泳学校で待っている。でも、だれも来やしない。

エピソード風のこの体験は一九二〇年夏のことで、その時点でカフカは三七歳になっていたが、痩せた、少年のような体つきのせいで、あきらかに幾人もから未成年と間違われている。カフカが法学の博士号持ちで部局の長を務めていたこと、さらには熟練の泳ぎ手かつボート漕ぎで、長年ヴルタヴァ川に自分のボートを持っていたことを考えると、このできごとはさらにあやしさを増す。成人で泳げる人はまだ多くなく、ボートを漕ぐなど市民階層のやることではないとされていた時代には、それはけっして自明なことではなかったのだ。

くわえてこの話には、ぞっとする面もある。手紙の宛名人ミレナ・イェセンスカも、それを感じ取ったはずである。この三年前からカフカは肺結核を患っていて、早足で歩くと呼吸困難になるようすが、この病気の徴候をすでにあらわにしていたからだ。せっせとオールを漕ぐことはカフカにとって難儀であったはずだし、そのさなかに乗客と会話できなかったのも、それゆえ不思議なことではない。

「水泳学校」はゾフィー島（現スラヴ島）にある公営の河岸水泳場のひとつで、カフカはしばしばそこを訪れた。「ユダヤ人島」（現「子供の島」）はそのすぐ向こう岸、ヴルタヴァ左岸にある。「とびきりの記念日」とは、ミレナ・イェセンスカがこの手紙の日付に二四歳になったことに由来。チップに関する皮肉（「女の子でないと、そんなもんかな」）は、ミレナがウィーン西駅でポーターをしてチップをたくさんもらったことにもとづく。

65

フランツ伯父さんのひとりごと

Selbstgespräch des Onkel Franz

フランツ伯父さんのひとりごと
こんなにすてきな本をゲルティに
誕生日プレゼントとしてあげるなんて
もったいなくないかな？
とんでもない、だって彼女は
とてもすてきな女の子だし、
それにきっといつかこの本を
ここに忘れていくよ、そしたら
また取りもどせるじゃないか

妹エリとその夫カール・ヘルマンの二番目の子供、ゲルティ・ヘルマンへのカフカの献辞。

ルートヴィヒ・ベヒシュタイン『メルヘン選集　挿絵はルートヴィヒ・リヒターの初版木版原画より　第一集』（ミュンヘン、フェーブス出版、一九一九年）の表紙見返し二枚目

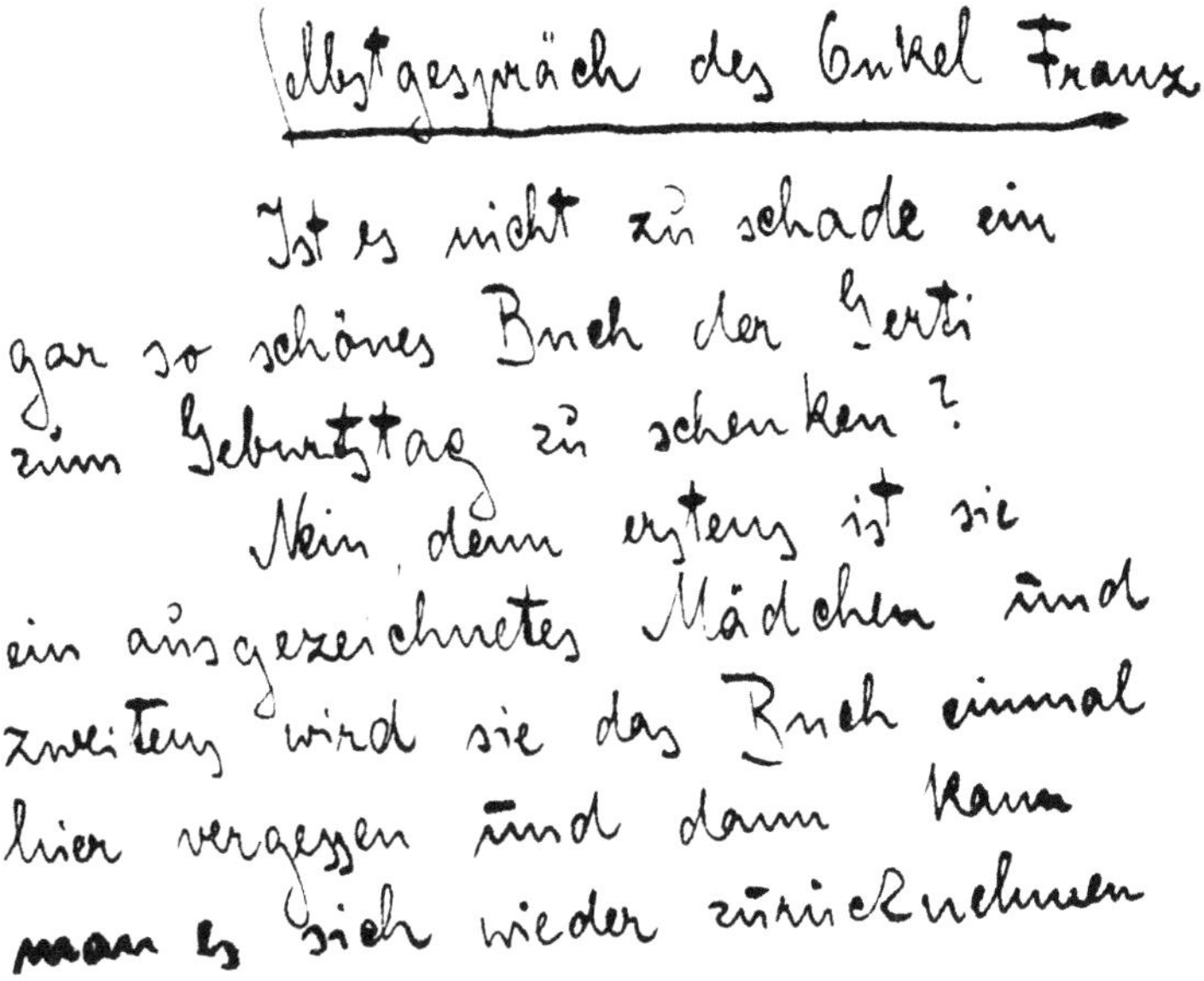
Selbstgespräch des Onkel Franz

Ist es nicht zu schade ein gar so schönes Buch der Gerti zum Geburtstag zu schenken?

Nein, denn erstens ist sie ein ausgezeichnetes Mädchen und zweitens wird sie das Buch einmal hier vergessen und dann kann man es sich wieder zurücknehmen

に書かれている。

ゲルティ・ヘルマンは一九一二年一一月八日生まれだから、この「フランツ伯父さん」からのプレゼントを早くて七歳の誕生日にもらったことになる。このメルヘン集はカフカの残したささやかな蔵書のなかで見つかった。彼の死のあとに紛れ込んだようだ。ゲルティ・ヘルマンは一九七二年に亡くなる（93「フランツ伯父さんの思い出」も参照されたい）。

66

カフカ、留守番電話を発明する

Kafka erfindet den Anrufbeantworter

電話とパルログラフとをつなぐ方法を考え出す。これはそれほど難しくないはず。あさってには君から成功したと連絡があることだろう。これは編集局や通信社などにとってとてつもない意味を持つにちがいない。もっと難しいのは、でも不可能でないと思うけれど、グラモフォンと電話をつなぐことだろう。難しいのはなぜかというと、グラモフォンの言うことがさっぱりわからなくても、パルログラフのほうははっきりしゃべれと要求などできないからだ。グラモフォンと電話の接続は、一般的にはそれほど大きな意味はないと思う。ただぼくのように電話に恐れを抱いている人間にとっては、少し心が軽くなる。でもぼくのような人間はグラモフォンにだって不安を感じるので、ぜんぜん救いにはならないけどね。それはそうと、ベルリンでパルログラフが電話をかけプラハではグラモフォンが電話に出て、両者がちょっとおしゃべりする、なんて想像するのはなかなかすてきだ。でも愛するフェリーツェ、パルログラフと電話の接続方法はなんとしても見つけてほしいんだ。

カフカは最新の技術による機械類とつきあうことに――とくにそれが社会的なコミュ

ニケーションに介入してくる場合には——偏見と懐疑を抱き続けていたけれども、そのような機器を軽々と扱う術を心得ている人間には、つねに魅力を感じてもいた。婚約者フェリーツェ・バウアーも、そんな人間のひとりだ。彼女はベルリンのカール・リントシュトレーム社で「パルログラフ」の販売担当をしていた。パルログラフは口述筆記用の録音再生機器である。リントシュトレーム社が宣伝用に作成し、「パラパラマンガ」形式で配布した数秒のフィルムを通して、フェリーツェ・バウアーがパルログラフとタイプライターを同時に使って仕事をしているようすを見ることができる（図版参照）。

電話と口述筆記用機器とをつなげようというカフカの一九一三年のアイディアを、フェリーツェ・バウアーは採用することができなかった。それはすでに実現し、特許取得済みだったからだ。そこには留守番電話の機能も含まれていた。一九〇〇年に技術者エルネスト・O・クンベルグによって「テレフォノグラフ」が発明されているし、一九〇九年版のマイヤー百科事典にはデンマークで作られた「テレグラフォン」の記述がある。しかしこれらの機械はひどく扱いにくかったので、広く使われることはなかった。家庭用の留守番電話機としても使える最初の機械は「イゾフォン」で、登場するのはようやく五〇年代になってからだ。

67 カフカ、サインを偽造する（その1）

Kafka fälscht eine Unterschrift (I)

一九一二年六月はじめ、カフカはマックス・ブロートとともにワイマールへ行き、ゲーテの家を訪れる。そこで管理人の一六歳の娘、マルガレーテ・キルヒナーに恋をした。数回のデートは上首尾とはいかなかったが、カフカがその地を去ったあと、それでも葉書のやりとりがあった。――ワイマールのあと、保養で滞在していたハルツ山地のユングボルンから、カフカはブロートに宛ててこんな手紙を書いている。

君はキルヒナーさんのことをバカだって言っていたね。でも彼女はぼくに二通葉書をくれたけど、その文章は少なくともドイツ語天上界の下層には引っかかっていると思うよ。そのまま書き写してみる。

親愛なるカフカ博士！

ご親切なお葉書、そして心温まる思い出に、深く感謝しております。舞踏会では楽しく過ごせました、両親と家に戻ったのはもう朝の四時半でした。ティーフルトで過ごした日曜日もすてきでした。そちらから葉書を受け取るのはうれしいかとお尋ねですが、カフカさまからお手紙をいただくのは私にも両親にとっても喜びです、とだけお答えしておきます。園亭に座ってカフカさまをよく思い出しております。お元気でいらっしゃいますか？　そうだといいのですが。それでは、私と両親から心よりのご挨拶と、ごきげんようを。

署名までそっくり写してみた。どう？　とくによく見てほしいのだけど、この文面、はじめから終わりまで文学だよね。彼女がぼくをうっとうしがっていないとしたら、まあぼくはそう信じてるけど、つまり彼女にとってぼくは鍋と同じくらいどうでもいい存在ってことだ。でも、どうしてこうぼくの望むとおりの書きぶりなんだろう。女の子と文通で思いを通じ合えるなんて、眉唾だね！

複写からわかるように、カフカは他人が書いた「マルガレーテ・キルヒナー」という署名を真似して書こうとしている。

彼女の葉書のことをカフカは「文学」(ここではつまり、嘘、偽装、見せかけの仮面)だと言っているが、それでも返事は書いたようだ。というのも、ユングボルンを発つ前に彼女から三枚の写真を同封した手紙が送られているのだ(残念ながら今では失われた)。しかしカフカは、プラハへ帰るに際してワイマール経由の道をとることを避けた。途中下車したくなる誘惑に、さらされぬように。

68

カフカ、サインを偽造する（その2）

Kafka fälscht eine Unterschrift (II)

一九一二年七月にマックス・ブロートとワイマールでゲーテの家や園庭、ゲーテ・シラー資料館を訪ねた際、カフカはあろうことか二度も、他人のサインを偽造している。一度目は、一目惚れしたマルガレーテ・キルヒナーのサイン（67を参照）。さらに、当時すでに著名人だった訪問客のサインを真似している。トーマス・マンである。

カフカの署名模倣習作は、ワイマールへの旅のあいだ使っていたノート（ときに速記文字で書いた）にある。トーマス・マンのサインをカフカはゲーテゆかりの場所に置いてあったゲストブックで見たと思われるが、手本となったそのオリジナルのサインは見つかっていない。試みは失敗だと思ったようだ。真似したサインを上から線で消しているから。

図は、カフカによって線で消された「偽造品」と、デジタル処理で抹消線を取り去ってカフカの筆跡を復元したものである。

69
空想のメイド
Das phantastische Stubenmädchen

あなたの健忘のおかげで手に入ったあのすてきな本への感謝として、おそらくよりいっそうすてきなこの本をお渡しいたします。ふさわしい時にどこか適当なホテルのナイトテーブルの上に置かれているといった趣向など、きっとお好みかと。

良きお嬢さま、われらが哀れなメイドたちに、引き続き喜びを広めんことを。

射撃協会会館《シュッツェンハウス》のアンナより

カールスバート（カルロヴィ・ヴァリ）
一九年二月一九日

カフカが残した数多き文献学上の謎のひとつ。この文章の宛て先の女性が誰なのか、わからないのである。献辞であり、明らかにカフカの筆跡で、一冊の薄い本に書き込まれている。その本は、ルートヴィヒ・リヒター『瞑想と教化』（編集と前書きゲオルク・ヤーコプ・ヴォルフ、一二九葉の挿絵、デルフィン出版、ミュンヘン、発行年記載なし、一九一八－一九刊行）。

われわれの知る限り、カフカの周囲でこのように親密でユーモラスな献辞の対象となりうる「お嬢さま」が、三人いる。のちの恋人ユーリエ・ヴォリツェク、妹オットラ、そして三〇歳になる従妹のイルマ。イルマはオットラと大の仲良しで、カフカの父ヘルマンの装身具店で長年働いていた。

記されている日付、一九一九年二月一九日には、カフカとユーリエ・ヴォリツェクはプラハの北にある町シェレーゼン〔チェコ名ジェリージ〕の宿に滞在していた。ふたりはその地で数週間前に出会ったばかりだった。だがユーリエ宛て説に不利なのは、この本がオットラの遺品の中に残されていたことだ。

オットラ自身はこの時期、北ボヘミアのフリートラント〔チェコ名フリードラント〕にいた。農業経営学校の課程を修了するためである。試験の準備に追われているさなかだったので、シェレーゼンにいるカフカを訪ねることはできなかった。封筒にぴったりおさまるサイズのこの厚紙装の本を、カフカがフリートラントのオットラに送った可能性はある。しかしそれ以前の数か月間にオットラがカールスバート〔カルロヴィ・ヴァリ〕に滞在していた証拠はない。

イルマ・カフカが当該期間にカールスバートの「グランドホテル・シュッツェンハウス」に泊まっていたかどうかも、同様に不明である。もし彼女宛てだったとすると、なぜ本がオットラの手許に移ったのか、なんとか説明はつくかもしれない。イルマはこの三か月後、五月二九日にスペイン風邪で亡くなる。そしてオットラは、兄の手になるものをすべて、自分の手許に引き取っておいたから。

70

カフカ、ゴーストライターになる

Kafka als Ghostwriter

私たちがベルリンにいたころ、カフカはよくシュテーグリッツ公園に行った。私もときたまお供した。ある日、ひどく打ちひしがれたようすで泣いている、ひとりの小さな女の子に出会った。私たちは話しかけてみた。なにを悲しんでいるの、とフランツが聞く。人形を失くしてしまったのだという。すぐにフランツが、どうしていなくなったのか、もっともらしい話を考え出した。「君の人形は旅に出ただけなんだよ、ぼくは知ってるんだ、人形から手紙をもらったからね」。女の子は不審顔。「お手紙、いま持ってるの？」「いや、家に置いてきた。でもあした持ってきてあげるよ」。好奇心がわいてきた女の子は、さっきまでの悲しい気持ちを半分忘れてしまったようす。フランツはすぐに家に戻ると、手紙を書いた。

彼はすごく真剣にその作業に取りかかった。まるで作品を生み出そうとするかのように。そのぴんと張りつめた姿は、書くものが手紙だろうと葉書だろうと机に向かえばすぐにそうなる、いつもの彼だった。それは置くとしても、これがほかに劣らず重要な仕事なのはたしかだった。自分はなにがあっても失望から守られ、満たされた状態に置かれていると、その女の子に感じてほしかったから。嘘も、フィクションの真実を通せば、真実に変わるはず。翌日彼は手紙を持ってあの小さな女の子のもとに持って行った。少女は公園で待っていた。おちびさんはまだ字が読めなかったので、彼が読み上げてあげた。手紙によれば、人形は同じひとつの家族のもとで暮らすのに飽きてしまった、転地して空気を変えることが必要だ、一言で言えば、女の子のことは大好きだけれども、しばらくのあいださよならしたいのだ、と。毎日手紙を書くと、人形は約束した。そしてカフカはほんとうに毎日手紙を書いた。人形特有の生のリズムに応じて急展開していく冒険を、次々と書いていった。数日後には、玩具を実際に失くしたことなどその子はすっかり忘れて、その埋め合わせに差し出されたフィクションのことだけを考えるようになった。フランツはお話のどの文も詳細に、ユーモアをこめつつ正確に書いたので、人形の置かれた状況が手に取るように伝わってきた。人形は成長し、学校へ通い、人と知り合いになる。人形はその子に愛していると繰り返し告げるが、同時にあれこれ厄介を抱える日々や、ほかになすべき義務や興味のため、少女と再びいっしょに暮らすことは難しいのだと、それとなく伝えた。そのことをよく考えて欲しいと請われた女の子は、あきらめは避けられぬものと、受け入れる心の準備がしだいにできた。

この遊びは、少なくとも三週間続いた。フランツは、どうやって終わらせればいいか、考えると不安で仕方ない、と。この終わりはほんとうの終わりにしなくてはならないから。つまり、玩具が失われたことで生じた混乱を秩序へと変えることが、なにより必要だった。彼は長い時間をかけて探し求めたあげく、人形を結婚させることに決めた。まず若い男性を登場させ、婚約披露のパーティ、結婚支度、そして新婚のふたりの住まいをその細部にいたるまで描いた。「私たちが再び会うのはあきらめなくちゃいけないってこと、わかってほしいと思います」。フランツは子供の小さな葛藤を芸術によって解消したのだった、秩序を世界にもたらすために自分が意のままに使える、もっとも効果的な手段によって。

ドーラ・ディアマントの回想録から。一九四八年に英語版として出版されたもの。一九二三年九月末から一九二四年三月半ばまで、カフカは彼女とベルリンで過ごした。

この少女を探そうと、そしてできればカフカの手紙も見つけようと、ベルリンの日刊紙上でいくどか呼びかけがなされたが、いまだ成果はない。

71 すべての同居人諸君へ

An alle meine Hausgenossen

われらが棲家は、町はずれの恐ろしげな建物、破壊し得ぬ中世の廃墟入り交じる安アパートなのだが、今日、霧に沈み寒さ厳しき冬の朝に、以下の布告が配布された。

すべての同居人諸君へ

私は玩具の銃を五丁所有している。私の飾り棚《カステン》の中、一丁ずつ鉤に掛けてある。最初のものは私が使うが、残りは希望者が使用を申し出てよい。申請者が四名を超えたなら、あぶれた者は自分の銃を持参し、私の棚に預け入れること。なぜなら、団結が必要であるから。団結なしにわれわれは先に進めないのだ。ところでわが銃はどれも、通常の役にはまったく立たぬ。装置はいかれ、コルク栓は取れ、撃鉄がまだカチリと鳴るだけだ。ゆえに必要とあらばこのような銃をさらに調達するのは難しくないだろう。だが原則的には、当面は銃を持たない者も受け入れる。銃を持つわれわれは、ここぞという時には銃を持たぬ者を仲間とし、囲み守る。これは初期のアメリカ農民がインディアンに対し用いて功を奏した戦闘方法である。ここでもそれが有効でないわけがない、なぜなら状況は似たようなものだから。戦闘の続くあいだ銃を放棄することさえできるだろう。五丁の銃も必ずしも必要ではなく、すでにこうして手許にあるからには使ってやろうというだけだ。しかし残りの四丁を持ち出したくないならば、置いていってもかまわない。そのときは私だけが、指導者として一丁持っていく。だがわれわれはそもそも指導者を持つべきでないのだから、私も自分の銃を折るなり手放すなりしよう。

これが最初の布告だった。われらが建物には、その布告を読んだり、ましてや熟考する時間や意欲のある人間などいなかった。じきに小さな紙切れは汚水の流れに漂った。流れは屋根裏に端を発し、廊下で水かさを増して階段を洗い下り、そこで下から膨れきた逆流と闘っているのだ。しかし一週間後、ふたつめの布告が現われた。

同居人諸君！

これまで私に申し出た者はひとりもいなかった。暮らしのたずきを得るための時間を除いて私はずっと家にいたし、不在のあいだは部屋の扉を開け放し、机の上に紙を置いて、望む者はだれでも書き込めるようにしておいたのだ。そうした者は、いなかった。

72 無産労働者集団

Die besitzlose Arbeiterschaft

責務

（1）カネや高価なものを所有したり受け取ったりしないこと。所有を許されるのは以下の事物のみである。きわめて簡素な服（個別に規定する）、仕事に必要となるもの、書籍、個人消費のための食料品。その他すべては貧者に属する。

（2）労働によってのみ、生活費を得ること。どのような仕事も厭わぬこと、ただし能力を超えて健康を損ねぬ限りで。自ら仕事を選ぶこと、それが不可能なら、政府の管轄下にある労働評議会の指示に従うこと。

（3）二日分の生活費（地域によって個別に定める）以上のいかなる報酬のためにも働かないこと。

（4）中庸な生活。最低限必要なもののみ食べること。たとえば、最小限の労賃、かつある意味最大限の労賃として、パン、水、ナツメヤシ。最貧者の食事、最貧者のねぐら。

（5）雇用者との関係は信頼関係として扱うこと。司法の仲裁はけっして求めぬこと。引き受けた仕事はいかなる状況でも完遂すること。ただし健康上の理由で遂行が難しい場合を除く

・権利・

（1）労働時間は最大六時間、肉体労働の場合は四時間から五時間

（2）病気の時や労働に耐えぬ年齢の場合は、国立の老人ホーム、病院へ収容

良心の問題、同胞への信頼の問題としての労働生活

所持する財産を、病院やホームの設立のために国に寄贈

自営業者、既婚者、女性は、少なくとも当面は除外

評議会（重大な責務）は政府との仲介役となること

資本主義的企業体においても。できれば貧者が望ましい

救い得る場所、見捨てられた地域、救貧院では、教師として

五百人を最大限とする

一年間の見習い期間

一九一八年春に書かれたこの社会ユートピア的草稿に、直接の外的動機があったのかどうか、わからない。しかし「無産労働者集団」というタイトル（カフカ自身がつけた）が、パレスチナのユダヤ人入植地でのあらたな社会経済学的モデルに関するシオニズム内部の議論と呼応するものであるのは疑いえない（基礎的食料としてのナツメヤシに言及していることを参照）。労働者組合や入植者共同体の問題に関して、一九一七年から一九一八年にかけて、たとえばカフカも定期購読していたマルティン・ブーバー主宰の雑誌「ユダヤ人」において、多くの論文が発表された。

女性を除外、というところに目が行くが、まじめにそのような要請をするシオニストはいなかったので、これはカフカの自発的な判断だろう。手稿を見るとわかるのだが、カフカはまず自営業者と既婚者のみを除外対象としていて、それらの単語を書きつける

うちに、軌道修正していったのだ。
カフカ受容において、政治的な文章はなんの役割も演じてこなかった。注目すべき例外が、アンドレ・ブルトンである。彼は一九四八年にパリで革命民主連合が企画した、「精神の国際主義」をテーマとする催しにおいて、カフカに言及した。その講演原稿は以下の通り。

「われわれの中には彼を今世紀最大の予見者だと見なす者もいるフランツ・カフカですが、彼はその人生の最後に、「無産者の労働組合」があれば、と望んだのです。個々の組合ごとに五百人に制限された組合員は、次のような契約を交わします。カネや貴重品は所有しない、あるいは受け取らないこと。質素な生活を送ること。生活が維持できる報酬分だけ働くこと。そして、そのような労働をつつがなく遂行すること、そのような労働を他者に対する信頼・信用の行為として世界に示すこと、という義務が課されるのです。ここで一般の労働の営みに期待されているのは、すなわち知的な営みに対して要求されうるものでもありましょう」

73 カフカはアメリカに詳しくない

Kafka kennt sich in Amerika nicht aus

カフカの物語作品に特徴的なのは、場所や時間がたいていい明確に特定されぬままになっていて、そのため読者は、幽霊的な境界世界で、どこでもない場所ですべてが起こっているような印象にとらわれる――まるで夢の中のように。『審判』が執行される町の名前は一度も明かされず、『城』のふもとの村も名前を与えられぬままだ。

この法則の唯一の重要な例外が、一九一二年から一三年にかけて成立した小説『失踪者』である。アメリカ合衆国のことを、旅行ガイドブック、講演会や口頭による報告から知っていただけなのに、それでもカフカは彼の出版人クルト・ヴォルフに対して告白したように「きわめてモダンなニューヨーク」を描こうとしたのだった。その目論見ゆえに多くの場所の名称がきちんと名指されており、さらに注目すべきことに、『失踪者』はプラハという名前に言及しているカフカ唯一の物語なのである。

それだけに、この小説の草稿でカフカがいくつかおかしな間違いを犯していることは、奇妙に思えてしまう。おそらく彼は調査に際して系統だったメモをとらず、記憶に頼っていた。その結果、たとえばアルトゥール・ホーリッチャーの社会批判的ルポルタージュ『アメリカ――今日と明日』で「オクラホマ」を繰り返し「オクラハマ」と間違えているのを、検証せぬままにそのまま受け売りで使ってしまっている。また、「ニューヨークとボストンとを結」び、「ハドソン川にかかっている」橋、という記述があるが、そこでカフカの念頭にあったのはもちろん、無数の図版をとおして知られている、イースト川にかかるブルックリン橋のことだろう。あまつさえ彼は、サンフランシスコを大陸の反対側に移してしまった。若き主人公カール・ロスマンは「フリスコ」への旅へとかき立てられるが、それは彼にとって「生計を得る機会は東のほうがずっと多くあ

ブルックリン橋、1909年

る」からなのだった。

　カフカの小説世界と現実との驚くべき、かつ明らかに不自然な食い違いが、すでに最初の段落にある。ニューヨークを訪れる旅行者がみなご挨拶に伺う、かの自由の女神像が空に向かって掲げているもの、それが松明ではなくて剣なのだ。『失踪者』のこの章は分離されて『火夫』というタイトルで公表されたので、このはなはだしい「誤り」は友人や批評家たちの目にとまるところとなったし、ゆえにカフカは以降新たに印刷される版でその部分を訂正する機会があったはずだった。彼はそれを怠ったのである。

74
パリでの交通事故
Ein Autounfall in Paris

アスファルト舗装の上では、自動車はすいすい走るけれど、止まるのは難しい。運転席に座るのが自家用車のドライバーなら特にそうで、彼らはちょっとした仕事回りの時であっても、道の広さや天気の良さ、軽やかな車体、運転技術をたっぷり味わい尽くすから、交差点という交差点で歩道の歩行者さながらに、車をうねうね蛇行させるのだ。というわけでそういうたぐいの自動車が、細い道に入るすぐ手前の大きな広場で、三輪自転車に突っ込んだ。しかし巧みにブレーキをかけ、自転車にたいした損傷はなく、いわば他意なく人の足を踏んだくらいのものだったけれど、歩行者ならそんなふうに足を踏まれたらなおさら先を急いで行ってしまうところを、三輪車はその場に止まったまま、前輪がひしゃげていたのだった。××社の所有になるこの自転車で、三輪車特有のあの鈍重な揺れに身を任せ、それまですっかりのんきに走っていたパン屋の見習い店員は自転車から降りると、やはり降りてきたドライバーにむかって、自家用車を持っている人への敬意に勢いをそがれつつ、しかし店主への恐怖に鼓舞されながら、文句をつける。事故がどのようにして起こったか、という話にまずはなる。自動車の持ち主は、両の手のひらを走る車に見立てて説明する。自分は三輪自転車が目の前に飛び出してくるのを見て、三輪車に警告しようと右手を離してひらひら振ったのだ。けれどこんな距離で止まれる車などあるものか。ここで不安な顔をつくる。三輪車のほうが気づいて自動車に道を譲ってくれるだろうか？　いや、もう遅すぎだ。左手が警告をやめ、両の手をぱちんと打ち合わせ、つまりは不幸な衝突が起こって、最後の瞬間を見届けようと膝を折る。事は起こった、ぽつんとたたずむ折れ曲がった三輪自転車が、さらなる説明に力を貸してくれるはず。パン屋見習いは、うまく反論できないでいる。ひとつ、かのドライバーは教育のある偉丈夫だ。ふたつ、事故が起こるまで車の中に座っていて疲れ知らず、しかもすぐまた車に戻って英気を養える。みっつ、車の高い座席から成り行きがよりよく見えていた。そのうち幾人かの人々が集まってきて、ドライバーの熱弁を邪魔せぬよう、まわりを囲まずその前に立つ。そのかん行き交う車はこの集団が占める場所を避けて通る羽目となる、おまけにその場所はドライバーの思いつきに応じてあちらこちらと移動した。たとえば先ほどたっぷり話に聞いた例の損傷をじっくり眺めようと、全員三輪車のほうへ寄っていったりするのだ。さほどひどい損傷ではないと車の持ち主は思っている風だが（数人がかなりの大声で話しながら彼に味方する）、それでも彼は眺めるだけでは飽き足らず、周囲をぐるぐる回っては上から覗き込み、下から検証。怒鳴りたがっている男がひとり、ドライバーはだれかに大声で味方してもらう必要もなさそうなので、三輪車のほうの肩を持つ。だがその男は、あらたに登場した見知らぬ男に、よく通る声で上手に言い負かされてしまう。惑わされたのでなければ、見知らぬ男はドライバーの同伴者だった。

聴衆の中からいくどか失笑が洩れるも、新たに客観的な意見が出ると、そのつど納得。さて今や、車の持ち主とパン屋の青年のあいだに見解の大きな相違はない。ドライバーのほうは、説得の甲斐あってまわりの人々が自分に好意的なのをわかっているし、パン屋の若者のほうは、両腕を広げるしぐさを単調に繰り返したり咎め立てしたりするのを徐々にやめる。ドライバーにしたって自分がちょっとした損傷を与えたことを否定はしないし、パン屋の青年にすべての責任を押しつけるつもりもない、責任は双方にあり、つまりどちらにもないわけで、こういうことはどうしたって起こってしまうのだ、云々。警官を呼ぶのがいいと思いつく者がいなかったら事態は膠着状態に陥っていただろうし、早くも修理費用について話しあっている見物人に意見が求められることにもなりそうだった。ドライバーに屈服する立場に移行しつつあったパン屋の青年は、警官を呼びに行けと彼に言われてあっさり引き受け、三輪自転車は相手に委ねた。自分の党派を作る必要などないドライバーに悪意はないのだが、相手方がいなくなっても説明はやめない。タバコを吸いながらだとうまく話せるからと、タバコを巻く。ポケットの中にはいつもタバコが入れてある。事情を知らない者があらたにやってくると、たとえそれが会社の下働きであろうと、同じ手順でまずは自動車、次に三輪車のところへ連れて行き、そこでようやくこまごまと説明をはじめる。見物人のずっとうしろに立っている人から異議が聞こえるや、彼はその人の顔が見えるようにつま先立ちして返答する。みなを引き連れて自動車と三輪車のあいだを行ったり来たりするのは面倒だとわかると、車のほうを路地の歩道に寄せる。無傷の三輪自転車が止まり、乗っている人が事態を見つめている。自動車運転の難しさを教えるかのように、エンジン駆動の大きな乗り合いバスが広場のまん中で立ち往生している。バス前方のエンジンのところで作業している人がいる。バスから降りてきた乗客たちが、自分たちこそ誰よりも当事者だと考えて、真っ先にバスを囲み、覗き込む。いっぽう車の持ち主は、そのあいだにもろもろかたをつけ、三輪車も歩道脇へと移動した。事態は公の関心を失いつつある。あらたにやってきた者は、実際何がおこったのか自分で推し量るしかない。ドライバーは、最初からいて証人になってくれそうな数人の見物人と文字通り隅に引っ込んで、彼らと小声で話をしている。そういえばあの哀れな若者はいったいどこをほっつき歩いているのだろう？　するとようやく遠くのほうに、警官とともに広場を横切りはじめている若者の姿が見えてくる。別に待ち焦がれていたわけではないけれど、関心がすぐまた鮮度を取り戻す。調書作成というお楽しみをお手軽に味わえるとばかりに、見物人があらたにわいてくる。ドライバーが仲間から離れて警官に歩み寄り、警官は関係者が半時間かかってようやく手にしたのと同じ落ち着きぶりで平然と事態を受け入れる。調書作成はたいした取り調べもなくはじめられる。警官は自分の手帳から、肉体労働者のような不器用さで、古びて薄汚れた、しかしなにも書かれていない紙を一枚引き抜くと、関係者の名前を書き入れ、パン屋の店名を書きつけ、正確を期すべく書きながら三輪自転車の周囲をぐるりと回る。警官によって事件がただちに事務的に処理され終結するだろうという、そこにいる者たちの無意識かつ愚かな希望的観測が、調書作成の細部を味わう喜びへと移っていく。調書作成はときおり中断する。警官は調書をあれこれ混乱させてしまい、それを元に戻すのにあくせくして、それ以外のことにしばらく耳も目も貸さなくなった。つまり彼は、用紙のある箇所から書きはじめたが、そこは何らかの理由でそこからはじめてはいけないところだったのだ。いけないのだが、やってしまった。警官はそのつど繰り返し驚いている。書きはじめを間違えたと納得するまで、彼は紙をなんどもひっくり返す。だが間違った書きはじめをすぐにやめ、どこかほかのところから書きはじめたものだから、ひとつの欄の終わりにくると、次はどこに書けばいいのか、紙を大きく広げてためつすがめつ探すはめになる。そのことによってこの事件が得た落ち着きは、それ以前の、関係者だけでたどり着いた落ち着きとは、とうてい比べものにならないのだった。

カフカの旅日記から。一九一一年九月一一日の日付で、二回目のパリ、今回もマックス・ブロートといっしょの旅である。事故を描写するカフカのこの文学的な文章をブロートはいたく気に入ったので、翌月の作家オスカー・バウムとの会合でブロートはこれを読み上げた——カフカもその場にいたのだが、彼はまったく喜ばず、自分の「小さな自動車物語」のクオリティ不足に直撃されて「苦々しさ」ばかりを覚えたのだった。

APPAREILS ELECTRIQUES
EVER-READY
AMERICAN
ELECTRICAL NOVELTY & Mfg Co
47, Bd HAUSSMANN
LAMPE de POCHE
PILES
Sèches
Electrique
Catalogue illustré, envoyé franco sur demande

三輪自転車で配達、パリ

75

カフカとブロート、カジノで旅費をする

Kafka und Brod verspielen die Reisekasse

マックス・ブロートの日記より

　家路につこうとする私たちは、カネがじゃらじゃらと鳴る音に引き留められた。ルツェルンにはカジノがあると、滞在中ずっと意識のどこかで思っていたのだ。——一フランの入場料を払い、部屋へと歩み入る。部屋は扉の幅で人のいない空間がつづき、その両側には人々が塊《かたまり》をなして立っている。壁際には順番を待つ人々が座っている、ひとりの老婦人が眠っている。ふた組のグループがそれぞれテーブルに群がる、テーブルは五つの部分からできていて、まんなかに玉か小馬、両脇に並ぶ二台のテーブルにはこんな具合の区画がある。

　右と左の数字のない場所は、二、四、六、七と一、三、八、九を意味する。

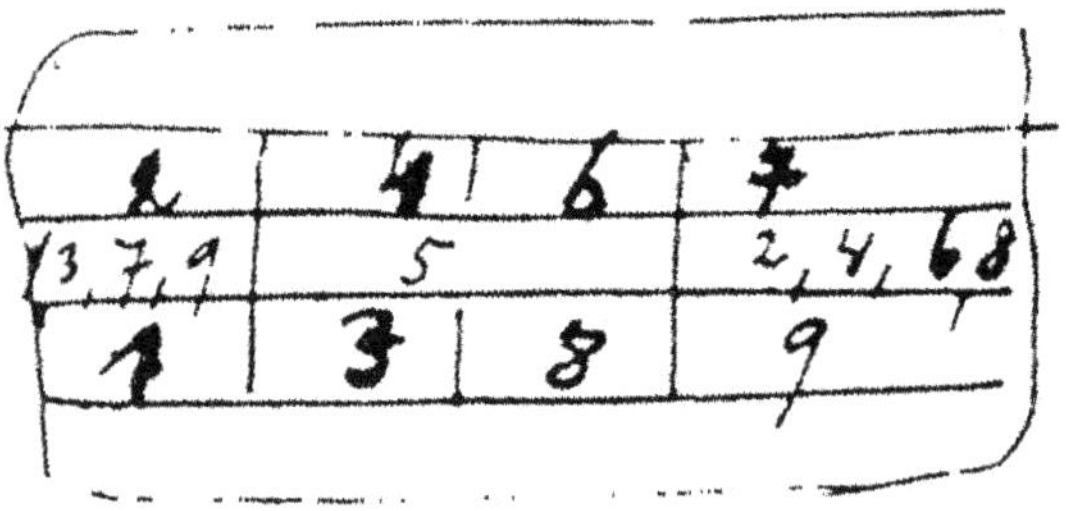

壁には注意書き。これこれの日付の法律によりこの賭博は許可されている。賭け金は最高五フランまで。「来訪のお客様にゲームを楽しんでいただくことが主となりますので、地元のかたは外来のお客様に先をお譲りください」

プレイヤーは立っている。補佐役《クルピエ》は皇帝風フロックコートを着て座っている。胴元は一段高い席にいて――黒服のハウスボーイがふたり。ディーラーが「みなさまお賭けください――賭け金を置いてください――賭け金が決まりました――賭けをおやめください――勝負です――三ですね」と告げる（「ですね」を強調）。間断なく。そう言いながら彼がゴムのボールを軽く投げると、ボールは底に並んでいる数字のひとつに止まる。発せられる言葉がその短い時間を上手に区切る。――クルピエたちは長い柄のついた金属のレーキ棒を持っていて、その黒い柄は握りのところがすり切れ地金が覗く。彼らはレーキ棒でカネをかき集めると、それを自分に引き寄せるか、勝ったプレイヤー側に投げる。レーキ棒を使って分配し、指示もするのだ。

ゲームをプレイする緑色のテーブルに手を置いてはいけない。

私たちは寒い開いた窓辺で協議。私が偶数に、カフカがずっと奇数に賭ければいいいと、最初に私が提案した。それはお笑いぐさもいいところで、私たちは五のことを見落としていたのだ。賭けてみてはじめて気づいた。私たちは窓口でそれぞれ五フランずつ両替。交互に奇数にばかり賭け続け、カフカは勝ち、私はじきにすっからかんに。——そしてカフカも負けた。こういうたぐいの賭博は永遠に続くはず、賭けているあいだ私たちはずっとそんな感覚でいた。それが間違いだった。——カネはゆっくりと斜めに傾けられていく平面に置かれたかのように、消えていった——あるいは、風呂桶の栓を抜くと水がゆっくり流れ出ていくので、いつまでもなくならない気がする、そんな感じで。栓はいくどか蓋をしたのだ。だが最後はすべてなくなった。——あとから沸いてきた怒りといったら、だってそういう損失はもはやけっして回復できぬのだから。自殺するぞと脅したら、胴元は一〇フランを返してくれるだろうか？　かくのごとくにこの損失は、それと結ぶ健全な思慮分別など、喪失させてしまったわけだ。

長い一日だった！

カフカの日記から

ルツェルンでカジノを発見。入場料一フラン。ふたつの長いテーブル。真の見ものはどうやってもうまく描けぬものだ。期待して待っている人々の目の前で起こっているかのように、真に迫って書かねばならないのだから。どのテーブルにもディーラーが中央に、ふたりの見張り役が両端に座っている。

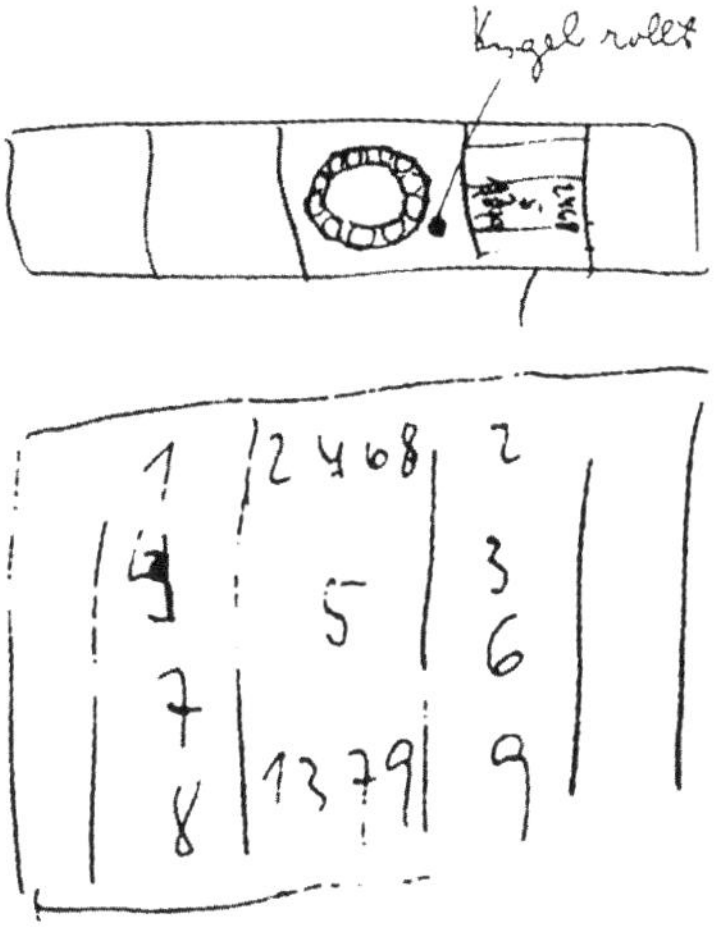

賭け金は最高五フラン。「スイス人は外来のかたに先をお譲りください、来訪のお客様にゲームを楽しんでいただくことが主となりますので」

ボールに賭けるテーブル一台と、小馬に賭けるもの一台。クルピエは皇帝風フロックコートを着ている。「みなさまお賭けください――賭け金を置いてください――賭け金が決まりました――賭けをおやめください――勝負です」。クルピエは木製の柄にニッケルめっきの先がついたレーキ棒を持っている。それでなにができるかといえば、カネを正しいマス目に動かす、仕分ける、手許に引き寄せる、勝ち目のマスに投げたカネを受け止める。数人のクルピエが勝ち目に影響を及ぼしている、というか、勝ったときに担当だったクルピエがお気に入りとなる。どこに賭けるか決断の時となれば、興奮でホールにいるほかの人が消えてしまう。カネ（一〇フラン）が、ゆっくり傾く平面からこぼれ落ち、消えていく。一〇フラン負けたとなれば、さらに賭けを続ける誘惑も弱くなろうというものだが、それでも誘惑を覚えてしまうのだ。あらゆるものに腹が立つ。この賭博のおかげで一日がだらりと長かった。

一九一一年八月、ルツェルンの保養施設でブロートとカフカが臨んだギャンブルは「ブール Boule」（フランスのボール競技に同名のものがあるが、それとは別）で、きわめて簡略化されたルーレットの一種。一から九までの数字に賭けるだけ、ただし五は例外で、胴元の勝ちとなる。つまり総賭け金の九分の一は胴元にいくわけなので、プレイヤーが勝つチャンスはルーレットよりもずっと低くなる。加えてホイールは固定され、ボールはゴム製である。

カフカもブロートも、このときまでカジノに足を踏み入れたことはなく、知識もまったくなかった――それは、「偶数」と「奇数」に同時に賭ければ損をすることはない、とふたりが当初考えていたことでわかる。彼らがすった一〇フランは、一日のホテルとレストラン代を二人分まかなえる額である。この経験のあと、カフカはギャンブルに懲りたけれど、ブロートは二年後にモナコのカジノを訪れている。

ブロートとカフカが「小馬」と書いていることからすると、ルツェルンの保養施設のホールにはブールの前身ともいうべき「プチ・シュボー Petits chevaux」もあったようだ。賭けの仕組みは同じだが、勝ち数字は機械仕掛けの馬の人形が競争することで決まる。カフカもブロートもゲームテーブルのようすを記憶に頼って書いているから、数字の配列には正確でない部分がある。

76 この人、カフカ？（その1）

Ist das Kafka? (1)

一九〇九年九月一一日、カフカはマックス・ブロート、その弟オットーとともに、イタリアのブレシア近郊モンティキアーリ空港で開催された航空ショーを訪れた。そこで彼らが何を目にしたのか、かなり詳しくたどることができる。ブロートもカフカも、印象を旅行記にまとめているのだ。カフカの文章「ブレシアの飛行機」は、同じ月にプラハの日刊新聞「ボヘミア」に掲載された。

カフカはそのときはじめて飛行機を見たのだった。パイロットが愛機を観覧に供し、エアレースを競う催しの類いは、プラハではそれまでなかった。だがその夏は、航空にまつわる話題が多く人の口にのぼった。七月にフランス人のルイ・ブレリオが、ドーヴァー海峡をはじめて飛行機で横断したのだ。ブレシアでもブレリオはスターだったし、なにより彼を見るために皆やってきたのだということが、カフカの描写からわかる。「それでブレリオは？　と私たちは尋ねた。ブレリオのことがずっと頭から離れなくてね、ブレリオはどこです？」

カフカとブロートはまず、ブレリオとそのメカニックが飛行機のエンジンを始動させ

ようと奮闘する姿を、しばらく眺めることになる。そして昼を過ぎた午後四時頃、ようやくその時がきた。

だが今、それが現われた。ブレリオが海峡を越えた、その機体だ。だれもなにも言わなくとも、そこにいる人は皆知っている。長く待たされたあと、ブレリオは空の人となった。彼の直立した上半身が翼の向こうに見え、その足は装置の一部と化して深くはまり込んでいる。陽が傾き、観客席のひさしの下に差し込むその光が、揺れる翼を明るく照らし出す。ほかの人のことなど頭から追い出され、皆一心不乱に彼を見上げている。彼は小さく旋回すると、ほとんど垂直になって頭上に現われる。皆が首を伸ばして見守るなか、単葉機はぐらりと揺れ、ブレリオが手中で制御、そして上昇。何が起こっているのだろう？　地上二〇メートルの高さでひとりの人間が木製のフレームに捕らわれながら、自らの意志でその身に引き受けた不可視の危険に抗っているのだ。われわれは地上で息をのみつつあっけにとられて立ち、かの人を見つめている。

この瞬間をとらえた写真がある。そこには、どうやらカフカも写っているのだ。明るいサマースーツを着て、イタリア製の麦わら帽をかぶっている（そのふたつとも、残されているカフカの別の写真にも写っている）。少しばかり突き出た耳、やせ気味のからだ、平均より高い身長が、はっきり見て取れる。この航空ショーを写したほかの写真を見てみると、スタンドの値の張る席を買わなかった観客――カフカとブロートも含めて――は、試演中は全員、椅子の上に立っていた（ブロートによれば、「人々は手すりに殺到し、籐椅子の上に立った」）。だとすれば、写真の独特な視点の説明がつく。カメラマンも椅子の上に立っていたのだ。

前方を横切って飛ぶ飛行機は、ブレリオの単葉機だと思われる。海峡を横断したのと同じ型の機体（「ブレリオXI」）で、彼はブレシアにそれを持ち込んでいた。さらにもう一機、二座の機体があり、それを用いて追加の周回飛行が行なわれた。

77

カフカ、地下鉄に乗る

Kafka fährt U-Bahn

あのときのメトロ《地下鉄》は、とてもすいているように見えた。とくに、体調を崩しつつひとりでレースに出かけたときと比べると。乗客の少なさは別にしても、メトロのようすは日曜日の影響下にあるようだった。壁の鈍い鉄の色が迫ってくる。車両の扉を押して開け閉めし、そのかんひらひらと身軽に乗り降りする車掌の仕事というものは、どうやら日曜午後のそれなのだ。乗り換えのための長い通路を、人々はゆっくりと歩いていく。メトロでの移動に耐えている人々のまとう不自然なよそよそしさが、次第に明確になる。ガラス扉のほうを向く、オペラ駅から遠く離れた見知らぬ駅にひとりひとり降りていく。どこか気まぐれな感じ。駅には電灯の明かりが点いているのに、ちょうどホームへ降りたったときなどとくに、刻々と変化する陽の光をたしかに感じる。とりわけ暗くなる直前の、こんな午後の日射しに、ふと気づく。ひとけのない終着駅ポルト・ドーフィヌに進入、しだいに見えてくるたくさんのパイプ、その先には列車がひたすら直線的に走ってきたあと唯一曲がることを許される、折り返しのループ線。鉄道のトンネル走行のほうがずっと厭わしい、山の質量による圧力の下、しっかり支えられているとはいえ乗客が感じる圧迫感は、ここでは少しもない。人々から

パリ、メトロの駅

遠く離れるわけでもない、これは都市の設備、たとえばパイプの中の水のようなものだ。降りるときはうしろにワンステップ、それで前進に勢いをつける。そうして降りるホームは降り口から高くも低くもない。机に電話と呼び鈴のある、たいていはひとけのない小さな部屋が、運行を統制管理している。マックスがそのなかをしきりに覗く。メトロの騒音はひどいもので、これは生まれてはじめてグラン・ブールヴァールのモンマルトル駅から乗ったときにそう感じた。それ以外に嫌なことはなく、むしろスピードによりいっそうの快適や安楽を感じるようになる。デュボネ〔アペリティフとして飲まれるワインベースの酒のメーカー〕の広告は、物憂げで手持ちぶさたな乗客にとって、読み、期待し、見つめるのにうってつけだ。やりとりから言葉を排除、支払いのときも、乗り降りするときも、何も言う必要がない。気は弱いが期待に満ちた外国人にとって取っつきやすいメトロは、最初の一歩から正しく素早くパリの本質に分け入ったという確信を与えてくれる、最良の設備なのだ。

メトロの階段をのぼった最後の踊り場で途方に暮れている人がいたら、それは外国人だ。パリジャンなら、メトロから街の喧噪のなかへ、自然に溶け込み消えていく。地上に出て今外へと出てきてようやく、現実と地図とがゆっくりと一致していく。地図の案内がな我々が立っているこの広場へ歩いて、あるいは車で来ようとしても、地図の案内がなければ無理なのだから。


マックス・ブロートとともに、カフカはパリに二回旅行している。一九一〇年一〇月九日から一七日、そして一九一一年九月八日から一三日までと、どちらも数日のみの旅だった。パリのメトロをめぐるこの文章は、一九一一年のもの。ただ、冒頭にある「あのときの」からわかるように、両年の旅行の印象をひとつにまとめたものである。

カフカの本拠地プラハには、地下鉄がなかった。ベルリンの交通網をはじめて体験したのは一九一〇年一二月のこと。つまり、このパリの地下鉄印象記が描くのは、彼にとってまったく新しい交通手段との出会いの場面なのだ。マックス・ブロートの残した旅の記録によれば、二人は技術的な細部よりも、あらたな移動の形式にともなう固有の社会的・身体的現象のほうに、より関心を抱いていた。

78
カフカ、回転木馬に乗る
Kafka fährt Karussell

ダンスフロア、二分割、中央の二重の仕切りの中に楽団。今はまだ人けなく、女の子たちがつるつるの床を滑って遊んでいる。［…］飲んでいた「ブラウゼ」（炭酸入りのソフトドリンク）をその子たちにあげる。みな飲む。最年長の子がいちばんに。意思を通わせるための言葉が見つからない。もう晩ご飯はお済みかい、と聞いてみる。まったく通じない。シラー博士が、もう夕飯たべたの、と聞く。わかる子がちらほら（この人は言葉が聞き取りづらい、息の洩れる音が多すぎ）。床屋さんが、飯食った？　と聞く。ようやく返事が返ってくる。ブラウゼをもう一杯、彼女たちに買ってあげる。もういらないと言われる。でも回転木馬には乗りたいと言う。ぼくは六人の女の子たち（六歳から一三歳）にまとわりつかれながら、回転木馬へ直行。その途中、回転木馬に乗ろうと言い出した子が、この回転木馬は自分の両親のものだと自慢する。ぼくらは一台の馬車に乗り込み、ぐるぐると回転。ガールフレンドたちをはべらせて。ひざの上にもひとり。ぼくのおカネのおこぼれをもらおうと殺到してくる女の子たちを、我が少女たちは我が意に反して追い払う。ぼくがよそ者におカネを使わないようにと、例の地主の娘が会計を取り仕切る。皆が望めばもう一度乗るのにやぶさかでなかったけれど、言い出しっぺの地主の娘が、もういい、こんどはお菓子のテントに行きたい、と。愚かにも好奇心に負けて、皆を開運ルーレットに連れて行く。彼女たちはぼくのおカネをできるかぎり倹約してくれる。それからお菓子のテントへ。テントにはすごい量のお菓子が、都会のメインストリートのお店みたいに、きちんときれいに並んでいる。ぼくらの町の市場みたいな、安っぽい品物もある。そのあとダンスフロアに戻る。ぼくが与えたもの以上の体験を、彼女たちは味わったのだなあ、と思いながら。みんなまたブラウゼを飲むと、どうもありがとう、と。最年長の子が皆を代表して。ほかの子も口々に。ダンスが始まるころには、帰る時間に。もうあと一五分で一〇時だ。

ハルツ山地にあるユングボルン・サナトリウムから近くの町シュターペルブルクの射撃祭りへと足を伸ばしたときのことを描写した文章より抜粋。カフカは一九一二年六月のこの散策を、ベルリン出身の理髪師や、ブレスラウ出身の市役所職員といっしょに企てた。この文章は、彼がマックス・ブロートに宛てて定期的に書き送っていた旅行メモのなかにある。

79 この人、カフカ?・（その2）

Ist das Kafka? (II)

一九二〇年五月九日、メラーノに約一万五千人のドイツ語を母語とする南チロル人が集まって大規模な「自治権集会」を開催し、イタリアによる占領へ（結局は徒労に終わった）抗議の声を上げた。音楽隊が駅前広場を行進する。演奏され歌われた曲の中心は、のちにチロル州の州歌となるアンドレアス・ホーファーの歌だ。「とらわれの身でマントヴァへ……」

カフカはこのときすでに五週間以上、肺疾患完治の希望を抱きつつ、メラーノに滞在していた。メラーノの別荘地マイア・バッサにあるペンション「オットーブルク」に投宿し、そこを起点にして、宿の食堂で知り合ったほかの保養客と連れ立っての散歩や遠出にいそしんでいた。政治集会について彼は手紙などで触れていないが、どうやらカフカはひとりの連れとともにその場に居合わせたらしいのだ。その集会を写した、今に残る一枚の写真がそれを裏づけている。

その写真の中央下あたり、街灯の支柱を下に伸ばした延長線上に、ふたりの目立つ男性が見える。彼らは群衆の最前列に立ち、行進する音楽隊を間近に眺めている。デモに

参加する農民たちがもっぱら暗い色の服を着ているのに対して、ふたりは明るい色のサマースーツを身につけている。そしてカフカも一着、そんな服を持っていた。左の男は細身で平均を越える上背、顔つきは若々しく見える。まさにカフカの特徴だ。決定的な証拠はないけれども、かなりの確信を持ってこう言える。これは、彼だ。

80

パスポートなしで国境を越える

Ohne Pass über die Grenze

　これから旅の話をするよ、自分は天使なんかじゃない、って言うなら、そのあとね。ぼくのオーストリアのビザがほんとうは（ほんとうは、もなにも）二か月前に切れているのは前から気づいていたけれど、通過するだけなら必要ないってメラーン（メラーノ）で言われたし、実際オーストリアに入国するときはなんのけちもつけられなかった。だからウィーンにいるあいだもこのミスのことをすっかり忘れていたんだ。でもグミュントの出国審査で係員が――若い男で、おカタそうな――この失態をただちに見つけ出した。ぼくのパスポートだけが除け置かれ、ほかの人がみな税関検査へと進むなか、ぼくは足止めをくらって、これはまずいなあ、と思った［…］でもそこでさ、さっそく君が出動、ってわけ。やってきたのは国境警備の警察官――愛想がよく、率直で、いかにもオーストリア人ぽく、思いやりがあって、親身な感じ――、ぼくは彼に連れられて階段をのぼり廊下をぬけ、国境審査局へ。そこにはやはり旅券の不備で、ルーマニア人の女性がいた。それがさあ、ユダヤの天使さん、奇妙なことだけど、この人も君が遣わした親切な特使だったんだよ。でも相手の力はまだずっと強かったね。背の高い審査官と背の低い補佐官、ふたりとも黄色くて痩せていてしかめつら、少なくともそのときはそうだった、彼らがぼくのパスポートを召し上げた。審査官が即座に裁定、「ウィーンに戻って警察でビザをもらってくるように！」。ぼくは「それはあんまりでしょう」と繰り返すほかなかった。審査官もそのたびに皮肉っぽく意地悪く、「あなたがそう思われるだけですな」と。「電報でビザを受け取ることはできませんか？」「だめです」「費用はすべてこちら持ちでも？」「だめです」「ここには上のかたはいないのですか？」「おりません」……ぼくの窮状を見ていたくだんの女性は、みごとに落ち着き払って、この人だけでも通してあげてくださいな、と審査官に頼んでくれた。ミレナ、手としてはちょっと弱すぎたね！ これくらいじゃぼくを助けるのはムリだったよ。ぼくはまた長々と歩いてパスポート検査場へ戻り、自分の荷物を取ってくる羽目になった。つまり今日中に出発できる見込みはなくなった、ということだ。ぼくらは国境審査局の部屋で膝付き合わせて座り込み、警察官氏も慰めの言葉が見つからず、切符の有効期間は延長できる、とかなんとか言うのが精一杯のようす。審査官は言うべきことは言い終わったとばかりに自分のオフィスに引っ込んでしまって、背の低い補佐官だけ、あとに残った。ぼくは頭のなかで計算してみる。ウィーン行きの次の列車は今晩一〇時発、ウィーンに着くのは夜中の二時半。リヴァでは南京虫に食われたからなあ、まだあとが残ってるし。フランツ・ヨーゼフ駅の宿はどんな具合だろう？ でもそもそも部屋なんてあいてないだろうし、そしたらレルヒェンフェルダー通りまで行って（はい、夜中の二時半です）泊めてくださいと頼むか（はい、早朝五時です）。だけどなんにしてもビザがもらえるのはどのみち月曜の午前になるか

グミュントの駅舎、1900年頃

ら（でもすぐにもらえるのかな、火曜日にズレこんだりせずに？）、そのあとで君のところに行こう。ドアを開けた君はびっくりぎょうてん。あらまあ。ここで思考はしばし中断、と思ったらさらに続くのだった。でもなあ、こんな夜を過ごして鉄道で移動して、ぼくはどんなありさまになってるだろう。しかも晩にはすぐまた出発して一六時間も汽車で過ごさなくちゃならないんだから。プラハに着いたらいったいどうなっちゃってるのか。局長はなんて言うだろう？　これからまた局長に電報打って、休暇を延長してくださいって頼まなくてはなあ。君だってこんなのどれもいやだよね？　でもじゃあどうしろっていうの？　ほかの道はないんだよ。いやひとつだけ思いついた。気休め程度だけど。グミュントで泊まって朝早くにウィーンへ出発したらどうか。

もうヨレヨレだったけど、もの静かな補佐官に明朝のウィーン行きの便を尋ねてみた。五時半発、ウィーンに昼の一一時着。よし、とにかくそれで行こう。ルーマニア人女性もいっしょに行くと。ところがここにきて、とつぜんのどんでん返しが発生。どういう具合でそうなったのかわからないけど、会話するうちに背の低い補佐官さんがわれわれを助けようと急に思ってしまったらしい。ぼくらがグミュントに泊まるなら、事務所に自分ひとりだけの早朝、こっそりとプラハ行きの旅客列車に乗せてあげよう、そうすれば夕方四時にはプラハに着く。審査官には、朝の便でウィーンに向かうつもりだとでも言っておけばいい、と。すばらしい！　そうは言っても、どのみちプラハには電報を打たなくちゃならないから、多少すばらしめ、なわけだけど。まあそれでもね。審査官がやってきて、ぼくらはウィーン行き列車に関してちょっとした茶番を演じてみせ、それから補佐官が、詳しい打ち合わせをするから夜にこっそり尋ねてきなさいと言って、ぼくらを退出させた。これって君のしわざだな、と思ったけれど、ぼくはものが見えてなかったね、ほんとうはこれが敵さんの最後の攻撃だったんだ。さてぼくら、つまりぼくと例のご婦人は、ぼちぼちと駅から出た（ぼくらを運んでくれるはずだった急行がまだ停車していた、荷物検査は長くかかるから）。街中までどれくらかかるんだろう？　一時間か。さらにこの仕打ち。でも駅の近くにもホテルが二軒あるとわかり、そのひとつに向かうことにした。ホテルの脇には線路が通っていて、渡ろうとしたらちょうど貨物列車がやってきた。急いで渡っちゃおうと思ったけれど、ご婦人に引きとめられてしまった。ところが貨物列車は目の前で停車して動かなくなり、ぼくらは待ちぼうけを食らうはめに。不運にささやかなオマケがつきましたね、とふたりで言い合う。ところがこの待ちぼうけこそがどんでん返しだったんだよ。これがなかったら、日曜日にはプラハにたどり着けなかった。君がウィーン西駅のホテルというホテルを走り回ったように、こんどは天国の門をすべて駆け回ってぼくのために請い願ってくれたのか、と思ったよ。というのもね、君の遣わしたあの警察官が駅からのたっぷり長い道のりを息せき切って走り追いかけてきて、こう叫んだんだ。「急いで戻って！　審査官が通してくれるって！」。ほんとうなの？　こんな時って息が詰まるね。警察官にお金を受け取ってもらうまで、十ぺんも押し問答してしまった。さあこれから駆け戻って、審査局から荷物を引きあげて旅券検査へ、つづいて税関検査へと急がねば。ところが君がもう、すべてをしつらえておいてくれた。荷物にくじけて歩けないでいると、偶然にもポーターが横にいる。旅券検査でもたもた順番待ちをしていると、例の警察官が先に通してくれる。税関検査で気づかぬうちに落とした金のカフスボタン入りのケースを、駅員が見つけ渡してくれる。そして列車に乗りこむと、すぐに発車。やれやれ、ようやく顔と胸の汗をぬぐうことができた。いつもぼくのそばにいてね！

カフカがミレナ・イェセンスカに宛ててこの手紙を書いたのは、ウィーンを発ってプラハに着いたあとの、一九二〇年七月五日。三か月以上休んだあと、はじめて出勤した日だった。四月のはじめにはすでに、温暖な気候のなかで肺結核を治療しようと、メラーノへ旅立っていた。メラーノにいるときからカフカはミレナ・イェセンスカとの文通をはじめたが、手紙のやりとりはたちまち密になり、それを受けて彼女はカフカが帰国する際に説得し、ウィーンに寄り道してもらって会うことにしたのだった。しかしともに過ごした幸せな四日間のあいだ、カフカは大事なことを忘れていた。オーストリアで彼はたんなる「トランジット客」ではなく、国境の町グミュントを越えて出国するためには、査証欄にさらなるスタンプが必要だったのだ。

カフカが名前を挙げているレルヒェンフェルダー通りには、イェセンスカの住まいがあった。「リヴァで南京虫」というのは、ウィーン南駅にあるホテル・リヴァのこと。報告の最後に身体的な消耗がほのめかされているが、それはもちろん彼の病気に由来する。重い荷物を持っての急ぎ足が、呼吸困難と急激な発汗をもたらしたのだ。さらに言えば、審査官が思いがけなく譲歩したのは、カフカの体の状態が見るからに悪かったから、とも考えられる。カフカだけでも通してやってくれとルーマニア人女性が言ったのも、そのことを示唆している。

国境での彼の冒険譚には、さらにまた政治的なオチもついたのだった。新聞読みたるカフカがそのことに気づかなかったはずはない。オーストリアの国境をあらたに確定させたサン＝ジェルマン条約（一九一九年九月）により、グミュント近郊の自治体ウンター・

ヴィーランツ〔チェコ名ドルニー・ヴェレニツェ〕とベームツァイル〔チェスカー・ツェイレ〕が、グミュント駅ともどもチェコスロヴァキアに移された。その結果、あらたな国境が駅と町とのあいだに引かれることとなる。条約の発効は一九二〇年七月一六日、八月一日にはチェコ当局に駅が引き継がれた。グミュントのオーストリア側にはさしあたり適当な駅がなかったので、オーストリアのパスポート検査と税関検査はひきつづきチェコ領内の駅舎で行なわれた。つまりこういうことだ。かのオーストリアの審査官は、よれよれのカフカと言い争いをした四週間後には、自分の仕事場にたどりつくのにパスポートが必要になったのである。

81
ベルリンの分身
Ein Doppelgänger in Berlin

一九二三年九月、カフカはプラハからベルリン・シュテーグリッツに移る。ドーラ・ディアマントとともに暮らすためである。ハイパーインフレにより家計が逼迫して数か月のあいだに二度の転居を強いられたあと、一九二四年三月にはベルリンを引き払わざるを得なくなる。最後まで嫌がっていたサナトリウム入所が避けられなくなるほどに、体の具合が悪化していたのだ。

偶然ほぼ同じ時期に、もうひとりのフランツ・カフカがベルリンにやってきた。同姓同名のこの男性がどこの出なのか、定かではない。ベルリン住民住所録の一九二三年版にはまだ記載されていないが、一九二四年版には住んでいた家の所有者として名前が記されている——シェーネベルク地区、ヴュルツブルク通り四番地。すでに一九二六年版では、その名は消えている。

当のカフカは、ベルリン住民住所録に記載がない。ひとつところの居住期間が——また借りをしていたときもあった——それぞれ短すぎたから。（カフカが住んでいた場所のひとつに関しては、11を参照）

Kaffnitta, Paul, Magistr. Beamt., Charlottenbg., Lohmeyerstr. 9, 2 Gh. I.
Kafft, Hermann, Kaufm., W 57, Eichholzstr. 16 I
— Paul, Schornsteinfegmstr., N 65, Müllerstr. 34a.
Hugo Kafka, Blusen- u. Kleiderfabrk., SW 19, Jerusalemer Str. 43 II. T. Ztr. 4568.
Kafka, Franz, Eigentüm., W 50, Würzburger Str. Nr. 4 E.
— Georg, Handelsm., N 31, Bernauer Str. 48.
— Heinrich, Dipl. Ing., Lichterf., Steinäckerstr. 4.
— Otto, Kaufm., Neukölln, Berliner Str. 42 I.

82 カフカ、読者から手紙をもらう
Kafka bekommt Post von einem Leser

シャルロッテンブルク、一七年四月一〇日
拝啓　作者様
あなたは私を不幸にいたしました。

あなたの変身を購入し、いとこに贈ったのです。けれど彼女は、この物語は意味がぜんぜんわからないいと。

いとこは自分の母親に本を渡しましたが、母親もわけがわからないいと。

母親はその本を私の別のいとこに渡しましたが、そのいとこも、わけがわからないと。

そこで彼女たちは私に手紙を書いてきました。この物語を説明して欲しいというのです。あなたはうちのハカセなのだからと。私は途方に暮れています。

作者様！　私は数か月ものあいだ塹壕のなかでロシア人と角突き合わせており、一睡もしておりません。しかしながら、いとこたちのなかで我が評判が地に落ちていくことには耐えられないのです。

私を救えるのは、あなた様だけです。そうする義務があります。私の澄んだスープにパン屑を投げ入れてきたのは、そちらなんですから。私のいとこは、変身を読んでどんなことを考えればよいのでしょう。ぜひお教えください。

敬具

Dr. ジークフリート・ヴォルフ

カフカに宛てた読者の手紙として、唯一現存するもの。よく言われるように、友人や同僚の悪ふざけ、というわけではまったくない。カフカの愛読者ジークフリート・ヴォルフは、現実に存在した。一八八〇年、イルフェスハイム（バーデン）に生まれる。一九〇四年からフランクフルト新聞の経済担当記者、一九一二年にテュービンゲン大学で博士号取得、その後いくつかのベルリンの銀行で経営に携わった。一九一五年春、戦場で怪我を負う。実際に彼は、ロシア戦線での数か月にわたる出撃に加わっていたのだ。一九五二年、イスラエルのハイファで死去。

ヴォルフがカフカにこの手紙を送ったとき、彼はベルリン・シャルロッテンブルクで、大衆小説の作家ヘートヴィヒ・クルツ＝マーラーと同じ建物に住んでいた。クネーゼベック通り一二番、カフカはこの女性作家のアドレスをまさにこの年、一九一七年に書き留めているのだ。だが彼女とカフカとの結びつきは、それだけだった。もしかしたらカフカ自身、この奇妙な偶然に気づいていたかもしれない。けれど、それも推測に過ぎない。この手紙に対するカフカの言及は残されていないし、返事を書いた形跡も見あたらない。

ジークフリート・ヴォルフ、1915年

83

盲目の詩人の献辞

Widmung eines blinden Dichters

今ではほぼ忘れられた作家、オスカー・バウム（一八八三―一九四一）は、カフカの数少ない親しい友人のひとりだった。彼の住まいに日を決めて集まって、バウムやブロート、カフカが自分の作品を朗読しあった。ゆえにカフカは、一九〇九年に出版されたバウムの最初の長編小説『暗闇の中の生』を、すでに原稿の段階から知っていた。

オスカー・バウムは子供のころに事故で視力を失ったので口述筆記や点字を用いていたが、この図版に見られるように、文字を書くのにステンシルも使っていた。

Das Leben im Dunkeln

von Oscar Baum

MEINEM HELFER UND FREUND.

DEM LIEBEN DR. FRANZ KAFKA

OSKAR BAUM

Axel Juncker Verlag Stuttgart
Berlin=Charlottenburg., Sybelstraße Nr. 11
Stuttgart / Leipzig

献辞にこうある。「我が援助者にして友人、フランツ・カフカ博士へ　オスカー・バウム」

84

カフカ、人生相談にのる

Kafka als Lebensberater

カフカの手紙や日記を読むとわかるのだが、彼は人から、きわめてプライベートな心配事についての相談を、かなり頻繁に受けている。しかも関係の薄い人や、ときにはまったく見知らぬ人の相談にものっている。

たとえば一九一四年初頭、労働者傷害保険協会の同い年の同僚アルベルト・アンツェンバッハーに、彼の未来の姑に送る手紙を代筆してくれと頼まれたときのこと。アンツェンバッハーは、二〇歳の婚約者エリーザベト（「リースル」）がある教師と浮気をしているのではないかと疑っていて、カフカに対して自分なりの調査結果を事細かに語っているのである。一月二四日の日記には、次のように記されている。

アンツェンバッハーは、うろたえていた。ぼくを信頼してくれているのに、ぼくの助言を受けたいと望んでいるのに、話していても彼はただならぬ事態の細部をなかなかストレートに伝えてくれない。それでぼくは、驚いたそぶりをできるだけ見せないようにしなければ、と考えた。驚くべき報告を聞きながらぼくがクールにしているのを見て、彼はそれを冷たさというより落ち着きととってくれるはず、と思ってのことだった。けっこう気をつかったのだ。数週間おきに何回かに分けて、例のキスの話を聞いた。ある教師が、彼女にキスをした。彼女はその男の部屋にいた。その男は彼女に何回もキスをした。彼女は定期的にその男の部屋を訪れていた。彼女はAの母親への贈り物に手芸をしていて、その教師の部屋の灯りがちょうど良かったからだと。彼女は抵抗せずにキスさせた。その男は以前彼女に愛の告白をしたことがある。彼女はその男とあろうことか散歩までしている。その男にクリスマス・プレゼントをしたいなどと手紙に書いてよこした。なにやら不愉快なことが起こっているのだが、なにも証拠はない。

Aは彼女を問いただしたそうだ。どんななりゆきだったのか？　ほんとうのところをきちんと聞きたいのだが？　キスされただけなのか？　何回された？　ふたりでどこへ行った？　のしかかられたんじゃないのか？　触られたのか？　服を脱がされそうになったのか？

彼女の答えはこうだったとか。私は手芸の道具を手にしてソファに座っていた。あの人はテーブルの向こう側にいた。そしたらこちらへやってきて横に座り、私にキスをした。私は彼を押しのけて、クッションに顔をうずめた。キスのほかには、なにもなかった。

問い詰められているあいだに彼女は一度、こんなふうに言ったのだと。「あなた、いったいなにを考えているの？　私、まだ経験ないのよ」

だがアンツェンバッハーはそれでも納得しなかった。婚約者と言葉を尽くして手紙のやりとりをしても、カフカがその若い女性の貞節を確かなことと請け合っても、彼の気持ちはおさまらなかった。二月二日、カフカはこう記している。

昨日、Aはシュルッケナウにいた。彼女と一日中部屋にこもり、すべての手紙を詰め込んだ包み（彼が持って行った唯一の荷物）を手に、彼女をひたすら問い詰めた。あらたな事実はなにも出てこぬまま、帰る一時間前になってこう尋ねた。「キスされているあいだ、灯りは消してあったのか？」そしてあらたな事実が判明し、彼は絶望する。（二回目の）キスのあいだ、灯りは消されていたのだった。Wはテーブルの一方に陣取ってスケッチをし、Lはその反対側に座って（Wの部屋にて、夜一一時）『アスムス・ゼンパー』（オットー・エルンストの小説、一九〇四年刊）を朗読していた。Wが立ち上がり、なにかを取りに戸棚へと向かう（Lはコンパスだろうと言う。Aは避妊具だと思っている）。そしてWはいきなり灯りを消し、彼女にキスを迫る。彼女はソファに倒れ込み、男は彼女の腕をつかみ、肩に手をかけ、「キスしてくれ！」と。（…）Aは言う。はっきりさせておきたいのだ、結婚初夜になって彼女が嘘をついていたのを知る、なんてことのないように（医者に彼女を調べてもらおうと彼は考えている）。彼女が平然としているのは、たぶんあの男が避妊具を使ったからだ。

この懸念が当たっていたのかどうか、言及は残されていない。アンツェンバッハーはエリーザベト・レーミッシュと一九一四年八月に結婚した。戦争が始まるとすぐに招集され、士官として従軍する。一九一六年、プシェムィシル（ガリツィア地方、現ポーランド）でロシア軍兵士の銃剣によって刺し貫かれた。

エリーザベト・レーミッシュは一九二四年に再婚。ある教師と、だった。一九三一年、三七歳の若さで亡くなった。

エリーザベト・レーミッシュ

85

カフカ、悪魔になる

Kafka als Teufel

カシネリの店のショーウィンドーの前で、ふたりの子供がおしゃべりしていた。六歳くらいの男の子と、七歳ほどの女の子。身なり良し。話題は神と罪について。ぼくは立ち止まってふたりのうしろに立つ。どうやらカトリックらしい女の子が言う、ほんとうの罪って、神さまに嘘をつくことだけだよ。こちらはプロテスタントらしい男の子が、子供らしい頑固さで、じゃあ人に対して嘘をついたり、盗んだりするのはどうなの、と聞く。「それもすごく大きな罪よね」と女の子。「でもいちばんじゃない。神に対する罪こそ、最大の罪なの。人に対する罪には、懺悔がある。懺悔すると、すぐに天使が戻ってきて、うしろに立つ。でね、私が罪を犯すと、悪魔が私のうしろにやってくるんだ。人には見えないんだけど」。半分まじめな話に飽きた女の子はおどけてくるりと振り向くと「ほら、私のうしろ、誰もいないでしょ」。男の子も同じく振り向くと、そこにぼくがいた。「ねえ」と、男の子はぼくに聞こえようがかまわず、あるいは聞いているとも思わず言った、「ぼくのうしろに悪魔がいるよ」。「わかってるわよ」と女の子。「あたしが言ってんのはその人のことじゃないし」

86

ゲオルク・ランガーによるカフカの思い出

Georg Langers Erinnerungen an Kafka

拝啓　編集者様

　今は亡き我が友フランツ・カフカの思い出を書き留めてみては、という貴殿のご提案を、私は喜んでお受けいたしました。しかしながら、いざ書きはじめようとペンを執るやいなや喜びは苦しみへと変わり、深く思いに沈みつつ記憶の中を彷徨うはめに陥ったのです。彼のそばで過ごし得た多くの年月にもかかわらず、あなたのそしてあなたの読者の渇きを癒やすような、かの驚くべき人間に関してあらたな情報を加えるような何物も、私は見い出せずにいます。あなたはおっしゃるでしょう、それはひょっとして忘却のなせるわざでは？　と。断じて否です。なぜなら彼のことを思い出さずに、そう、彼の尋常ならざる個性の強度を思い出さずには、一日たりとも過ぎていかないのですから。しかし私は、具体的な細部なり非凡さを示す事実なりといったものを、ひとつも思い出せません。このような事態をもしたとえるならば、バアル・シエム・トヴ（ハシディズムを創始したイスラエル・ベン・エリエゼルのこと）の弟子にまつわる逸話でしょうか。師の偉大なる業を広めるため世界を巡る旅に出た彼は、いよいよという段になって、なにも言うことができなかったのです。フランツ・カフカにおいても、事情はまったく同じです。ことは彼の本性、彼の実質と関わります。カフカという人は、自らを「示現する」ことを欲しませんでした。いえ、欲しつつかつ拒絶するという二者を同時に成し遂げた、と言うべきでしょう。これからそのことをお示ししようと思います。

カフカはどこまでも独創的な人間でした。その独創性を可能な限り隠し、みずからをきわめて平凡な人間として、どこにでもいる人間のひとりとして提示する。それこそが作家たる彼の独自性、個性でした。そんなわけですから、この回想録を書き留めんとする際によすがとなるものを、まるで嫌がらせでもするかのように、なにも残していかなかったのです。彼の乾いた笑い声を、その慎重な身ぶりを、会話のエレガントなスタイルを、まだよく覚えています(「エレガントなスタイル」という表現は彼から習いました)。しかしそのようなことはどれも、回想録の執筆には役に立ちそうにありません。ひとつたしかに言えるのは、私は彼から大きな影響を受け、多くのことを学び、感謝すべきことも多々ある、ということです。たとえば、毎日一編の詩を読まねばならない、と彼は私にいくども言いました。ひとつであって、ふたつではない。ふたつ以上は頭が耐えられない、と。賢者のことばは、つねにチャーミングです。私のはじめての詩がエリエゼル・スタインマンの雑誌「コロート(Kolot)」に載った時、カフカは私に、中国の叙情詩と似ているところがある、と言いました。私はさっそくフランツ・トゥーサンがフランス語に訳した中国の叙情詩集を買い求め、それ以来この美しい本は、いつも私の机の上にあります。カフカが私の詩を読んだ、と私は言いました。つまり、彼はイヴリート、つまり現代ヘブライ語が読めたということです。彼についての回想記を書いた人々は、この事実を書いていません。そう、カフカはイヴリートを話しました。彼の晩年、私たちはいつもイヴリートで会話しました。自分はシオニストではない、と常々言っていた彼は、我らが言語を大人になってから、たいへんな刻苦勉励の末、学んだのです。プラハのシオニストたちとは異なって、彼は流暢にヘブライ語を話しました。彼はそれに満足感を得ていましたし、内心誇りにさえ思っていたと言っても、言い過ぎではないと信じます。たとえばあるとき、ふたりで市電に乗って、ちょうどプラハ上空を旋回していた飛行機を話題に会話を楽しんでいました。すると私たちのことばの響きを聞いた乗客のチェコ人たちが、おそらくその調べを美しく感じたのでしょう、お話になっているのはどこのことばでしょうか、と尋ねてきました。どこのことばか、なんの話をしているところだったか答えると、彼らは驚きました。イヴリートでも飛行機のことが話せるのですね、と……。そしてそのとき、カフカの顔が、喜びと誇りとでいかに輝いたことか！　彼は私から学び取ったヘブライ語の単語ひとつひとつに大きな喜びを感じていました、そう、お宝をごっそりいただいた人間のように。彼はまた、イヴリートで書かれたものを読むことにも個人的な楽しみを見出していたと思いますが、饒舌な、まれな単語をこれ見よがしに使うようなおしゃべり作家は、好みませんでした。やつらはヘブライ語の語彙に通じていることを示したいんだよ、と。彼はシオニストではありませんでしたが、シオニズムの大原則をみずから実現する人間をとてもうらやんでいました。端的に言えば、イスラエルの地へと移り住むことです。彼はシオニストではありませんでしたが、我らの地で起こったことはすべて、彼の心を揺り動かしました。特に彼が関心を向けていたのは、イスラエルの地の若者の活動や、彼らの教育についてです。かつて彼は、あるイスラエル青年の書いた手紙が新聞に掲載されているのを見つけました。我々の国土に授けられし砂漠への旅が描かれていたのですが、この描写ときたら人を元気づけるどころか、疲労、渇き、汗以外の何も得られないようなものなのです。ところがまさにそれを、ネガティブで不快感を催させるような描写こそを、カフカは気に入ったのでした……。

彼はほんとうにふしぎな人でした。

あるときふと彼が、自分には願望がある、と言うのです。自分の書いたもので、まだ刊行されていないものをすべて燃やしてしまいたい、と。「だとすると」と私は尋ねました、「そもそも君はどうして、ものを書いたり刊行したりするの？」「よくわからない」とカフカは答えました。「心に浮かぶものを書き残せと、なにかがぼくを突き動かすんだ、すべてを差し置いてね……」。そして実際そののち、彼は自分の書いたものをほとんど燃やしてしまったのでした。残念です。この世からそれらが消え去ってしまったのは、ほんとうに惜しいことでした。

皮肉や辛辣さをともなうカフカ独特のユーモアは、人生の最後の瞬間まで保たれていました。終わりの瞬間がやってきたとき、彼を診ていた医者が部屋のドアを開けようと立ち上がったのですが、ひとり残されてしまうと患者が心配しないように、こう言いました。「私はここから出て行かないよ」。するとカフカは「いや、出て行くのはぼくだよ」と答え、そしてその魂を口から吐き、息を引き取ったのでした。

ここで、ある奇妙な出来事を――我々はみな蒙を啓かれた、迷信などとは縁遠い人間ではありますが――ご報告してもよろしいでしょうか。カフカ自身とは直接関係のないことなのですが、ある種の絵解きとして挙げてみようと思います。というのも、もしこれが彼の引き起こしたことだとすれば、凡百のエピソードよりもずっと彼の人となりを示していると言わざるを得ないからです。それは彼の死からずいぶんと経ったあと、共通の友人であるマックス・ブロートの家でのことでした。亡くなったカフカが後に残した数少ない文章を整理し刊行する作業を、ブロートは引き受けていました。彼が遺稿を責任を持って扱い、高く評価し、自分の目の玉のごとく大切にしていたことは、改めて申すまでもありません。さて、ある晩のことですが、ある高名な作家が彼のもとを訪れました。ブロートはその作家にカフカの手稿を見せようとします。閲覧に供することは原稿を損なう恐れがあるため、そう簡単に人に見せることはなかったのですが、この作家は例外でした。それではと紙片をファイルから取りだし客に見せようとした、まさにその時、家じゅうの明かりが消えたのです。電力供給に問題が生じたようで、近隣の家々も真っ暗になりました。かの敬すべき客人は、ひと文字さえも見ることなしに、肩を落として帰っていったのでした。

先に述べたように、この事実になんらかの意味を付与する必要はまったくありません。あくまでも一例として挙げたのみです。とにもかくにも、これをもって私のカフカ回想を終わりにいたします。もしまたなにか思いつきましたら、あなたやあなたの読者に向けてそれをただちに書き留めること、もちろんやぶさかではありません。

敬具

モルデハイ・ゲオルゴ・ランガー

テル・アヴィヴ　五七〇一年シュヴァット月一七日（一九四一年二月一四日）

ゲオルク・ランガー

ゲオルク（イジー）・モルデハイ・ランガー（一八九四―一九四三）はユダヤ系チェコ人の医師・作家フランチシェク・ランガーの一番下の弟で、カフカとはおそらく一九一五年の夏に知り合った。この時期から彼はハシディズムの信奉者となり、同化ユダヤだった家族の驚きをよそに、数か月を「ベルツ（ガリツィアの町）の奇跡のラビ」の「廟堂」で過ごしもした。そこで身につけた内部の人間としての知識と、彼の持つヘブライ語の能力は、カフカをはじめとする親しい友人たちにとって殊に魅力的だった。なかでもカフカはランガーから教わったり独習したりすることで現代ヘブライ語を自家薬籠中のものとした、とランガーは書いているけれど、ほかの同時代人の証言からは、そのことは確認できない（48も参照）。カフカの死に際に関するランガーの発言は他の出典からの孫引きであって、厳密にその通りだったわけではない。

87 カフカ、プラハで話題の主となる

Kafka als Prager Stadtgespräch

カフカの死後すぐに広がったもっとも古い伝説のひとつに、彼は作家として埋もれた存在だった、というのがある。カフカは存命中は「まったく無名な」作家だったという話を、今でもときどき耳にする。それは真実でもなければ、カフカがそういう状況に安らいでいた――と語られもする――わけでもない。たしかに生前刊行された彼の作品が、今日の世界的名声から期待されるほどの読者や批評に恵まれていたとは言いがたい。だが第一次世界大戦のさなかや戦後において前衛的なドイツ語圏文学に関心を持つ人々のあいだでは、将来性ある才能のひとりとしてカフカの名前はよく知られていたし、批評家たちが照射する光の円錐に、折に触れて捉えられていた。一九一七年にはすでに「キュルシュナー・ドイツ文芸年鑑」に掲載され、またアドルフ・バルテルスが執筆し毎年改訂されていた『現代ドイツ文学概説』に最初に取り上げられたのは、一九一八年のことだ。

ましてや生まれ故郷たるプラハでは、作家フランツ・カフカは無名ではまったくなかった。遅くともその名がフォンターネ賞と結びつく（63参照）ころには、名声は友人や

同僚といった内輪を越えて大きく広がっていたし、プラハの豊かな文化的生活というものに関心を抱く人間には、少なくともドイツ人マイノリティのあいだでは、カフカの名前は知られていたのだ。たとえばドイツ工科大学での美術史の講義（一九一九—二〇年冬学期）では、「表現主義」の概念を説明するために、カフカのテクストが取り上げられた。
もうひとつ、歴然たる証拠をお見せしよう。「プラハ日報」紙一九一八年六月一一日朝刊、ある一面の三か所にカフカの名前が挙げられている。まずはマックス・ブロートの戯曲『感情の高み』に関する書評のなかで、ベルトルト・フィアテルは次のように書く。

「室内劇場新聞」が正しく指摘しているように、ラフォルグからブロートを経てヴェルフェルへといたるその新プラハ・スタイル（だがこのサークルの筆頭はフランツ・カフカだ）が、シラーに巷の日常語を加え、（天までいたる）パトスに（平凡なことへの）感動と（人情味帯びた）あわれみを混ぜる。

リヒャルト・カッツによる「プラハの文学カフェにて」と題した別の評論は、このようにはじまる。

最年長世代のザールスとアードラーからはじまる同時代文学全史は、ブロート、ヴェルフェル、カフカを経由して（マイリンク、レーピン、オスカー・ブラウン、そしてその他大勢へと分岐しつつ）シュッツ、ファイグル、ウルツィディルといった次世代へ、さらにそこから、すでに一四歳にしてヴェルフェルを「過去のものとした」最年少世代へと至る。

文章の終盤になって、カッツはカフカをふたたび話題にする。

……フランツ・カフカ、短編『火夫』と『変身』でフォンターネ賞を受賞した彼は、繊細にも姿を隠し、ドイツ語圏ボヘミアのどこかに庭を購い、そこで――食事の面でも仕事の面でも菜食主義――自然への回帰を求める……

もちろんこの喫茶店談義にそれほどの真実は含まれていないけれど、文芸欄の読者がカフカの名前を知っていることを、あきらかにカッツは前提としている。そしてこのときはまだ、作品集『田舎医者』の短編群、あるいは長編作品は、ただの一行も公表されていないのだ。

88 カフカ博士、問題なし
Gegen Doktor Kafka liegt nichts vor

プラハ帝国警察御中

戦傷者福祉分野での功績に基づく顕彰に関わる申請事案におきまして、顕彰者の列にボヘミア王国プラハ労働者傷害保険協会書記官代理フランツ・カフカ博士を迎え入れることを希望し、ここに要請いたします。

フランツ・カフカ博士は、保険業務部門の実施計画統括と平行し、一九一五年以降は治療処置委員会における実施計画の準備と遂行に尽力しております。博士は療養所の設立と運営に関して各部門間の調整を取り仕切っています。特に国立フランケンシュタイン地方局の運営する兵士精神病院に関わる案件において、博士は責任者を務めております。

一九一八年一〇月九日、「帰還兵士の福祉に関する国立地方局」によって、カフカを戦争遂行への貢献により顕彰すべしという提議がなされた。この表彰が認可されるには、候補者の経歴に瑕疵が存在しないか、警察当局の確認が必要となる。そして確認作業のため、オーストリアのすべての警察署が該当する書類ファイルを逐一チェックし、結果を電報でプラハへと伝えた。そのように全土にわたってデータをすりあわせた結果、問題なしということで、プラハ警察本部は一〇月二〇日には無条件の推挙を宣言する。

労働者傷害保険協会書記官代理、フランツ・カフカ法学博士に関し、国民としても道徳面でも不都合な点は存在しない。

これで、カフカへささやかな勲章を授与するに妨げとなるものはなくなった。しかしカフカは、運が悪かった。彼が力の限り仕え、今まさに彼を顕彰しようとした当の国家は、この三週間後に消滅してしまうのだ。

89 帝国から最後のあいさつ
Letzter Gruß aus der Monarchie

拝啓　出版社さま！
この葉書とは別に、『流刑地』の原稿を手紙を添えて速達の書留でお送りします。
私の住所はプラハ、ポジーチ七番です。

敬具

あなたの
Dr. カフカ　一八年一一月一一日

ライプツィヒのクルト・ヴォルフ出版に宛てたカフカのこの葉書、日付に要注目である。一九一八年一一月一一日は、第一次世界大戦が終わった日なのだ。前日にヴィルヘルム二世がオランダに亡命し、この日にドイツが休戦協定に署名する。同時にオーストリア＝ハンガリー帝国皇帝カール一世が退位、それにより二重帝国はその終焉をむかえた。

　ということはつまり、カフカは葉書と原稿を「速達の書留で」ドイツへ送ったけれども、それらはどこか定かならぬ地へと向かったことになる。差出人の国も受取人の国も、それまでの形ではもはや存在しないのだから。プラハではチェコ国民委員会がすでに一〇月末に郵便事業の責任を引き継いでいたものの、それが実際にどんな影響をもたらすのか、いまだ見通しはつかなかった。

図版の葉書、押されている消印を見ると、二日後にライプツィヒに着いている。しかし原稿と手紙は、数週間どこかをさまよった。クリスマスが迫るころになっても、郵便事業に関わっていたマックス・ブロートが、行方不明の郵便物探しに骨を折っている。

短編『流刑地にて』は一九一四年一〇月に書き上げられた。一九一六年一一月一〇日、カフカはこの作品をミュンヘンで朗読（40参照）。クルト・ヴォルフは原稿の写しを遅くとも一九一六年夏には受け取っていたが、怖気を誘うその題材ゆえに、当初はこの物語を単行本として刊行する決心がつかなかった。ようやく一九一八年秋になって作者との交渉が再開され、葉書が書かれた一一月一一日、カフカはテクストを少し削除。印刷工程上の問題、出版社の怠慢、書店のストライキが重なって、配本は一九一九年一〇月まで延びた。一九二〇年半ばまでに、およそ六〇〇部売れた。

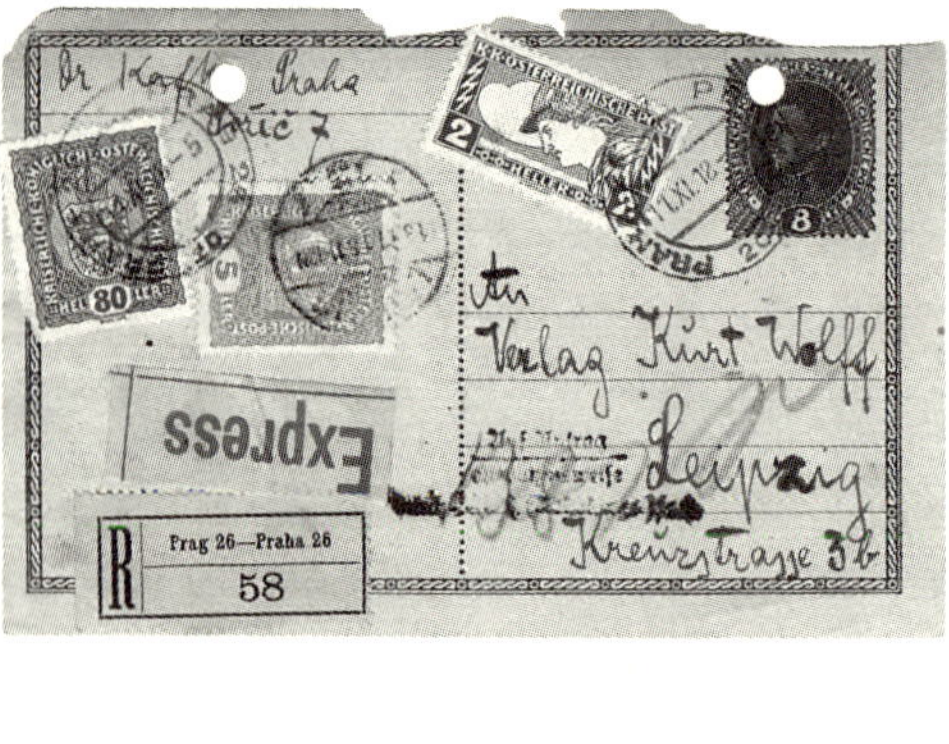

90 友人の間のアンケート

Ein Fragebogen unter Freunden

アンケート・・・・・

体重の増加は？　八キログラム
総重量は？　六五キログラムオーバー
肺の客観的所見は？　医師の機密事項、望みありとしておく
体温は？　おおむね平熱
呼吸は？　良くない、寒い夜にはほとんど冬のよう
署名　私を困惑させた唯一の質問

カフカは自分の肺結核の病状について、本当のところをなかなか打ち明けようとしなかった。精神的な問題に関してはあれこれ泣き言をこぼすくせに、症状や医師の診察の結果を友人が尋ねると、とたんに口を濁し、黙り込む。カフカが現代医学にあまり信を置いていない（27参照）ことを友人たちは知っていたし、たびたび皮肉っぽい返答を返してもくる。それでみな、ふたつの疑問を抱いた。その一。もしかしたらカフカは自分

Fragebogen

Gewichtszunahme? 8 Kg

Totalgewicht? über 65 Kg

Objektiver Lungenbefund? Geheimnis des Arztes, angeblich günstig

Temperaturen? im allgemeinen fieberfrei

Atmung? nicht ~~gut~~ gut an kalten Abenden ~~fast~~ fast wie im Winter

Unterschrift: Die einzige Frage die mich in Verlegenheit bringt

の病状の深刻さを見誤っているのではないか（これは誤解だった）。その二。病気を食い止めるのに有効な手段を十分に利用しようとしていないのではないか（おそらく正しかった）。

いよいよカフカから明確な回答を引き出そうと、マックス・ブロートが一九二一年六月一二日、保養地ヴィソケー・タトリのマトリアリにいるカフカに「可及的速やかな記入と報告のための公式アンケート」を送る。公務員的ジョークである。カフカはこの遊びに応じたけれど、重要なこと、つまり肺の所見については、ここでもあいまいなままにした。ブロートは心安まらぬ気持ちだったろう。

カフカはこれ以降も口を閉ざし続ける。二か月ほどたったあと、まだマトリアリにいてあらたに高熱を発したとき、そのことをブロートはカフカ自身からではなく、カフカの父から口頭で聞いたのだった。

91 カール・クラウス、カフカの手紙を受け取らず

Karl Kraus will keinen Brief von Kafka

カール・クラウスの朗読会をカフカはいくどか聞きに行ったようだ。けれど個人的に会ったり手紙のやりとりをすることは、結局なかった。クラウスは自分の雑誌「炬火」でもカフカをまったく取り上げていないが、その作品はあきらかに気にかけており、プライベートな手紙のなかでカフカを名指ししつつ、「作家」だ、と書いている（クラウスのことばでは、それは最高の賛辞）。接触を図ろうという唯一の試みは、カフカの側からなされた――ある妙なシチュエーションで、結果を伴わずに。

一九一七年一一月一八日ウィーン、カール・クラウスは詩人で友人の、二週間前に二五歳にしてイタリア戦線で死んだフランツ・ヤノヴィッツのための追悼演説を行なった。演説の最後、クラウスはこう語った――「私が待っていたのは彼の本だったのに、かわりに野戦郵便に甘んじねばなりませんでした。彼が一九一三年にあるあやしげなアンソロジーへの掲載を不承不承ながらも認めたささやかな小冊子があるのですが、そこから

は彼の声が響いてきます。小さく、そして深い声で」。この追悼演説の全文を、クラウスは一九一八年五月に「炬火」に掲載した。

ここで「あやしげなアンソロジー」と言われているのは、マックス・ブロートの編集になる「アルカディア　文芸年鑑」（クルト・ヴォルフ出版）のことである。当時まったく無名だったヤノヴィッツの一六編の詩が、その巻に掲載された。作者がその詩編を「不承不承ながら」委ねた、などと言われて、ヤノヴィッツを世に出した人間と自負するブロートが、もちろん黙っているわけはなかった。カフカと延々散歩をしながら、善後策を協議した。

クラウスはブロートのケンカ相手で、直談判しても得るところはないだろう。そこでカフカが提案したのは、ヤノヴィッツの兄でやはりカール・クラウスの仲間うちだったハンスに仲介してもらうことだった。ハンス・ヤノヴィッツに送る外交文書を、カフカは数日がかりでしたためた。マックス・ブロートは論争や公式の訂正などまったく望んでおりません、とカフカは書く。しかしながらブロートは一九一三年当時フランツ・ヤノヴィッツから手紙を受け取っており、そこにはブロートの骨折りに対する感謝の意が明確に記されていたのです、と。カフカはその文書を手ずから清書し、ハンス・ヤノヴィッツ宛ての手紙に添えた。手紙には、文書を親展でクラウスに転送して欲しいと書いた。

ハンス・ヤノヴィッツからの返信が届くまで、数か月を要した。ブロートの回想によれば、そこには次のような文面があった。

親愛なるカフカ様！　貴君の手紙をカール・クラウス氏に転送すること、私にはできかねます。そしてクラウス氏も、ブロート氏の説明を受け取ることはけっしてないでしょう。

92 フランクとミレナ

Frank und Milena

カフカは親しい女性たちからニックネームで呼ばれたりしたのか。それはわからないけれど、ミレナ・イェセンスカがカフカの名前で勝手に遊んでいたことは、資料に残っている。ミレナに送った手紙の最初の数通に、カフカは「FranzK」と署名した。ぱっと見それは「Frank」と読めてしまう（図版参照）。それ以来ミレナはカフカのことを、手紙でも口頭でも、ずっとフランクと呼びつづけたのだ。マックス・ブロートに宛てた手紙などを見ると、彼女がこの習慣を第三者に対しても通していたことがわかる。

カフカはといえば、このあらたな名前をある種の栄誉称号として甘受していたようだ。「フランツ」は過去を、「フランク」はミレナとの関係をつうじて発現する人生のあらたな可能性をあらわすものとして。ミレナ・イェセンスカが『ひとり者の不幸』のチェコ語訳で主人公を原文より少し活発な感じで訳したとき、カフカはこうコメントしている。「君の翻訳、もちろん異存なし、です。ただちょっと、翻訳と原文の関係がフランクとフランツのそれみたいだなと

……」

注目すべきは、イェセンスカがカフカの死後すぐ、カフカ本来のファースト・ネームをあらためて使いだしたことだ。一九二四年七月半ば、マックス・ブロート宛ての手紙にこうある。「いまは、フランツについて話すことなど、考えられもしません……」

93 フランツ伯父さんの思い出

Erinnerungen an Onkel Franz

伯父が亡くなったとき私は子供だったので、じかに会話を交わした記憶もないし、伯父のふるまいなどもまったく覚えていない。それでも伯父のことは鮮明に思い出せる。なぜって私たちの子供時代は伯父の影に覆われていたのだから。伯父の三人の妹は伯父の影響を強く受けており、ある種の大いなる存在として、みな伯父を愛し深く慕っていた。われわれ子供はといえば、伯父がそれほど好きではなかった。近寄りがたく、ちょっと不気味で、たいてい避けていた。私がいちどミクラーシュ大通りで伯父を見かけたときの、その姿が今もありありと目に浮かぶ。大きなシルエット、口にはハンカチを当てている――その頃すでに病気にかかり、人にうつさぬよう気遣っていたのだ。伯父はまわりからおおいに甘やかされていて、食べ物などもいつも特別なものをもらっていた。覚えているのはたとえば、お皿に山盛りの皮をむいたアーモンドとナッツを独り占めにしていたこと。もちろん私だってものすごく食べたかったのだけど。妹のうち上の二人は商人に、一番下は法学博士に嫁いだが、結婚後も、私たち子供が大きくなっても、妹たちへの兄上の影響力は強いままだった。私の母の言うことには、きょうだいがみなまだ子供だったころ伯父はそれはそれは暴君だったけれど、三人の妹の兄なら当然そうなるわね、と。このような崇拝――と言ってしまいたいくらい――は、後年になって形成されたものだ。伯父の周囲の人間たちは伯父の本を読まずにその人となりを感じとっていたのだし、伯父はたいていの人にとても好かれ敬愛されていた。伯父のほうはそんなことにはどこ吹く風で、自分の世界に没頭していたのだけれど。

でも、伯父はふとした折にとてもこまやかな愛情を見せることがあって、たとえば覚えているのは、あるとき私の祖父母の家政婦さんの誕生日に傘を贈ったこと。その傘の骨のどの先っぽにも、飴がひとつずつていねいに結わえつけてあったのだ。特別な傘に、たちまち早変わり。伯父の周囲で伯父に対して否定的な態度を通した唯一の人間、それは父親だった。祖父にとっては、私の父のような人間のほうが息子としてずっと好ましかったようだ。自分の息子はまったく理解不能、大いなる失望。祖父は商人で、幼いころから過酷な労働、刻苦勉励、実務的感覚によって地位を築いてきた。祖父が望んだのは、たったひとりの息子が家業を継ぎ、自分の歩んできた人生をたどってほしい、ということだったろう。目に見えぬ何かと闘っている、当時は一銭にもならない訳のわからぬ本を書く夢想家を、祖父はもてあましていた。もちろん伯父もそのことは感じとっていて、父親との関係は巨大な壁となって立ちふさがり、生涯の最後までそれを克服することはできなかった。みずからは家庭を持たなかった伯父だが、子供の教育には関心を寄せていた。ここでも妹たちに影響を及ぼし、私たち子供と積極的に関わりを持った。本を贈ってくれたり、妹たちにどの講演会、どの舞台に行ったらいいかアドバイスしたり。記憶では、私が一〇歳か一二歳になったら家から出してヘレラウのダンス学校に行かせなさい、と伯父が母に勧めたことがあった。この実験的計画はけっきょく実現しなかった。そんなに早くに私を家から外に出すことに母が尻込みしたからだ。伯父は子供時代、あまり幸せでなかったにちがいない。なぜなら伯父が「子供は家から出て行くべし」と家訓のように言うのを覚えているから。伯父が醸しだし、妹たちにも受け継がれた雰囲気は、とても独特なものだった。私たち子供は中流市民家庭の、規律に厳しい環境で育ったが、それは同じような社会階層の人たちとはずいぶん違ったものだった。それもこれも、フランツ・カフカから発して妹たちへと流れ込んだもののせいだったのだ。私の母はいちばん上の妹だ。カフカの三人の妹はみな繊細で、感情移入の力に富んでいた。母の人生において子供や夫は確固たる役割を演じていたし心満たすものであったけれど、母にとってはどれもある意味しごく当然のこと、兄の影響力は、もっとずっと深いところにまで及んでいたのだった。母はあらゆる貴重なもの、すてきなもの、そしてまた耐えがたいもの、不可解なものと、伯父を通して結びついていた。伯父の世界に、母は触れることができた。けれど受け身な性格だったから、兄を助けたりなどあまりできずに、ただいつも理解を寄せる、気持ちにより添うだけだった。一番下の妹はもっとずっとエネルギッシュでアクティブで、伯父のもっとも近くにいた人だったと思う。その叔母はむしろ伯父の同志であって、よくふたりで休暇を過ごしていたものだ。兄の死は、三人の妹に人生がくらわせた最初の強烈な一撃だった。時がその面影をぬぐい去ったとしても、母たちの伯父への愛と尊敬は、けっして消えはしなかった。そしてじきに運命が、母たちに別の打撃をいくども加えることになる。――ナチスが、ほかの数千の家族にしたことを、フランツ・カフカの家族にも行なったのだ。三姉妹はみな、ポーランドのどこかで、あるとき、毒ガスによって殺された……」

この手記の作者はゲルティ・カウフマン（旧姓ヘルマン、一九一二－一九七二）、カフカのいちばん上の妹エリの娘である。彼女は少なくとも一度、その記憶にあるよりもずっと近くで、伯父フランツ・カフカと触れあったはずだ。一九二三年の夏、彼女は母やきょうだい、そして伯父と、バルト海の海水浴場ミューリッツで五週間の休暇を過ごしているのだから。また、カフカからゲルティに贈った本が一冊、残されている（65「フランツ伯父さんのひとりごと」を参照のこと）。

ゲルティ・ヘルマン

94 カフカへ贈る愛の詩
Liebesgedicht für Kafka

エルゼ・ベルクマン

おもいで
F. K.によせて

さまざまな男性を楽しんだ
からだの詮索、熱い衝動
だが一度だけ　天なる地と出会った
この生の　疾駆する時のなかで
吐息であり　キスでなく
軽き黄金《こがね》の光線が我が心を撃ち
ただ一度の、ほんの一瞬が、
我が人生に　あまねく光を当てた、
そしてあなたの言葉は――友情と善意をまといつつ

たぶんきっと――不死。

カフカの学友フーゴー・ベルクマンの妻、エルゼ・ベルクマンの詩。日付はない。女性がカフカに対する思いを打ち明けた、今に残る数少ない発言のひとつである。カフカの手紙や日記、同時代人の証言からはっきり見て取れるのだが、チャーミングで見目よいカフカは、女性――とくに年下の――の情熱的な思いをかき立てることが、本当に多かった。いくにんかの女性たち――フェリーツェ・バウアー、ミレナ・イェセンスカ、ドーラ・ディアマントとその友人ティーレ・レスラーが含まれる――は、カフカをその死後に美化し理想化した。

エルゼ・ベルクマン（一八八六－一九六九）は、プラハ旧市街広場に面した建物〈一角獣館《ツム・アインホルン》〉で文学サロンを営んでいたベルタ・ファンタの娘である。そこにはカフカもときおり顔を出していたし、エルゼ・ファンタのことは、彼女がのちの夫フーゴー・ベルクマン

ベルクマン夫妻、エルゼとフーゴー

と知り合う前から、たぶん知っていた。一九一九年、エルゼは熱心なシオニストだったベルクマンとともにイェルサレムに移住する。一九二三年、プラハに滞在していた彼女は自分と一緒にパレスチナへ行こうとカフカに説得を試みるも、結局カフカの病状悪化のため渡航計画はおじゃんになった。

エルゼ・ベルクマンは、カフカにまつわる詩をさらにいくつか作っている。そのひとつに「カフカ墓前での祈り」がある。彼女の遺品は現在ニューヨークのレオ・ベック研究所にある。

最後 Ende

95 カフカのクラスメイトで亡くなった人々

Der Tod in Kafkas Klasse

一九六〇年代初頭に、カフカの学友としてともに長い時を過ごした医師フーゴー・ヘヒトが、同じ高校卒業／大学入学資格試験（アビトゥーア）クラスの仲間のその後の運命を調べている。ひとまず調べがついた限りの結果を、一九六三年に月刊新聞「プラハ・ニュース」で発表した。彼の報告によれば、第二次世界大戦終結の時点（かつてのクラスメイトはその時六二歳から六四歳）で生きていたことが確認されたのは、二四人の受験生のうちたったの五人だった。「結果はむごいものだった」とヘヒトは書いている。「クラスの三分の一以上が、暴力の犠牲者として非業の死を遂げていたのだ」

これはもちろん、ナチス政権のユダヤ人迫害と、それに由来する戦争中のあれこれがもたらしたものだ。カフカの同級生のうち、おそらく五人は強制収容所で殺害され、一人は乗っていた船が爆撃されて命を落とし、別の一人は過酷な逃避行ののちに心臓衰弱で死亡した。とくに目をひくのが、医師カール・シュタイナーのたどった運命である。彼はテレージエンシュタット（チェコ名テレジーン）で生まれ、アウシュヴィッツ（ポーランド名オシフィエンチム）で死んだのだった（前者は戦時中にユダヤ人ゲットーが、後者は絶滅収

Verzeichnis der approbierten Abiturienten.

Nr.	Name	Geburtsort	Geburts-Tag und Jahr	Dauer der Gymnasialstudien, Jahre	Grad der Reife	Gewählter Beruf
1	Becking Wilhelm	Prag	15. März 1882	9	reif	Militär
2	Bergmann Hugo	Prag	25. Dec. 1883	8	reif mit Auszeich.	Jurisprudenz
3	Ehrenfeld Samuel	Gnesen	25. Feber 1883	8	reif	Kaufmann
4	Fischer Paul	Prag	15. Sept. 1881	8	reif	Maschinenbau
5	Flammerschein Oskar	Prag	14. Juni 1883	8	reif	Handelswissenschaft
6	Gibian Camill	Karolinenthal	3. Sept. 1883	8	reif	Jurisprudenz
7	Hecht Hugo	Prag	23. Juli 1883	8	reif	Medicin
8	Heindl Alexander	Turnau	20. März 1881	9	reif	Handelswissenschaft
9	Jeiteles Alois	Neuern	17. April 1881	9	reif	Medicin
10	Kafka Franz	Prag	3. Juli 1883	8	reif	Philosophie
11	Kisch Paul	Prag	19. Nov. 1883	8	reif	Philosophie
12	Kraus Karl	Prag	12. Feber 1883	8	reif	Philosophie
13	Patz Victor	Hohenelbe	13. Juli 1882	8	reif	Medicin
14	Pollak Hugo	Prag	11. März 1882	8	reif	Jurisprudenz
15	Pollak Oskar	Prag	5. Sept. 1883	8	reif	Chemie
16	Přibram Ewald	Prag	11. Jan. 1883	8	reif	Chemie
17	Stein Victor	Zbirov	13. März 1881	9	reif	Bodencultur
18	Steiner Karl	Theresienstadt	15. Aug. 1881	8	reif mit Auszeich.	Eisenbahndienst
19	Steininger Anton	Nehasitz	13. Juni 1881	8	reif	Jurisprudenz
20	Steuer Otto	Prag	11. Jan. 1881	9	reif	Philosophie
21	Strauss Otto	Prag	17. Oct. 1883	8	reif	Philosophie
22	Utitz Emil	Prag	27. Mai 1883	8	reif mit Auszeich.	Philosophie

容所があった場所〕。

四一歳足らずでこの世を去ったカフカだが、その前に同級生が三人、亡くなっている。そのうち二人はアビトゥーア取得後すぐに自殺、もう一人、カフカの近しい友人だったオスカー・ポラックは、イゾンツォの戦いで死亡。それでも、かつてのアビトゥーア合格者たちは、第一次世界大戦を生きのびる可能性が平均以上に高かった。彼らの多くは「戦争遂行において重要」であるがゆえに実戦への投入が免除される職業に就いたからだ。とくに医者（カフカのクラスでは五人）、そしてカフカ自身がそうであった法律家。カフカは、勤める役所から必要欠くべからざる人間だと申し渡された。

図版は、旧市街の国立ギムナジウム最終学年の年度記録にある、生徒名簿（一九〇一年のアビトゥーア試験で不合格だった同級生二名を除く）。記載の「職業選択」は、のちに実際に就いた職業とは一致しないものが多い。カフカの場合もそうである。だがこの場合、「哲学（Philosophie）」が授業科目のことではなく、すべての人文科学の総称として用いられていることに留意すべし。

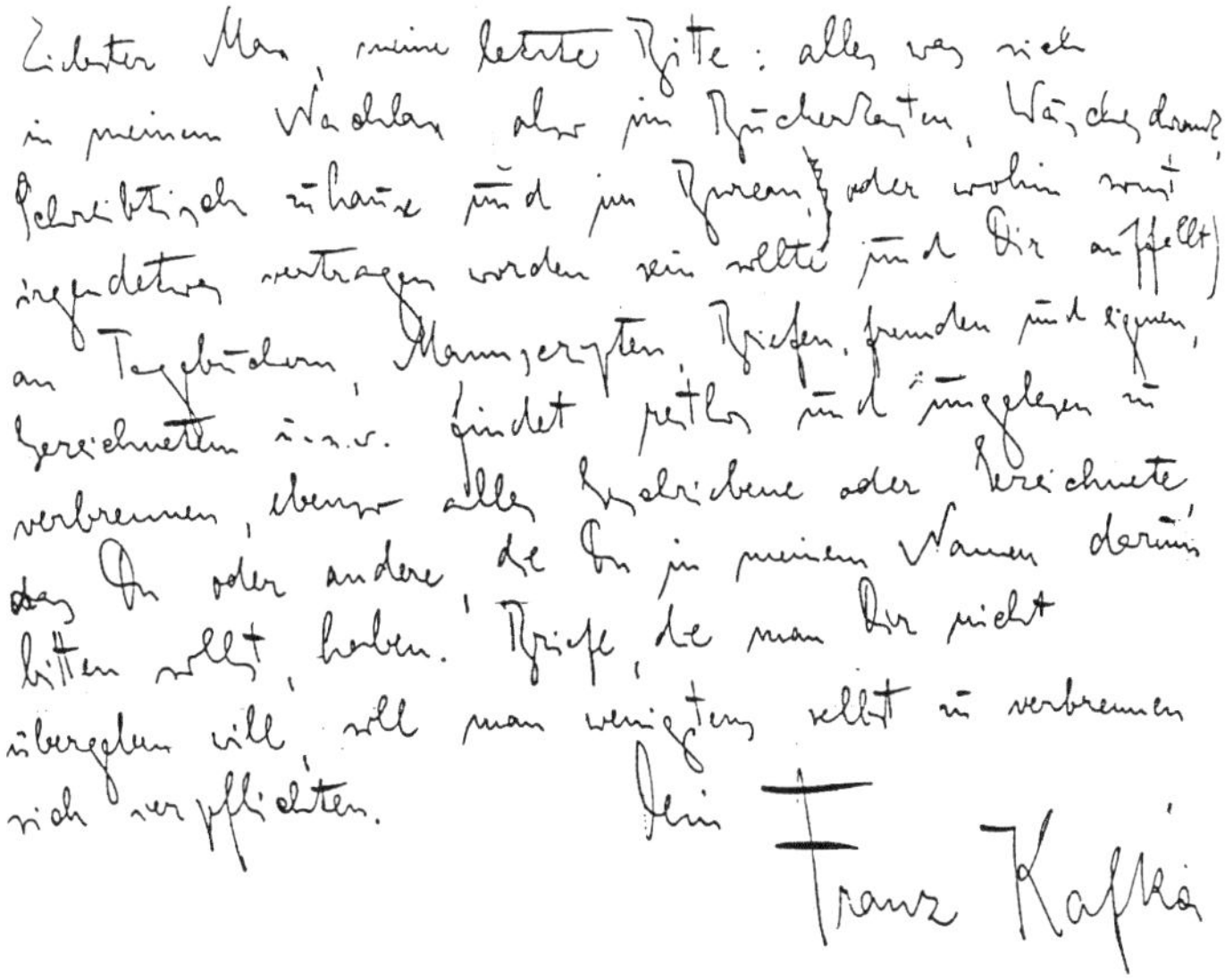
Liebster Max, meine letzte Bitte: alles was sich
in meinem Nachlass (also im Bücherkasten, Wäscheschrank,
Schreibtisch zuhause und im Bureau, oder wohin sonst
irgendetwas vertragen worden sein sollte und Dir auffällt)
an Tagebüchern, Manuscripten, Briefen, fremden und eigenen,
Gezeichnetem u.s.w. findet restlos und ungelesen zu
verbrennen, ebenso alles Geschriebene oder Gezeichnete
das Du oder andere, die Du in meinem Namen darum
bitten sollst, haben. Briefe, die man Dir nicht
übergeben will, soll man wenigstens selbst zu verbrennen
sich verpflichten. Dein
Franz Kafka

96 カフカの遺言

Kafkas Testamente

［1］

マックス様

最後の頼みだ。ぼくがあとに残してゆくもの（つまり本箱のなかや戸棚、家や事務所の机のなか、そのほかどこかに紛れこんで君が気づいたやつ）のうち、日記や原稿、ぼくの手紙、他人からの手紙、スケッチなどは、すべて読まずに跡形もなく焼いてしまってくれ、ぼくが書いたりスケッチしたやつで君が持っているものも、あるいはほかの人が持っていたらぼくの名前で譲り受けて、同じようにしてほしい。どうしても渡してもらえない手紙は、少なくとも彼ら自身で焼いてくれるよう約束を取り付けてくれないか。

君の
フランツ・カフカ

〔二〕

マックス様
今回はもう二度と起き上がれないかもしれない。今月はずっと肺の熱が続いていて、このままじゃあ確実に肺炎になる。こんなふうに書いたからって防げるわけもないんだけれど、ちょっとは効き目もあろうかと。
そうなった場合に備え、ぼくが書いたもの全般について、最後の意思表示をしておく。
ぼくが書いたもの、と認めていいのは次の本だけだ。判決、火夫、変身、流刑地、田舎医者。それと短編では断食芸人（『観察』は数冊くらいなら残ってしまってもいいかな。裁断する面倒はだれにもかけたくないしね。だけどあらたに印刷するのはだめ）。この五冊と短編は認めると言っても、あらたに刷って欲しいとか後世に残って欲しいとかいうんじゃない。まったく逆で、すべて消え去ってくれたほうが、ぼく本来の望みにかなっている。すでに存在してしまっているんだから、持ち続けていたいと思う人を無理に止めはしないってだけだ。

さていっぽうで、それ以外にぼくが書いたものは（雑誌に載ったもの、原稿、手紙類）すべて例外なく、手許にある限り、あるいは受取人に頼んで手に入る限り（ほとんどの宛名を君は知っているよね、主にフェリーツェ・Mさん、旧姓ユーリエ・ヴォリツェクさん、ミレナ・ポラックさん。とくにポラックさんが持っているノート数冊は忘れないで）——みなすべて、できれば読まずに（中身をちょっと見るくらいならいいけど、できればそれもしないでほしいし、少なくともほかの人には絶対見せないで）——みなすべて例外なく焼き捨ててほしい。できるだけ早くに、そうしてほしいんだ。

君の
フランツ

この二通の遺言めいた指示書を、マックス・ブロートは友の死のあと、残された文書類のなかで見つけた。最初のものはおそらく一九二一年の秋か冬、あとのは一九二二年一一月二九日に書かれたもの。周知のようにブロートはこの依頼を守らなかったが、それは正しい行ないだったと批評家や読者の圧倒的多数の認めるところとなった。けれどブロートがカフカの死後にその遺作のなかから最初に公にしたのは、よりにもよって、このふたつの遺書なのだ（一九二四年七月一七日、「世界舞台《ヴェルトビューネ》」誌上）。

実はこの二通以前に、その内容をおぼろげに推測できるカフカの遺書が、少なくとももう一通あった。一九一六年の末、自分が死んだらプライベートな文書類を集め処分して欲しいとブロートがカフカに頼んだ際、カフカはこう答えている。「やらないだろうけど、でも頭には入れておくよ。ところでぼくの書類カバンにはもうずっと長いこと君に宛てた名刺が入れてあって、そこにはそれと同じような指示がもっと簡潔に書いてあるんだ（金銭に関することも書いてあるけれど）」

97 最後の手紙

Der letzte Brief

プラハのユーリエならびにヘルマン・カフカ宛て
ウィーン近郊キーアリング、サナトリウム「ドクター・ホフマン」、一九二四年六月二日

ご両親さま
訪ねてきたいと、ときどき書いてらっしゃいましたね。そのことを毎日考えています。だってそれはぼくにとってすごく大切なことだから。実現したらどんなにすばらしいでしょう、ぼくたちはもう長いことずっとご一緒していませんし。プラハでご一緒したことは勘定に入れません、あれは家の中のお邪魔虫になっただけでした。でも、ともに数日を穏やかに、美しい土地で、水入らずで過ごすなんて、実際あったのはいつのことだったでしょう、思い出せません。昔フランツェンスバートで数時間、そんなことがあった気もしますけど。それから、お手紙にあった「なみなみと注がれたビール」をご一緒する件ですが、どうやらお父さんは今年の新酒があまりお好みでないようですね。ビールを飲むということなら、ぼくも賛成です。ところで今、熱に浮か

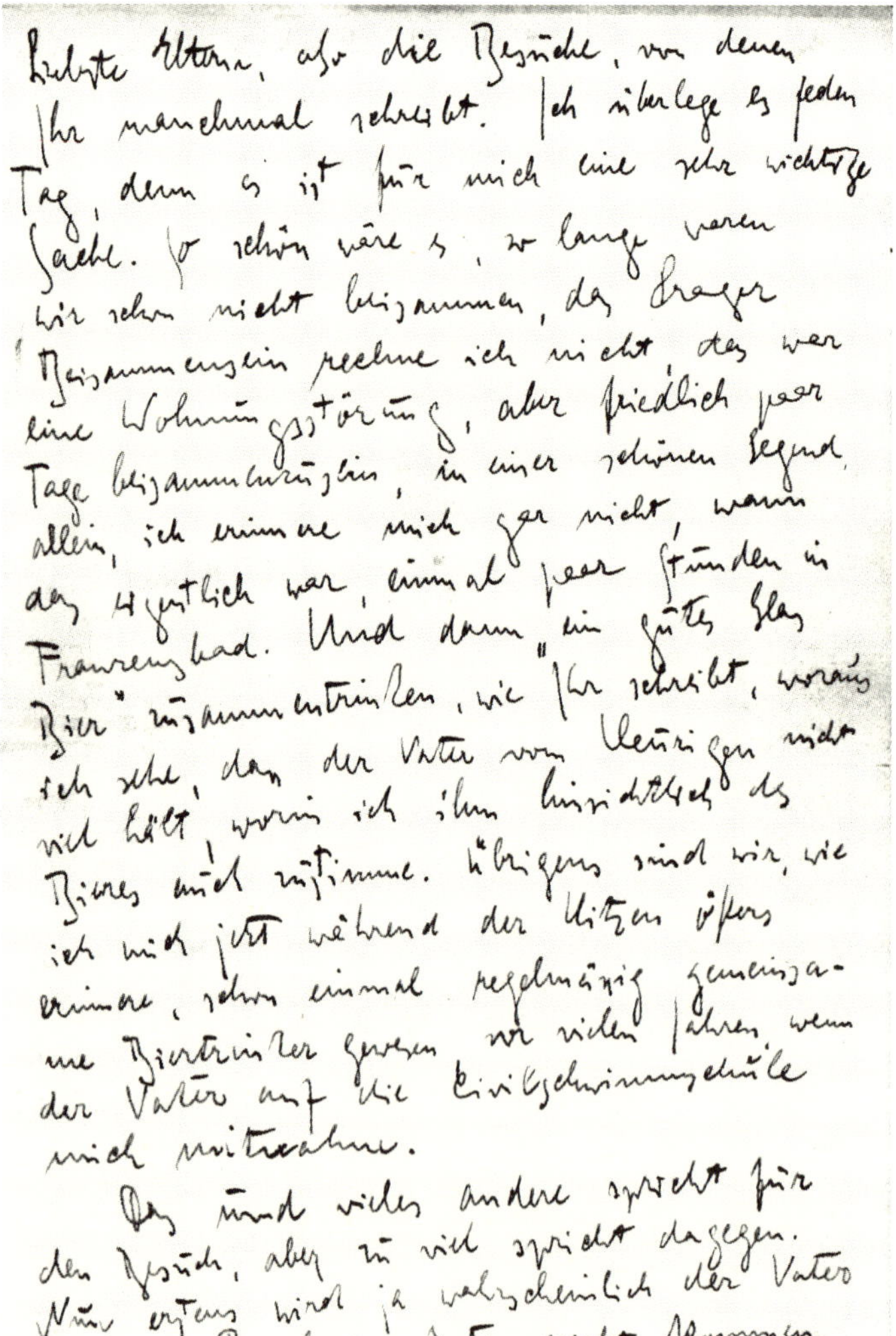
Liebste Eltern, also die Besuche, von denen Ihr manchmal schreibt. Ich überlege es jeden Tag, denn es ist für mich eine sehr wichtige Sache. So schön wäre es, so lange waren wir schon nicht beisammen, das Prager Beisammensein rechne ich nicht, das war eine Wohnungsstörung, aber friedlich paar Tage beisammensein, in einer schönen Gegend, allein, ich erinnere mich gar nicht, wann das eigentlich war, einmal paar Stunden in Franzensbad. Und dann „ein gutes Glas Bier" zusammentrinken, wie Ihr schreibt, woraus ich sehe, daß der Vater vom Heurigen nicht viel hält, worin ich ihm hinsichtlich des Bieres auch zustimme. Übrigens sind wir, wie ich mich jetzt während der Hitzen öfters erinnere, schon einmal regelmäßig gemeinsame Biertrinker gewesen, vor vielen Jahren, wenn der Vater auf die Civilschwimmschule mich mitnahm.

Das und vieles andere spricht für den Besuch, aber zu viel spricht dagegen. Nun erstens wird ja wahrscheinlich der Vater wegen der Passschwierigkeiten nicht kommen können. Das nimmt natürlich dem Besuch einen großen Teil seines Sinnes, vor allem

最後の手紙、最初のページ

されつつよく思い返していますぼくら、前にけっこうふたりでビールを飲んでましたよね、もうなん年も前、お父さんがぼくを市民水泳教室に連れて行ってくれていたときに。

こんなことや、ほかの多くのあれこれが、ご訪問に諾と言っています。けれど否を唱えるものが、あまりにも多すぎるのです。第一に、お父さんはパスポート問題がやっかいで、たぶん来ることができないでしょう。そうなればもちろん訪問の意義は大部分失われてしまうでしょうし、それによってとくにお母さんが、付き添いが誰になるとしても、あまりにぼくに注意を向けすぎ、ぼくにべったりしすぎになってしまう、でもぼくはあいかわらず調子が良くないし、見られる姿ではまったくないのです。こちらに来た当初にウィーン近郊や市内で経験したやっかいごとのことはご存じですね、それにぼくはちょっとばかりやられてしまいました。熱がすみやかに下がるのを妨げられ、下がらぬ熱がさらなる衰弱をもたらす、という具合。喉頭の件のショックもあって、最初のうちはそのせいで弱るにしてもちょっと弱りすぎな感じでした——今になってようやくぼくは、ドーラとローベルトに、遠くからだと想像もつかないでしょうけど、ほんとうに助けられ（ふたりがいなければぼくはどうなっていたか!）、こうした衰弱すべてから抜け出しつつあるのです。さまざまな障害は今でもあります。たとえば、いまだ克服に至らぬここ数日の腸カタルとか。それらすべてが一緒に作用することで、すばらしい助力者がいても、良い空気や食事を摂っても、ほぼ毎日のように空気浴をしていても、まだちゃんと回復してはいませんし、総体的に言ってついこのあいだプラハにいたときほどの力も戻っていないのです。さらに、ぼくがささやくようにしか話すことを許されず、その回数も制限されていることを考え合わせていただければ、おふたりの来訪も喜んで先延ばしにしてくださるのでは、と思います。なべて最上の滑り出しです――喉頭は根本的に良くなっていると、この前ある教授が診断してくれましたし、たとえぼくがこのとても親切で私心のない人に――彼は週に一度自家用車でこちらにやってきて、それになんの対価も求めませんし、その言葉はぼくには大きな慰めです――さっきも書いたように滑り出しは万事最上なのですが、でも最上の滑り出しだからといって、まだなにほどの意味もありません。見舞客に――それもおふたりのような見舞客に――否定しようのない、素人目にもわかるような大きな進捗が示せないのならば、むしろ見舞いはよしてもらうべきでしょう。ですからお父さんお母さん、さしあたって来訪はやめておきませんか?

　おふたりが、ここでのぼくの扱いを改善させようとか充実させてやろうなどとお考えになる必要はありません。たしかにサナトリウムのオーナーは病気持ちの老人で実務にかかわることはもうあまりないですし、とても好感の持てる勤務医とは医者と患者というよりむしろ友人同士の関係なのですが、ときおり専門医が訪ねてきてくれるほかになによりローベルトがいて、ぼくのそばから離れることなく、自分の試験のことを考える代わりに全力でぼくのことを考えてくれているのです。それに、ぼくが大きな信頼を寄せている若い医者がいて(この人と知り合ったのも、さっき言った教授と同じく、建築家エーアマンのおかげです)、週に三回出向いてきてくれます。

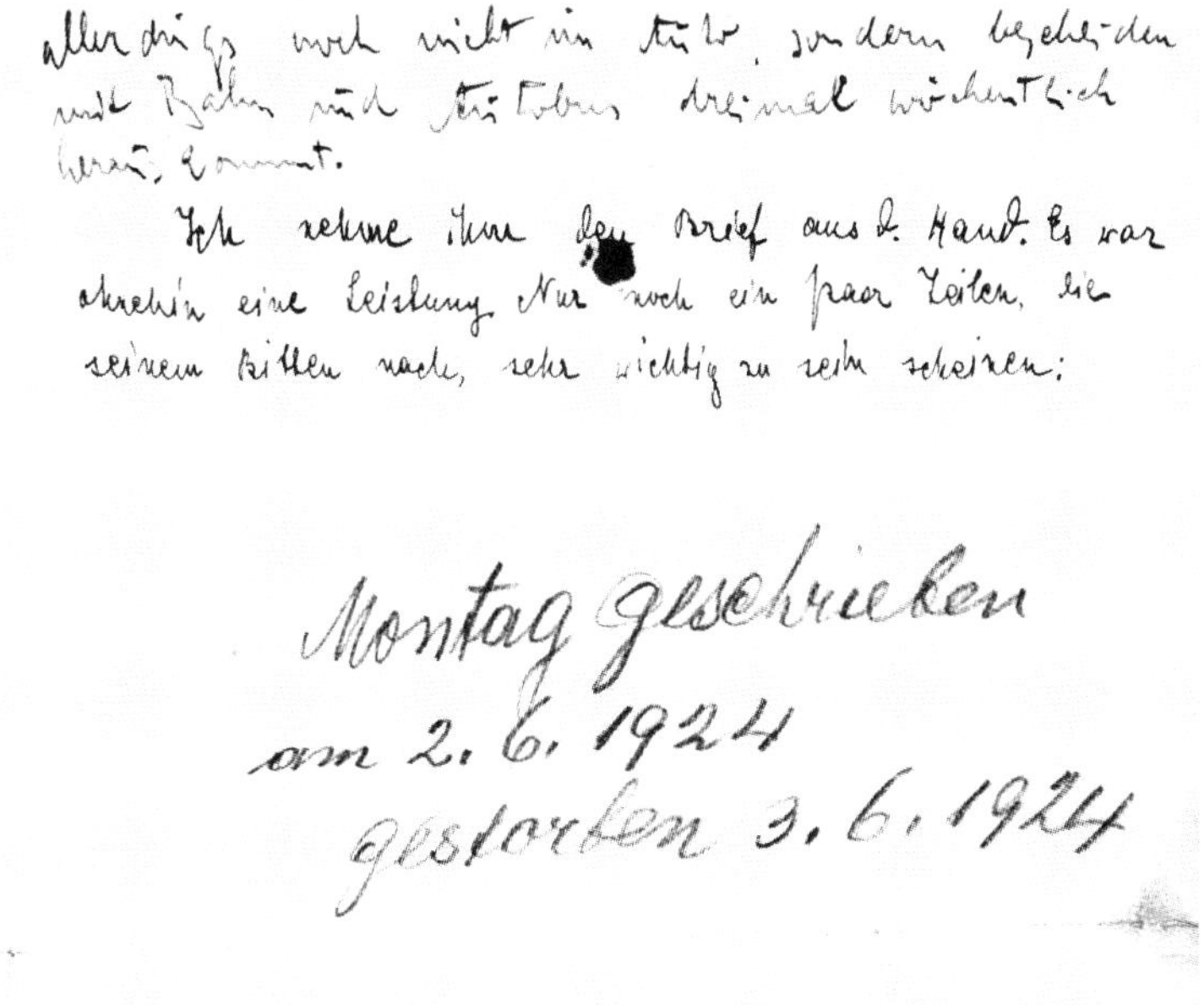
allerdings noch nicht im Auto, sondern bescheiden mit Bahn und Autobus dreimal wöchentlich heraus kommt.
Ich nehme ihm den Brief aus d. Hand. Es war ohnehin eine Leistung. Nur noch ein paar Zeilen, die seinem Bitten nach, sehr wichtig zu sein scheinen:

Montag geschrieben
am 2.6.1924
gestorben 3.6.1924

最後の手紙、最後のページ

見舞いに来ていただくことにたいしてぼくはこんなふうに思っているので［中断、これ以降は次の便箋に書かれている］

週に三回、ただしまだ自家用車でなく慎ましくも鉄道とバスで、出向いてきてくれます。

ドーラ・ディアマントの筆跡で

彼の手から手紙を取りあげました。とにかく、よくここまで書いたものです。ただ、もうあと数行だけ、彼の懇願ぶりからすると、どうやらとても大事なことのようなので。［中断］

オットラ・カフカの筆跡、鉛筆書き

月曜日に書かれた
一九二四年六月二日に
一九二四年六月三日死去

死の前日に書かれたこの最後の手紙を、衰弱していたカフカはその手で最後まで書き上げることができなかった。二枚の二つ折り便箋に書かれたこの手紙が投函されたのかどうか、定かではない。封筒に入れられて今に残っているが、封筒にはカフカの母ユーリエによって「私たちの愛しきフランツの最後の手紙」と記されている。

最後の数週間の「すばらしい助力者」とカフカが言っているのは、ドーラ・ディアマントと医学生ローベルト・クロップシュトック。「喉頭の件のショック」とは、肺結核が喉頭にまで拡がり、そこで急速に進行していたことを指している。しかしカフカの容態がどれほど深刻なものか、両親に対しては隠されていた。三人の妹たちには伝えられていたのだが。

98 墓碑銘

Die Grabinschrift

火曜日、五六八四年シヴァンの月のはじめ。上に掲げし名を持つ輝かしき男、未婚、われらの教師にして長たる今は亡きアンシェルは、尊敬されし存命の父R・ヘノッホ・カフカの息子なり。母の名はイェトル。その魂が永遠の命の絆と結ばれんことを。

カフカの墓には、母ユーリエと父ヘルマンも埋葬されている。プラハ・シュトラシュニッツ（現ストラシュニツェ）の新ユダヤ人墓地にある。埋葬は一九二四年六月一一日に行なわれた。ウィーン近郊キーアリングでの死から八日後のことだった。

99 ミレナの追悼文
Milenas Nachruf

フランツ・カフカ
一昨日、プラハで生きたドイツ語作家フランツ・カフカ博士が、ウィーン近郊クロスターノイブルク市キーアリングのサナトリウムで亡くなりました。ここプラハで彼の名を知るものはほんのわずかです。なぜなら彼は隠者であり、生におののく賢者であったから。ここ数年来肺の病に苦しみ、治療を受けはしたものの、同時に病を意識的に育み、精神的に庇護もしました。「心と魂がもはや重荷に耐えられなくなれば、肺がその半分を引き受ける、負担を少なくとも均等に分かち合うべく」と彼はかつて手紙に書き、そして彼の病も、まさにそのようなものとしてありました。病は彼に、驚異と紙一重の繊細な感覚と、恐ろしいまでに妥協を許さぬ精神的誠実さを与えました。そして逆に彼はといえば、生の不安からくる精神的重圧をすべて自分の病に委ねる、そんな人間だったのです。彼は内気で臆病、柔和で善良でしたが、彼の書いた本はみな、恐怖と苦痛に満ちていました。彼が見る世界は、よるべなき人間を制圧し滅ぼさんとする姿なき悪魔に満ちていました。彼は生きるにはあまりに明敏かつ聡明すぎた。闘うにはあまりに弱すぎた。けれどそれは、不安に抗う力を、誤解や愛情不足、精神的欺瞞に抗う力を持たず、はなから自分の無力を悟り、みずから膝を屈することで勝者を恥じ入らせるたぐいの、高貴で美しい人間の持つ弱さだったのです。孤独に生きる者のみが持つ人情の機微に通じる力を、彼は持っていました。その極度に繊細な感受性は、表情の変化だけからその人全体を千里眼のごとく把握してしまう。世界への彼の知識は深く、そして並外れたものでした。彼自身が、深く並外れた世界そのものでした。若手ドイツ語文学においてもっとも重要な書物を彼は書きました。そこには今日の世代間の争いが、独断を排する形で含まれています。彼の本はすべてを率直にさらけ出し、ゆえに象徴で語るときでも、そこには自然主義的な相貌が現われます。世界が白日の下にさらされて見えてしまうがゆえにそれに耐えられず死に向かわざるを得ない人間の、乾いたアイロニーが、感性ゆたかな幻視の力が、そこにはあります。なにしろ彼は他の人間のごとく、高貴ではあれ知的誤謬なるものへと逃げ込むために妥協しようなどとは、思いもしなかったのですから。フランツ・カフカ博士は断片『火夫』（チェコ語版はノイマン編集「チェルヴェン」誌に掲載）を書きました。未刊行のすてきな小説の第一章となるものです。『判決』はふたつの世代の葛藤を描いています。『変身』は現代ドイツ文学で最も強度のある本です。そして、『流刑地にて』、小編『観察』と『田舎医者』。最後の小説『裁きの前で』は、数年前からすでに完成原稿として印刷を待っている状態です。これは、そこに世界がすべて含まれているという印象を読後に残すがゆえにどんな注釈も不要となる、そんな作品のひとつです。彼のどの作品をとっても、そこには人間の謎に満ちた行き違いが、問われるいわれのない罪が、描かれています。彼はきわめて用心深い良心を持った人間であり芸術家でした。ゆえに彼は油断を怠ることがありませんでした、ほかの人々、耳を塞ぐ人々が、すでに安心を感じている場所であっても。

ミレナ・イェセンスカ

一九二四年六月三日のカフカの死の直後、ジャーナリストで翻訳家のミレナ・イェセンスカは、プラハで発行されていたチェコ語日刊紙「ナロードニー・リスティ」から、追悼文を書いてほしいと依頼される。彼女とカフカとの特別な関係はプラハでは周知のことだったようだ。彼女の文章は、早くも六月六日に「今日の短報」欄に掲載された。ドイツ語圏の読者にこの追悼文が知られたのは、一九六二年になってウィーンの雑誌「フォールム」に（ここに挙げた）翻訳が発表されたときのことである。

イェセンスカが追悼文をまとめるのに数時間の余裕しかなかったため、この文章に反映されているのは、当時彼女がカフカの作品に関して持っていた限りの知識である。たとえば、彼女自身がチェコ語に翻訳した『火夫』は、長編『失踪者』の第一章。長編『裁きの前で』とは『審判』のことで、この長編の小説内テキストたる寓話『掟の門前』を彼女が念頭に置いているのはあきらかだ。この寓話を彼女は読んで知っていた――すでに彼女によるチェコ語訳が刊行されていた――が、数年来マックス・ブロートの机の中にしまわれていた『審判』の原稿には、おそらく接していなかった。

自分の肺病の精神的な原因についてカフカが手紙に書いたというくだりも、イェセンスカは記憶に頼って書いたにちがいない。カフカが彼女に四年前に書き送った、実際の文面はこうだった。「病気にかかったことにたいして、あのころぼくがひねり出した自分への説明を思い出しました。ぼくの場合はということですが、でも多くの例に当てはまると思います。どういうことかというと、自分に負わされた心配や苦痛に、脳みそがもう耐えられなくなった、というわけです。脳みそは言います。『もう限界だ。だが全体の維持こそが大事だと思うやつがここにいるなら、そいつにおれの重荷をすこしばかり引き受けてもらおう。それでもう少しは持つだろう』。そこで肺が手を挙げます。肺には失うものもたいしてないのでした。ぼくのあずかり知らぬところで進められた脳みそと肺とのこの取り引きは、ぞっとするようなものだったでしょうね」

訳者あとがき

本書はReiner Stach: „Ist das Kafka? 99 Fundstücke“（S. Fischer, 2012）の翻訳である。

この本を手に取られた方の多くは、すでにカフカの作品を多数読まれていることだろう。なかには練達の読み手、カフカに通暁している方もいるかもしれない。もちろんそんな人にもおもしろく読んでもらえるはずだが、訳者としては、たとえば『変身』とか『城』あたりは読んだけれど……くらいな方々に、ぜひ読んでほしい。

ドイツの著名な編集者・書評家であるフリッツ・J・ラダッツは、「ツァイト」紙での書評で「解読シンジケートの秘密結社員ではない〔自分のような〕人間には、このアンソロジーは楽しくためになる読み物だ。本書はいわば『初心者のためのカフカ』、より広く、より深く読んでいくための手引き」である、と書いている。まさにそういう本である。

著者のライナー・シュタッハは、十数年の歳月をかけて全三巻二〇〇〇ページを超えるカフカ伝を書き上げた。カフカに関する展覧会やシンポジウムも企画している。おそらく世界で今いちばんカフカ好きな人かもしれない。「99のFundstücke《拾いもの》」という副題を持つ本書は、伝記のような時系列の記述ではなく、もっとミクロに、カフカの生の断片に光をあてる。ひとつひとつの遺品やエピソードをルーペで覗くように楽しみ、それをモザイク状に並べていく。

カフカは自由だ。書きたいことを書きたいだけ書き、もういいと思えばやめて、また別の話を書く。完結しようがしまいがお構いなし。あるいは、誰かに何かを伝えたいと思えば、誰かと深く関わりたいと思えば、その人に向かって言葉を紡ぐ。カフカは書くことで、多様な層（家族や女性との関係、役所勤めと執筆生活、プラハに生きるドイツ語話者かつユダヤ人などなど）の重なり合うその人生を生き抜いた。そんなカフカの自由さは、そのまま文学の、小説の自由さにつながっている。

そしてもちろん、読むことも自由だ。いろいろな「読み方」があるけれど、たとえば、実際に生きていた生身のカフカとその作品とのあいだにフィクショナルな作者としての「カフカ」を浮かび上がらせ、その「カフカ」と、作品と、読者たる自分と、三者のダイナミックな相互作用を楽しんでみよう。「カフカ」は読者の知識や経験、読者の生きる時代に応じて変化し、それにつれて読者が目の前にする作品も、その意味を、面白さを変えていく。本書は、そんな読み方をするためにうってつけの本である。著者が並べてくれた断片のなかから気になるものを拾い出して、自分の「カフカ」を作っていけばいい。ステレオタイプにこだわらずに。それってカフカ？　うん、それもカフカなのだ。

原書には巻末に人物紹介と年表が添えられているが、割愛した。

本書で使われているチェコ語やヘブライ語、イディッシュ語、ハンガリー語、フランス語について、意味やカナ表記などを、それぞれ専門とする方々にご教示いただいた。ここに改めて感謝の意を表したいと思う。

この翻訳は、白水社編集部の岩堀雅己さんがいっしょに面白がりつつ常に適切なアドバイスをくださったおかげで、形になった。ぼくにとってのマックス・ブロート、かな？感謝したい。

二〇一七年二月六日

本田雅也

白水uブックス

フランツ・カフカ／池内紀 訳

カフカ・コレクション

変身　二一世紀を生き続けるカフカの代表作

失踪者　カフカの長篇三部作の第一巻

審判　現代人の孤独と不安を描いた作品

城　長篇三部作の掉尾を飾る作品

流刑地にて　生前に発表された四作品を収録

断食芸人　表題作他『田舎医者』などを収録

カフカの生涯

池内紀

カフカ個人訳全集の訳者が、二十世紀文学の開拓者の生涯を描く。祖父の代にはじまり、幼年時代、友人関係、婚約者、役人生活、そして創作の秘密にふれ、カフカの全貌があきらかになる。

ミレナへの手紙

フランツ・カフカ
池内紀 訳

カフカは手紙に日付を入れる習慣がなかった。ゆえに手紙の配列を間違えて読むと、二人の関係、手紙の持つ意味がまったく変わってくる。カフカが恋人宛てに書いた、新編集による書簡集。

カフカと映画

ペーター＝アンドレ・アルト
瀬川裕司 訳

カフカは熱心な映画ファンだった。彼の文学に多くの映画的手法が投入されていること、『城』と映画『吸血鬼ノスフェラトゥ』の関係など、メディアを越境する表現をめぐる刺激的な事実が明らかにされる。

訳者略歴
一九六四年東京生まれ。東京外国語大学大学院博士後期課程単位取得退学。ドイツ近現代文学、児童文学専攻。著書に谷川道子・秋葉裕一編『演劇インタラクティヴ』（共著、早稲田大学出版部）ほか、訳書にマルティナ・アマン『あきらめないで　白血病と闘ったわたしの日々』（徳間書店）など。

この人、カフカ？
ひとりの作家の99の素顔

二〇一七年三月　五　日　印刷
二〇一七年三月二五日　発行

著　者　ライナー・シュタッハ
訳　者©本　田　雅　也
発行者　及　川　直　志
印刷所　株　式　会　社　三　秀　舎
発行所　株　式　会　社　白　水　社

東京都千代田区神田小川町三の二四
電話　営業部　〇三（三二九一）七八一一
　　　編集部　〇三（三二九一）七八二一
振替　〇〇一九〇―五―三三二二八
　　　郵便番号　一〇一―〇〇五二
http://www.hakusuisha.co.jp
乱丁・落丁本は、送料小社負担にてお取り替えいたします。

誠製本株式会社

ISBN978-4-560-09541-6

Printed in Japan

略号

カフカの作品と日記は，ハンス=ゲルト・コッホが編集しS.フィッシャー出版社から刊行された『全集』（［全12巻］2008年）より引用．この版は批判版を底本とし，ゆえに手稿のテクストに基づく．

B1 フランツ・カフカ『手紙 1900年-1912年』ハンス=ゲルト・コッホ編，S.フィッシャー出版社，1999年．

B2 フランツ・カフカ『手紙 1913年-1914年3月』ハンス=ゲルト・コッホ編，S.フィッシャー出版社，1999年．

B3 フランツ・カフカ『手紙 1914年4月-1917年』ハンス=ゲルト・コッホ編，S.フィッシャー出版社，2005年．

BaE フランツ・カフカ『両親への手紙 1922年-1924年』ヨーゼフ・チェルマーク／マルチン・スヴァトス編，S.フィッシャー出版社，1990年．（『カフカ最後の手紙』三原弟平訳，白水社，1993年）

BChM フランツ・カフカ『万里の長城』

BeK フランツ・カフカ『ある戦いの記録』

BKB マックス・ブロート，フランツ・カフカ『ある友情 往復書簡』マルコム・パスリー編，S.フィッシャー出版社，1989年．

BKR マックス・ブロート，フランツ・カフカ『ある友情 旅行記』マルコム・パスリー編，S.フィッシャー出版社，1987年．

FdG フランツ・カフカ『掟の問題』

L フランツ・カフカ『田舎医者』

M フランツ・カフカ『ミレナへの手紙』ユルゲン・ボルン／ミヒャエル・ミュラー編，S.フィッシャー出版社，1983年．（『ミレナへの手紙』池内紀訳，白水社，2013年）

O フランツ・カフカ『オットラと家族への手紙』ハルトムート・ビンダー／クラウス・ヴァーゲンバッハ編，S.フィッシャー出版社，1974年．

P フランツ・カフカ『審判』

R フランツ・カフカ『旅日記』

T1 フランツ・カフカ『日記 第一巻 1909-1912』

T2 フランツ・カフカ『日記 第二巻 1912-1914』

T3 フランツ・カフカ『日記 第三巻 1914-1923』

V フランツ・カフカ『失踪者』

Koch 『「カフカが私を出迎えたとき…」フランツ・カフカの思い出』ハンス=ゲルト・コッホ編，改訂新版，2005年．（『回想のなかのカフカ 三十七人の証言』吉田仙太郎訳，平凡社，1999年）

出典と註（最初に挙げた数字は，各節の番号．）

1　ミレナ・イェセンスカへの手紙，1920年7月18日（*M* 127）．フェリーツェ・バウアーへの手紙，1913年7月25日（*B2* 223）．マックス・ブロートに宛てたミレナ・イェセンスカの手紙，1920年8月初頭（*M* 364）．

2　フランツ・カフカ『父への手紙』（*FdG* 51）．Hugo Hecht, *Franz Kafkas Tragödie – Zeiten, Zustände und Zeitgenossen, nebst autobiographischen Bemerkungen des Verfassers.*（未刊行．引用は Hartmut Binder, *Kafkas Welt*, Reinbek 2008, p.68より）．――以下も参照：Hugo Hecht, ›Zwölf Jahre in der Schule mit Franz Kafka‹（フーゴー・ヘヒト「フランツ・カフカとの学校生活十二年」，『回想のなかのカフカ』所収）（*Koch* 32-43）．

3　1908年まで，オーストリア=ハンガリー帝国の学校での成績は次のようになっていた．vorzüglich（秀），lobenswert（優），befriedigend（良），genügend（可），nicht genügend（不可），ganz ungenügend（不可の下）．カフカの高校卒業試験の成績証明書が，エレーヌ・ジルベルベールの遺品のなかに残されていた．ジルベルベールはポーランド系ユダヤ人の出自を持つフランスの文学研究家・翻訳者で，30年代終わり頃にカフカの妹や友人と交流を持った．彼女によってプラハで発見され，しかし学問的にはまったく評価されなかった資料が，今日では「エレーヌ・ジルベルベール・カフカ・コレクション」としてマールバッハ・アム・ネッカーのドイツ文学資料館で閲覧可能である．

4　フェリーツェ・バウアーへの手紙，1912年10月27日，12月9 / 10日（*B1* 197, 314）．Jaroslaus Schaller, *Beschreibung der königl. Haupt- und Residenzstadt Prag*, Bd.4, Prag 1797. *Schematismus des Königreiches Böhmen für das Jahr 1825*, Prag.（出版年記載なし）　Franz Klutschak, Der Führer durch Prag, 3. Aufl., Prag 1843.

5　フェリーツェ・バウアーへの手紙，1913年2月11 / 12日（*B2* 87）．日記，1911年10月2日（*T1* 44）．――以下も参照：*›Einmal ein großer Zeichner‹,. Franz Kafka als bildender Künstler*, hrsg. von Niels Bokhove und Mariike van Dorst, Prag 2006. カフカがいつ，誰のもとで絵のレッスンを受けたのか，伝えられていない．カフカがフェリーツェ・バウアーに宛てて予告どおりに昔の絵を送ったかどうかも，わからない．

7　フェリーツェ・バウアーへの手紙，1916年1月18日，12月8日，20日，22日（*B3* 150f, 278, 280, 281）．ゲルダ・「ムッツィ」・ファールニ，旧姓ブラウンは，2003年8月19日にジュネーブで死去．

8　プラハ労働者傷害保険協会のオイゲン・プフォールへ宛てた名刺，1912年9月23日（*B1* 172）．オットラ・カフカへの葉書，1917年9月6日．ミレナ・イェセンスカへの手紙，1920年7月31日，8月2日，3日（*M* 163, 179）．――この件に関するミレナ・イェセンスカのマックス・ブロートに宛てた手紙における記載を参照．*«Ich hätte zu antworten tage- und nächtelang«, Die Briefe von Milena*, Alena Wagnerová, Mannheim 1996, p.42.（この手紙の日付，「1920年8月はじめ」は疑わしい．カフカがウィーンに旅行するかどうか，この時はまだ決まっていなかった．だがイェセンスカはこう書いている．「あのときは，それが私には必要だったのです」）

9　*B1* 53, *R* 41, *R* 199, *R* 81f., *B2* 50f., *FdG* 15, *O* 87, *O* 91, *M* 197, *BaE* 126f., *BaE* 79f., *O* 216, *O* 157, *BaE* 80f. Max Brod, *Über Franz Kafka*, Frankfurt am Main 1974, p.180.（マックス・ブロート『フランツ・カフカ』辻瑆，林部圭一，坂本明美訳，みすず書房，1972年）

10　*B1* 164, 243. ―― Franz Kafka, *Tagebücher*, hrsg. von Hans-Gerd Koch, Michael Müller und

Malcolm Pasley, Frankfurt am Main 1990, Apparatband, p.64.

11 Die Zeit, Heft 02/2001. Gemeindeblatt der Evangelischen Kirchengemeinde Zur Heimat, April 2009. Mark Harman, ›Missing Persons: Two Little Riddles About Kafka and Berlin‹, www.kafka.org.

12 ラール・ザンツァーラに宛てたエルンスト・ヴァイスの手紙，1917年1月10日（原本はマールバッハのドイツ文学資料館にある）．ペーター・エンゲルに宛てたゾーマ・モルゲンシュテルンの手紙，1975年4月22日（Soma Morgenstern, *Kritiken, Berichte, Tagebücher*, hrsg. von Ingolf Schulte, Lüneburg 2001, p.564f. に所収）．エルンスト・ヴァイス，›Bemerkungen zu den Tagebüchern und Briefen Franz Kafkas‹,, in: *Mass und Wert*, 1 (1937/38), pp.319-451（*Franz Kafka. Kritik und Rezeption 1924-1938*, hrsg. von Jürgen Born, Frankfurt am Main 1983, pp.439-451に再録）．ヴァイスの文章には，カフカの自己言及的性格をターゲットにした批判的発言がいくつかある．——カフカとヴァイスの軋轢をめぐる詳細は，*text + kritik*, Bd. 76, pp.67-78所収のPeter Engel, ›Ernst Weiss und Franz Kafka. Neue Aspekte zu ihrer Beziehung‹,, ならびにReiner Stach, *Kafka. Die Jahre der Erkenntnis*, Frankfurt am Main 2008, pp.101-104を参照．

14 フェリーツェ・バウアーへの手紙，1912年11月28日，1916年10月28日（*B1* 278, *B2* 295, *B3* 268f.）．オットラ・カフカへの手紙，1917年12月28日（*B3* 390）．日記，1913年7月2日，11月20日（*T2* 180, 204）．—— Max Brod, *Über Franz Kafka*, Frankfurt am Main 1974, p.147.（マックス・ブロート『フランツ・カフカ』）—— Prager Tagbaltt, Abend-Ausgabe vom 2. Juli 1913, p.3.

15 フェリーツェ・バウアーへの手紙，1913年2月12日，13日（*B2* 88）—— Hartmut Binder, ›Else Lasker-Schüler in Prag‹, in: *Wirkendes Wort 3* (1994), pp.405-438. —— *Bohemia*, Abend-Ausgabe, Prag, 5. April 1913, 2. ジャーナリストのレオポルト・B・クライトナーによれば，カフカは旧市街広場での出来事を見ており，ラスカー=シューラーの登場を「彼女はテーベの王子などではない，クーダム通りの牛だ」と評した，と（*Koch*, 57）．クライトナーの回想は数十年後のものであり，事実関係が不正確な部分も数か所あるので，そのゴシップ気味かつカフカらしくない発言は，信憑性に欠ける．

16 *B1* 32.

17 *B3* 113f.

18 日記，1913年10月15日（*T2* 195）. —— *Die k .k. Deutsche Technische Hochschule in Prag 1806-1906. Festschrift zur Hundertjahrfeier*, hrsg. von Franz Stark, Prag 1906.

19 *T1* 211ff., *T2* 158f.

20 *B1* 45, *B1* 82, *B1* 87, *T1* 14, *R* 70f., *T1* 41, *T2* 203f., *T3* 200, *T3* 202.

21 *T1* 67, 70, 74.

22 日記，1911年10月2日（*T1* 42f.）.

23 日記，1915年11月3日（*T3* 111）.

24 František Kautman, *Kafka a Julie. K prezentaci neznámého dopisu Franze Kafky jeho druhé snoubence Julii Wohryzkové, zaslaného potrubní poštou v Praze dne 18 června 1919*（「カフカとユーリエ 1919年6月18日にプラハの気送管郵便で送られた，ふたり目の婚約者ユーリエ・ヴォリツェクに宛てたフランツ・カフカの知られざる手紙の呈示に関して」）, Památník národního písemnictví

2008. Friedrich Thieberger, ›Kafka und die Thiebergers‹（フリードリヒ・ティーベルガー「カフカとティーベルガー兄妹」（*Koch* 128–134）. マックス・ブロートへの手紙，1919年2月8日（*BKB* 263f.）.

25 *T3* 178f.

26 Franz Kafka, *Brief an den Vater*, hrsg. von Joachim Unseld, Frankfurt am Main 1994, pp.207ff.

27 *T2* 49, *B1* 212, *B1* 345, *T2* 178, *B2* 250, *B3* 60, *B3* 61, *B3* 312, *M* 19, *O* 116, *BKB* 341.

28 Max Brod, *Über Franz Kafka*, Frankfurt am Main 1974〔マックス・ブロート『フランツ・カフカ』〕, p.97.

29 日記，1910年12月24日，25日（*T1* 108 f.）. Hartmut Binder, *Kafkas Welt. Eine Lebenschronik in Bildern*, Reinbek 2008, p.151.

30 *B1* 9.

31 *L* 30. ――クララ・タインはそのカフカ回想を文学者ハルトムート・ビンダーへ宛てた私信のなかに記した．ビンダーはそれを「カフカの周辺にいた女性たち」という文章のなかで引用している．›Frauen in Kafkas Lebenskreis‹, in: Sudetenland, 39 (1997), H. 4, sowie 40 (1998), H. 1 (hier p.25 und Anm. 206).

32 Max Brod, *Über Franz Kafka*, Frankfurt am Main 1974（マックス・ブロート『フランツ・カフカ』）, p.231. 同じエピソードが以下に記載されているので，参照のこと．Max Brod, *Streitbares Leben, Autobiographie 1884-1968*, Frankfurt am Main 1979, p.188:「彼は大きく目を見開いて私を見つめた，まるでこう言いたいかのように．『ねえ，ほら，こうでなくちゃねえ，才気とか生気ってこんなふうに降りてくるものだよね』そして彼はこの情熱的なポートレートを何度も見に戻った．そのたびに改めて魅了される風だった」

33 *BeK* 143. 日記，1911年11月26日（*T1* 213）. ―― Franz Kafka, *Nachgelassene Schriften und Fragmente*, Band II, hrsg. von Jost Schillemeit, Apparatband, Frankfurt am Main 1992, p.46.

34 L 297f.

36 Hartmut Binder, *Kafkas »Verwandlung«. Entstehung, Deutung, Wirkung*, Frankfurt am Main 2004（図版は p.188）.

38 マックス・ブロートへの手紙，1918年3月末（*BKB* 246）. 校正刷りはぜんぶで12ページ半あり，そのうち9ページ半が1995年にベルリンのオークションに出品された．匿名の購入者が競り落とした金額は42,000マルク（およそ400万円）.

39 ミレナ・イェセンスカへの手紙，1920年8月16日，27日（*M* 232）.

40 Max Pulver, ›Spaziergang mit Franz Kafka‹（*Koch* 141–146）. ゴットフリート・ケルヴェルへの手紙，1917年1月3日（*B3* 283）. Max Brod, *Über Franz Kafka*, Frankfurt am Main 1974（マックス・ブロート『フランツ・カフカ』）, pp.211f. ――この朗読のミュンヘンのメディアにおける論評は以下に再録されている：Franz Kafka. *Kritik und Rezeption zu seinen Lebzeiten. 1912 – 1924*, hrsg. von Jürgen Born, Frankfurt am Main 1979, pp.120–123. ――カフカ朗読のより詳しい状況ならびにプルファーの回想が信頼性を欠く点に関しては，以下を参照：Reiner Stach, *Kafka. Die Jahre der Erkenntnis*, Frankfurt am Main 2008, pp.149ff. und p.638, Anm. 9.

41 Oskar Baum, ›Rückblick auf eine Freundschaft‹（オスカー・バウム「ある友情への回顧」,『回想の

なかのカフカ』所収）（*Koch* 75）.

42 ブロスクヴァ草稿はこれまで二度活字になっている．最初は1962年にマルコム・パスリーの論文中で（Malcolm Pasley, ›*Franz Kafka Mss: Description and Selected Inedita*‹, Modern Language Review, Bd. 57, p.55），そして2007年にEdit誌で，ハンス=ゲルト・コッホの前書きと，4人の原稿査読者の論評が添えられて（Heft 42, p.28）．査読者たちには，テクストの作者名は提示されていなかった．

43 *T3* 32–34.

44 *BChM* 119–121.

45 *FdG* 176f.

46 Franz Kafka, Das Schloß, hrsg. von Malcolm Pasley, 2. Aufl., Apparatband, Frankfurt am Main 1983, pp.115–117. この断片の書かれた日時に関しては，このp.63を参照.

47 Franz Kafka, Topič [*Der Heizer*], in: Kmen, IV. Jg., Nr. 6, pp.61–72. ミレナ・イェセンスカへの手紙，1920年5月9日（*M* 8f., 日付なし）．オットラ・カフカへの葉書，1920年5月8日（*O* 87）.——ミレナ・イェセンスカの翻訳の質に関しては，以下を参照：Marek Nekula, *Franz Kafkas Sprachen*, Tübingen 2003, pp.243 ff.

48 Puah Menczel-Ben-Tovim,›Ich war Kafkas Hebräischlehrerin‹（「わたしはカフカのヘブライ語教師だった」，『回想のなかのカフカ』所収）（*Koch* 177–179）. Hartmut Binder, ›Die Hebräischlehrerin Kafkas —— Puah Ben-Tovim‹, in: *Leben und Wirken. Unser erzieherisches Werk*. In memoriam Dr.Josef Schlomo Menczel 1903–1953, hrsg. von Puah Menczel-Ben-Tovim, Jerusalem 1983, pp.48–50.——カフカの手紙草稿のドイツ語訳は，Hartmut Binderの論文から引用.

49 この複写は以下のドイツ文学資料館（Deutsches Literaturarchiv）の出版物から引用：*Franz Kafka. Der Proceß. Die Handschrift redet* (Marbacher Magazin 52), bearbeitet von Malcolm Pasley, Marbach am Neckar 1990, p.6.

50 Prager Tagblatt, 31. Dezember 1899, p.7. Max Brod, *Über Franz Kafka*, Frankfurt am Main 1974, p.76.

51 フェリーツェ・バウアーへの手紙，1913年1月8日 / 9日（*B2* 26–29）.

52 日記，1910年11月27日（*T1* 100f.）.

53 *P* 125f.

54 *BChM* 104f.

55 フェリーツェ・バウアーへの手紙，おそらく1917年2月（*B2* 287– 291）. 56 チューラウ，フェーリクス・ヴェルチュへの手紙，1917年11月15日（*B3* 365f.）．チューラウ，マックス・ブロートへの手紙，1917年12月3日（*B3* 373 f.）.

57 エルザ・ブロート，マックス・ブロートへの手紙，1917年10月2日 / 3日（*B3* 339 f.）．エルザ・ブロート，マックス・ブロートからカフカへの手紙，1917年9月29日（*B3* 751）.

58 オットラ・カフカへの手紙，1919年2月20日（*O* 67f.）.

59 ミレナ・イェセンスカへの手紙，1920年5月20日頃（*M* 13f.）.

60 Max Brod, *Über Franz Kafka*, Frankfurt am Main 1974（マックス・ブロート『フランツ・カフカ』），

p.106 f. マックス・ブロートへの手紙，1912年6月10日（*B1* 158）．——このメモが最初に活字にされたのは以下において：*BKR* 189–192.

61 *FdG* 94–96. 執筆日時に関しては以下を参照：Franz Kafka, *Nachgelassene Schriften und Fragmente II*, hrsg. von Jost Schillemeit, Apparatband, Frankfurt am Main 1992, pp.68 ff.

62 オットラ・カフカへの手紙，1921年4月，5月6日（*O* 118, 122）．—— Hartmut Binder, ›Kafkas Briefscherze. Sein Verhältnis zu Josef David‹, in: *Jahrbuch der deutschen Schillergesellschaft*, 13 (1969), pp.536–559.

63 ゲオルク・ハインリヒ・マイヤーからカフカへの手紙，1915年10月11日（*B3* 739f.）．ゲオルク・ハインリヒ・マイヤーへの手紙，1915年10月20日（*B3* 144）．——詳細は以下を参照：Joachim Unseld, *Franz Kafka. Ein Schriftstellerleben*, Frankfurt am Main 1984, pp.103–107.

64 ミレナ・イェセンスカへの手紙，1920年8月10日（*M* 204–206）．

65 Jürgen Born, *Kafkas Bibliothek. Ein beschreibendes Verzeichnis*, Frankfurt am Main 1990, pp.81–83.

66 フェリーツェ・バウアーへの手紙，1913年1月22 / 23日（*B2* 58f.）．

67 マックス・ブロートへの手紙，1912年7月13日（*B2* 159f.）．

68 Franz Kafka, *Tagebücher*, hrsg. von Hans-Gerd Koch, Michael Müller und Malcolm Pasley, Frankfurt am Main 1990: Apparatband, p.68, sowie Kommentarband, p. 259.

70 Dora Diamant, ›Mein Leben mit Franz Kafka‹（ドーラ・ディアマント「フランツ・カフカとの生活」，『回想のなかのカフカ』所収）（*Koch* 174–185）．

71 *BChM* 58f.「八つ折判ノート B」より．1917年初頭に書かれたもの．タイトル無しの手稿．

72 *BChM* 221f. ——アンドレ・ブルトンの講演は以下に収録されている．*Autographen, Handschriften, Widmungsexemplare.* Auktionskatalog der Moirandat Company AG, Basel (Auktion in Basel, 23./24. Februar 2006).

73 *V* 9, 98, 113, 295. クルト・ヴォルフへの手紙，1913年5月25日．（*B2* 196f.）．

74 *R* 75–78, *T1* 177. ——この出来事についてのマックス・ブロートの小記事も参照のこと（R 191）．

75 *BKR* 81 f., 148 f. —— Hartmut Binder, *Mit Kafka in den Süden. Eine historische Bilderreise in die Schweiz und zu den oberitalienischen Seen*, Prag/Furth im Wald 2007, pp. 200–204.

76 フランツ・カフカ『ブレシアの飛行機』（*L* 312–320 und *BKR* 17–26）．まず短縮版がプラハの日刊紙「ボヘミア」1909年9月29日朝刊版に掲載された．マックス・ブロート「ブレシアの飛行週間」（*BKR* 9–16）．ミュンヘンの月2回刊の雑誌「メルツ」1909年10月中旬号に発表．ブレシアの飛行週間，そしてカフカとブロートがそこを訪れたことに関しては，詳細な報告がある．とくに以下を参照．Hartmut Binder, *Mit Kafka in den Süden. Eine historische Bilderreise in die Schweiz und zu den oberitalie- nischen Seen*, Prag/Furth im Wald 2007, pp.39–84; Peter Demetz, *Die Flugschau von Brescia. Kafka, d'Annunzio und die Männer, die vom Himmel fielen*, Wien 2002. 写真を発見したベルリンのローラント・テンプリーンは，掲載を快く認めてくださった．感謝したい．この飛行集会に関するさらなる情報を，以下のテンプリーンの未刊行の原稿から得た．›Kafka über die Schulter geschaut. Bei der Flugwoche von Brescia 1909‹.

77 *BKR* 71–73（Kafka）und 184–187（Brod）.

78 旅行日記，1912年7月16日（*R* 103f.）.

79 Wolfgang Duschek / Florian Pichler, *Meran wie es war. 1900 – 1930*, Meran 1983.

80 ミレナ・イェセンスカへの手紙，1920年7月5日（*M* 86–90）.

82 *B3* 744. ——さらなる詳細は以下を参照. Jochen Meyer, ›Diese Suppe hat ihm Kafka eingebrockt. Was haben ‚Die Verwandlung', ein Berliner Bankdirektor und Hedwig Courths-Mahler miteinander zu tun? Eine Spurensuche‹, in: Frankfurter Allgemeine Zeitung, 8. Juli 2006, p. 53.

83 Jürgen Born, *Kafkas Bibliothek. Ein beschreibendes Verzeichnis*, Frankfurt am Main 1990, p.20. オスカー・バウムの回想記は以下に収録. *Koch* 71–75.（『回想のなかのカフカ』）

84 *T2* 229, 231f. アンツェンバッハーのカフカ宛の軍事郵便葉書も1通残されている.（*B3* 738）.——エリーザベト・レーミッシュの家族からの情報に関して，バート・カンベルクのラインハルト・パプストの協力をいただいた.

85 日記，1929年2月18日（*T3* 181f.）. ——ヘルマン・カシネリの書店と貸本屋はフス通り4番にあった.

86 *Koch* 135–138. アンネ・ビルケンハウアーによるヘブライ語からの翻訳. 原文は以下に最初に掲載された. Hege (Tel Aviv), 23. Februar 1941, p.256. ランガーの生涯に関しては以下を参照. Walter Koschmal, *Der Dichternomade: Jiří Mordechai Langer – ein tschechisch-jüdischer Autor*, Köln u. a. 2009.

88 帰還兵士の福祉に関する国立プラハ地方局から警察本部への手紙，1918年10月. 警察本部から地方警察局への電報，1918年10月16日. 警察本部からプラハ市当局への手紙，1918年10月22日. In: Franz Kafka, *Amtliche Schriften*, hrsg. von Klaus Hermsdorf und Benno Wagner, Frankfurt am Main (S. Fischer) 2004, Materialien auf CD-ROM, pp.864f.

89 Franz Kafka, *Drucke zu Lebzeiten*, Frankfurt am Main (S.Fischer) 1996, Apparatband, pp.272ff. マックス・ブロートからフランツ・カフカ，1918年12月20日. ——この葉書は今，アメリカ合衆国ニュー・ヘイブン市にあるイェール大学バイネッキ貴重書・手稿図書館のドイツ文学コレクションに所蔵されている

90 *BKB* 361f., 364.

91 Karl Kraus, ›In memoriam Franz Janowitz (Gesprochen am 18. November 1917)‹, in: *Die Fackel*, Heft 474–483 (23. Mai 1918), pp. 69–70. — Max Brod, *Streitbares Leben. Autobiographie 1884–1968*, Frankfurt am Main 1979, pp.73–80. — Christian Wagenknecht, ›Über Karl Kraus über Kafka‹, in: *Brücken*, N.F. 4 (1996), pp.33–46. カフカがハンス・ヤノヴィッツに宛てた手紙とそれへの返信は残されていない. その2通の内容は，ブロートの自伝に引かれているものから知るのみである.

92 ミレナ・イェセンスカへの手紙，1920年7月20日（*M* 133）. Alena Wagnerová (Hrsg.), »*Ich hätte zu antworten tage- und nächtelang*«. Die Briefe von Milena, Mannheim 1996, p.51.

93 最初の刊行は以下において. Max Brod, *Der Prager Kreis*, Stuttgart 1966, p.116–118. 以下に再掲. *Koch* 223– 226.（『回想のなかのカフカ』）

94 Georg Gimpl, *Weil der Boden selbst hier brennt... Aus dem Prager Salon der Berta Fanta (1865–1918)*, Prag/Furth im Wald 2001, p.28, 309.

95 Hugo Hecht, ›Franz Kafkas Maturaklasse – nach 60 Jahren‹, in: *Prager Nachrichten*, 14. Jg., Heft 2 (Februar 1963), pp. 2–6.—— Hugo Hecht, ›Zwölf Jahre in der Schule mit Franz Kafka‹（*Koch* 32–43）.（フーゴー・ヘヒト「フランツ・カフカとの学校生活十二年」,『回想のなかのカフカ』所収）

96 *BKB* 365, 421f. ならびに *BKB* 256f., 257.（後者は 1918年と記されているが，誤り）．強調は原文のママ．遺書Ⅰが書かれた紙は，折りたたんだあと「マックス・ブロート様／プラハⅤ／ブレホヴァ 8」と宛名書きされている．遺書Ⅱが記された紙を，カフカは「マックス」と書かれた封筒に入れた．

97 この手紙は，註を添えられて以下に所収．FranzKafka, *Briefe an die Eltern aus den Jahren 1922–1924*, hrsg. von Josef Čermák und Martin Svatoš, Frankfurt am Main 1990.（ヨーゼフ・チェルマーク／マルチン・スヴァトス編『カフカ最後の手紙』三原弟平訳，白水社，1993年）．完全なレプリカが以下の書籍に添えられている．Josef Čermák, *»Ich habe seit jeher einen gewissen Verdacht gegen mich gehabt«. Franz Kafka. Dokumente zu Leben und Werk*, Berlin 2010. Das Original des Briefes befindet sich im Nationalen Literaturmuseum in Prag-Strahov.

99 ›Milenas Nachruf auf Franz Kafka‹, in: *Forum, Wien, Januar* 1962. ドイツ語への翻訳は以下にも所収．Milena Jesenská, *»Alles ist Leben«. Feuilletons und Reportagen 1919–1939*, hrsg. von Dorothea Rein, Frankfurt am Main 1984, pp.96f. ——ミレナ・イェセンスカへの手紙，おそらく1920年5月8日（*M* 7, この中の日付は誤り）．

図版リスト（数字は節の番号.）